シンデレラの小さな恋

ベティ・ニールズ

サンドラ・フィールド

Published by Harlequin Japan,
a Division of K.K. HarperCollins Japan, 2024

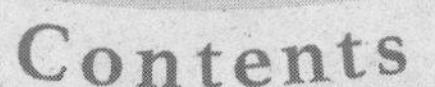

Contents

P. 5
恋はあせらず
Love Can Wait
ベティ・ニールズ／大島ともこ 訳

P. 161
独りぼっちのシンデレラ
The Millionaire's Pregnant Wife
サンドラ・フィールド／吉本ミキ 訳

恋はあせらず

Love Can Wait

ベティ・ニールズ

大島ともこ 訳

ベティ・ニールズ

イギリス南西部デボン州で子供時代と青春時代を過ごした後、看護師と助産師の教育を受けた。戦争中に従軍看護師として働いていたとき、オランダ人男性と知り合って結婚。以後14年間、夫の故郷オランダに住み、病院で働いた。イギリスに戻って仕事を退いた後、よいロマンス小説がないと嘆く女性の声を地元の図書館で耳にし、執筆を決意した。1969年『赤毛のアデレイド』を発表して作家活動に入る。穏やかで静かな、優しい作風が多くのファンを魅了した。2001年6月、惜しまれつつ永眠。

主要登場人物

ケイト・クロスビー……………………家政婦。料理人。
ミセス・クロスビー…………………ケイトの母親。
レディ・カウダー………………………ケイトの雇い主。
クローディア・トラヴァース…………レディ・カウダーの名づけ子。
ジェームズ・テイト＝ブーヴァリ………レディ・カウダーの甥。小児外科医。
ミセス・エディス・ブレイズウェイト……ジェームズの伯母。ケイトの雇い主。

1

ミスター・テイト＝ブーヴァリは、母親の姉と午後のお茶を一緒にしていた。伯母はほっそりとした小柄な女性で、夫の残した快適な家に優雅に暮らす七十歳。しごく健康でやさしいのだが、自分と健康のことばかり気にしている。自分は虚弱だととうの昔に決めていたが、それは自分のしたいことをする以外は、決して無理をしないということだった。彼が伯母に会いにロンドンからときどきドライブしてくるのは、母親を喜ばせるためだった。

　彼は庭を見渡す窓辺に立ち、体の不調を訴える、やさしいが不平っぽい伯母の声に耳を傾けていた。主治医の最近の診察ではどこも異常なしだったが、適当なときに気持をなだめる言葉をかけた。

　人の気配を感じて、誰だろうと彼は振り向いた。それは、若い女性だった。背が高く、見事な体格で、美しい顔をしている。豊かな栗色の髪を頭上にきちんとまとめ、白のブラウスと濃紺のスカートという簡素な服装だ。

　彼女はお茶のトレイを伯母の椅子のわきにあるテーブルに下ろして落ち着いて並べると、体を起こして彼をちらっと見た。一瞥だったので、彼には瞳の色がわからなかったし、彼女は笑みを見せなかった。

　彼女が部屋を出ていったとき、彼は伯母のそばの椅子にぶらぶらと歩いていき、さりげなく尋ねた。

「あれは誰ですか？」

「家政婦ですよ。もちろん、この前あなたが来たのはずいぶん前ですからね。ミセス・ベケットは引退して、妹と住むことに決めたんです。それで、ほかの人を見つけなければならなかったんですよ」

「普通の家政婦のタイプとは違いますね」ミスター・テイト＝ブーヴァリは水を向けた。

すると、伯母はケイトという家政婦についてぺらぺらしゃべった。夫を亡くした母親が地元に住んでいて、かなり生活に困っているらしい。車の運転もするので、美容院へ行くのにタクシーなしですんで便利だという。「ケイトはわたしを乗せていって、わたしが美容院にいるあいだに買い物をするわけ。彼女には、ちょっとしたいい外出になるわ……」

食料品の買い出しが、ちょっとしたいい外出だって？　ミスター・テイト＝ブーヴァリは、上品ながらも旺盛な食欲で伯母がサンドイッチを平らげるのを見守りながら思った。

「それに、わたしが必要なものを買いに、村でもテームでも自転車に乗って行けるし」レディ・カウダーは話を続けた。

「家政婦の鑑ですね」彼は言って、ケーキスタンドを伯母にまわした。

一時間後、彼は伯母の家をあとにした。ベントレーに乗り込んだとき、家政婦の姿はなかった。彼女が送って出るものと半ば期待していたが、ドアを開けて彼を見送ったのは、村からの通いの手伝いのミセス・ピケットだった。

ケイトも、キッチンの窓から彼を見送っていた。そうするには、鶴のように首を伸ばさなくてはならなかった。客間で彼を目にしたが、ちらりと見ただけだったのだ。

とても背が高く——百九十センチ以上はあるだろう——とても体格のいい人だ。鼻柱が高く唇の薄い、賢そうな顔。麦藁色の髪は白髪まじりで、瞳はブルーだろう。ハンサムだわ。でも、だて男めいたところはみじんもない。何をしている人かしら？

ケイトはケーキ作りに戻り、小さなため息をもらした。会って話をしたらおもしろい人だろう。「そんなこと、ありそうもないけどね」キッチンに住みついた猫のホレースに、彼女は話しかけた。

お茶を下げに行くと、レディ・カウダーは本から顔を上げて言った。「チョコレートケーキはおいしかったわ、ケイト。甥は二切れ食べたわ。夕食までいられなかったのが残念よ」そして舌打ちし、ガールフレンドのいる男性ときたらと言った。

それには答えなくていいだろう。「ミセス・ジョンソンに電話されましたか？」ケイトはきいた。

「そうだったわ。すっかり忘れていたわ。いろいろ考えごとがあって」夫人はいらだたしげに顔をしかめて本を閉じた。「彼女を電話に出して、ケイト」

ケイトはトレイを置き、受話器を取り上げた。お願いやありがとうの言葉なしに命令されるのは、今でも抵抗を感じる。だが、それもいつか慣れることなのだろう。

キッチンに戻ると、彼女はディナーの支度に取りかかった。わたしは小食でと皆に言っているにもかかわらず、夫人はたっぷり食べる。約三カ月勤めた今では、〝お魚をちょっぴりと軽いデザート〟という注文は、小えびのソースをかけたドーバー産の舌平目とマッシュポテト、タラゴンをそえたマッシュルーム、セロリの煮込みのあと、チョコレートスフレかプリンということだとわかっている。

そんなことでいらだっても仕方がなかった。家のすぐ近くで仕事が見つかっただけでも幸運だったのだ。家政婦の一般賃金より安いのではないかと思っていたが、食事と小さくて快適な部屋がついている。それに、気をつけているかぎり、給料のおかげで母親は心配せずに暮らせる。

ケイトには将来の計画があった。充分お金をためたら、注文を受けて料理を調理し配達する、ケータリングの仕事を始めるつもりなのだ。それには、バンとキッチン用品を買い、顧客がつくまで生活を支える資金が必要になる。母親が助けてくれるだろうが、目下それは問題外だ。ころんで腕を折った母は、たいしたことないと言っていたが、ギプスをした腕であれこれするのはむずかしい。

ミセス・クロスビーがいらだちを口にしたとき、お金をためるまで、計画を立てるどころじゃないわとケイトは言った。百ポンドできたら、あとは借りられるかもしれない。たいした額ではないが、銀行の支店長と交渉するとき、いい材料になるだろう。冒険だろうが、常に自分に言い聞かせているように、彼女は二十七歳で、すぐにその冒険をしなければ、手遅れになってしまう。家政婦の職は、あくまでも必要に迫られての臨時のものだ。

父親が突然、思いがけず亡くなったとき、母親とケイトの世界は崩壊した。父は本を書くために弁護士事務所での仕事をやめたが、書き上げるまもなく肺気腫にかかり、六週間のうちに亡くなってしまったのだ。

ケイトは、必要以上一日たりとも長く家政婦をするつもりはなかった。お金がたまり次第、自宅でケータリングの仕事を始めるつもりでいる。だが、彼女も母も生活していかなくてはならない。母のわずかな年金で小さな家の家賃と維持費をまかなっても、二人は食事をし、寒さをしのぎ、服を着なくてはならない。現在のようにつつましく暮らしても、お金をためるには数年かかるだろう。もっと給料のいい職もあったが、家の近くではなかった。今のところなら、少なくとも週に一度の半日休みの日と、一日ずっと休んでいい日曜には家に帰れる。

翌日は日曜だった。雲ひとつない、暖かな六月の一日だ。ケイトは自転車に乗り、元気よくペダルをこいで、村のコテージに向かった。それは村の本道のいちばん端にある三軒の真ん中で、見かけも設備も相当みすぼらしいが、家賃は安く、両隣はお年寄りで静かだ。わたしたちが住み慣れていた家とは違うわ。自転車を柵に立てかけ、キッチンに入っていきながらケイトは昔を振り返った。それでも、わたしたちの家には違いない……。

ミセス・クロスビーがキッチンに入ってきて、彼女を迎えた。今も容色が衰えず、赤褐色の髪には白髪がまじっているが、娘と同じく輝くグリーンの瞳の持ち主だ。

「忙しかったでしょう。朝食をとる暇もなかったのね？」

「お茶を一杯飲んだけど……」

「あなたみたいに大柄な娘は、それだけじゃ足りないわ。トーストを焼いて、お茶をいれるから、早めの昼食にしましょう。さあ、入ってかけなさい。少ししたら、庭に出ましょう」そして、ミセス・クロスビーはかすかに眉を寄せた。「この仕事は、あなたにふさわしいかしら。レディ・カウダーはとても要求のきびしい人のようね」

「一生勤めるわけじゃないわ。お金が少したまったら、すぐやめるわ。それに、それほど悪い仕事じゃないの。食事はいいし、部屋もとてもきれいだし」

パン切り台を引き寄せ、ケイトはトースト用にパンを切り始めた。「腕の具合はどう？　ギプスしなおすのは、来週じゃなかった？」

「少しも痛くないのよ。腕をつるのは、出かけるときだけ。誰もぶつかってこないようにね」そして、立ち上がろうとするケイトに言った。「自分でするわ。誰かのために何かをするのはいいものね」

母の孤独にケイトは気づいた。彼女も寂しかった。二人は互いに強い愛情を抱き合っているが、どちらも決して寂しさを認めようとしないだろう。そこで、ケイトは陽気に言った。「昨日、訪問者があったわ。

レディ・カウダーの甥ごさんがお茶に来たの」

　ミセス・クロスビーはトーストを裏返した。「若い人？　年配の方？　何をしている人？」

「若いほうかしら……三十代だと思うわ。とても薄い色の金髪で、白髪まじりだったわ。何を考えているかわからない顔をしているの」

「ハンサム？」

「でも、少しきびしい顔ね。人をばかにしたような目つきで、背が高くて大柄なの」ケイトはトーストにバターをぬり始めた。「何をしている人なのか見当がつかないわ。お金持すぎて、何もしていないのかも。シルバーグレーのベントレーを運転していたから、貧乏なはずないわ」

「よく記事にある、若い経営者タイプでしょう——株取引の天才で、二十一歳にならないうちに億万長者になるという」

「もしかしたらね。でも、違うと思うわ。頼もしすぎるように見えたもの」

　ミセス・クロスビーは残念に思いながら、落ち着いた既婚者だとして彼をかたづけた。ケイトが男性と会う機会がほとんどないのは、かわいそうだ。父親が生きていたころは賛美者がたくさんいたのに、二人がコッツウォルズの快適な家から引っ越すやいなや、彼らは次第に姿を消してしまった。

　ケイトは少しも気にしなかった。彼らには、軽い好意しか感じていなかった。その気になればいくらでも結婚できたが、彼女にとっては、全身全霊で愛するか、まったく愛さないかのどちらかだった。母親に指摘したように、愛していると言った男性が本気で彼女を愛していたなら、必ず二人の所在を突きとめ、あとを追ってきたはずだし、何か手を打ったはずだ。結婚して子供を持ちたいと思っていたが、その望みはかなえられそうもないとわかっていた。

ともかく、近い将来には無理だ。ケイトは自分の憧(あこが)れを最善をつくして無視し、自分と母に生計を立てさせてくれるだろう未来にすべての考えを向けた。

やがて、ケイトと母はコテージの裏の小さな庭に行き、一隅にあるプラムの古木の下に座った。母娘(おやこ)で将来の計画を話すうち、飼い猫のモガティーはケイトの膝の上で眠り込み、やがて彼女もまどろんだ。仕事を楽に見せていたが、朝早く起きて夜遅くベッドに入り、ケイトはしばしば二人分の仕事をしていた。家事の手伝いに、毎朝村からミセス・ピケットがやってきたが、彼女が膝にリューマチを抱えていて、かがみ仕事はほとんどできないことなど重要だと考えず、レディ・カウダーは人手はそれで充分だと考えていたのだ。

ケイトはすっきりした気分で目を覚まし、母親とすばらしい昼食をとり、夕方遅く、村から一キロ足らずのところにあるレディ・カウダーの家に自転車で戻った。三日後の半日休みの日には、バスに乗ってテームに行き、ウインドーショッピングしましょうと母に念を押して。

翌朝、ケイトが朝食のトレイを部屋に持って上がると、レディ・カウダーはメモと鉛筆を手にベッドに起き上がっていた。おはようございますというケイトのていねいな挨拶(あいさつ)にうなずき、ありがとうとも言わずにトレイを受け取ると、いつもより活気を見せて言った。「名づけ子が泊まりに来るのよ。明日到着するから、庭の見える客用寝室を用意しておいて。もちろん、彼女のためのディナーパーティーを開くわ。水曜日の都合がいいから……」

「わたしの半日休みの日ですけれど」ケイトは静かに言った。

「あら、そう。今週は、お休みなしでなんとかするしかないわね。あとで、うめ合わせするわ。滞在中、クローディアに楽しく過ごしてほしいの。テニスに友人を呼んで、テラスでお茶。一晩は、ささやかな夕食会かしらね。カクテルにも誘うわ。わたしたち、あの子をあきさせないようにしなくては……」

そして、わたしに忙しい思いをさせてね！　いらだちを顔に出さず、ケイトは言った。「余分の手伝いが必要です」

「なんのために？　少し余計に料理するくらいできるでしょう？」

「もちろんできます。でも、掃除をしてベッドメーキングをして、ディナーパーティーや夕食のための食事の支度はできません。ましてや、お茶は。もちろん、スーパーマーケットに行ってもいいですが。あとは温めればいいすばらしい料理がそろっていますから」

レディ・カウダーは、まじまじとケイトを見た。この娘は生意気な口をきいているのかしら？　そうは見えなかった。口調はまじめだし、心配そうな様子で立っている。

「とんでもないわ、そんなこと。ミセス・ピケットに、丸一日来てもらうようにするわ」

「彼女の家には姪ごさんが滞在しています。オックスフォードのどこかで働いていると思いますが、二、三日なら手伝ってくれると思います」

「いいわ、手配してみて」レディ・カウダーはトーストにバターをぬり、マーマレードを山盛りにすると、鷹揚な気持になってつけ加えた。「夕食後、一時間くらい自由時間が取れるでしょう」

それはありそうもない、とケイトは思った。そして、水曜日の休みが取れなくなったことを母に伝えるために、今晩か昼食後、一時間ほど家に帰りたいと言うと、仕事の妨げにならないかぎりいいでしょうと許しをもらった。昼のメニューを言いつかって階下に戻ると、ケイトは夫人が午前中を過ごす小さな居間の埃(ほこり)を払い、ミセス・ピケットのために掃除機を取り出し、キッチンに行ってポットにお茶を入れ、スコーンにバターをぬった。

ミセス・ピケットはお茶とスコーンで機嫌をよくし、一日働きに来ることに同意した。そして、姪のサリーも臨時収入を喜ぶでしょうと言い、ビーズのような目をケイトにそそぎ、時間給で頼みますよとつけ加える。

「おいくら?」

「四ポンド。それでも安いですよ。あの人には払えます」ミセス・ピケットは、顎で天井を示した。

「結果は、あとで知らせるわ。昼のディナーに残って、わたしが料理を始めるあいだ、あとかたづけをしてくださる?」

「いいですよ。でも、あの人はあなたにつけ込んでますよ。たまには自分で料理すればいいのに」

ケイトから報告を受けたレディ・カウダーは、その出費にたじろいだ。「わたしを金のなる木だとでも思っているのかしら」夫人はうめき、ケイトの大きなグリーンの瞳をとらえた。「でも、クローディアは、きちんともてなさなくては。それに、たった一週間のことだし。わかったわ、必要な手配をなさい。お茶のあと、食事の打ち合わせに来るように」

ミスター・テイト＝ブーヴァリは、看護師が手術着のひもをほどくあいだ辛抱強く立ち、はずした手袋を容器に投げ込むと手術室を出た。

十五分後、彼はぴしっと服を着て、落ち着いた足取りで現れ、師長のコーヒーの勧めを礼儀正しく断って車に向かった。そして、市の中央部を離れ、国会議事堂の前を通り、ミルバンクに沿ってベントレーを走らせた。二軒のタウンハウスにはさまれた細い家の前を過ぎ、横道の端まで行って、家の裏にあたる路地に曲がる。車庫に車をとめて歩いて引き返し、表玄関から家に入ると、玄関ホールで背の低いがっしりした男性に迎えられた。陽気な顔、白髪まじりの髪はふさふさとし、黒のジャケットにピンストライプのズボンという礼儀正しい服装だ。

「おかえりなさいませ、サー」使用人のマッドは陽気に言った。「すばらしい夏の夕べでございます。パティオにお飲み物を用意しておきました。新鮮な外気は、体によろしかろうと思いまして」

ミスター・テイト＝ブーヴァリは礼を言い、玄関先のテーブルから手紙を取り上げた。鞄を手にして書斎に向かい、立ちどまって、伝言の有無をマッドに尋ねていると、廊下の奥のドアがさっと開き、ゴールデンレトリバーのプリンスがとんできた。

「レディ・カウダーからお電話がありました。二度ほど。帰り次第、電話をいただけたらうれしいとのことでした」

ミスター・テイト＝ブーヴァリはうわの空でうなずき、プリンスをかたわらに、書斎のデスクに腰を下ろした。郵便物には関心を引くものが何もなかったので奥の居間へ行き、壁に囲まれた狭い庭に面したパティオに出る。ディナーの前に一杯飲もう。伯母の電話はあとだ。そして、一瞬目を閉じ、ボーシャムにいるのだったらと思った。港が見え、その音が聞こえるところにある、古く広々とした、かやぶきのコテージにいるのだったらと。

入江でヨットを操ったり、庭仕事をしたり、パブで友人と会ったりして、用事のない週末や短い休日を過ごすコテージ。今週末も行けるかもしれない。あるいは、せめて土曜は。来週の月曜は予定があって、土曜まで自由時間がまったくない。だが、今日はまだ月曜だ。満足のいくように万事を調節するのに一週間ある。

マッドが並べたディナーを食べると、彼は書斎に行って伯母に電話をかけた。

「ジェームズ、かけてこないのかと思い始めたところでしたよ。二度も電話したのよ」そして、彼が返事をするまもなく続けた。「とてもわくわくする話なの。ジュリア・トラヴァースの娘、名づけ子のクローディアが、一週間泊まりに来るんですよ。とてもきれいで、いい子なの。かなり急な話なんだけれど」伯母はかすかに笑った。「気持よく滞在してもらえるよう、ベストをつくして計画を立てているところですよ。水曜の晩に、彼女のためにディナーパーティーを開くことにしたの。ほんの数人だけのね。それと、もちろんあなたと。来られると言ってちょうだい。午後八時、ブラックタイの正装でね」

ミスター・テイト＝ブーヴァリは辛抱強い男性だったので、我慢強く話に耳を傾けた。数々の言い訳が頭を駆けめぐったが、それらを捨てた。行きたくなかったが、週の半ばにテームまでドライブするのはいい息抜きになるとも考えられる。

「緊急事態が起きて引きとめられたら別ですが、喜んでお受けしますよ。もっとも、ディナーが終わったらすぐ失礼することになるかもしれませんが」

「すてきだわ。きっと、楽しい夕べになるわ」

それはありそうもない、と彼は思った。伯母の友人は自分の友人ではないし、夕べは時間の浪費のおしゃべりに費やされるはずだ。だが、ロンドンまでの夜のドライブは、その償いになるだろう。

レディ・カウダーはさらに五分ほど話し続け、彼は安堵(あんど)の思いで受話器を置いた。数分後、プリンスと夜の散歩に出かけたが、水曜のディナーパーティーのことは既に頭になかった。彼は手術予定の患者についてじっくり考え、夜遅くなってベッドに入ると、一日がうまくいった男性としてぐっすり眠った。

ケイトはベッドに入りながら、自分の一日はうまくいかなかったと振り返った。レディ・カウダーにお昼を出し、自分も急いで軽食を食べると、車でテームに出かけ、ディナーパーティー用のたくさんの食料の買い出しに一時間あまり費やした。帰宅すると再び呼ばれ、クローディアは翌日の昼前に到着するから、昼食は何か特別のものでないといけない、お茶用のケーキも各種そろえておくようにと言われた。さらに、ディナーも特別なものでないといけないという。ミスター・テイト＝ブーヴァリと違って、ケイトの一日はさんざんだった。

十時ごろ、クローディアは緋色のミニを運転して到着した。小柄でほっそりした美人で、緑がかった明るいブルーの瞳につんとした鼻、とがらせた口、カールした金髪と、一見、チョコレートの箱の絵のような美しさだ。頼りなげに見えるが、にこにこした顔の下は冷酷に見える、とケイトは荷物を運びながら思った。クローディアはケイトを押しのけて通り過ぎると、喜びの小さな叫びをあげてレディ・カウダーを抱きしめた。その声に、ケイトはむかむかした。

スーツケースを客用寝室に運び上げ、コーヒーのトレイを運ぶと、ケイトはキッチンに引き上げた。そこでは、ミセス・ピケットが野菜を洗っていた。

「絵のように美しい娘さんだね。妖精のようだ。服もとてもきれいだし。もうすぐ独身ではなくなるね、請け合いますよ」ミセス・ピケットは言った。

「そうでしょうね」ケイトは答え、クローディアは自分に好き勝手をさせ、どんな気まぐれもかなえてくれる大金持の男性を見つけるまでは独身でいるわと内心つけ加えた。わたしがそのことを五分で見抜けるのに、なぜ男性は見抜けないのかしら。

それでも、感情に料理の腕を左右されてはいけないと、ケイトはおいしい昼食を出し、クローディアにポテトサラダを突き返されたときも、ひと言も言わずにこらえた。

「こんなもの食べられないわ。ソースや何かであえた野菜は、料理のまずさをごまかす必要があるという明らかなしるしよ」

たっぷり皿によそっていたレディ・カウダーは、大声を出したクローディアに驚いた顔をした。「マヨネーズであえたポテトは嫌いなの？　ケイト、ミス・トラヴァースにゆでたポテトをお持ちして」

「ひとつもございません。ゆでられますが、最低二十分はかかります」

「もう……考えが足りないわね、ケイト」

「ミス・トラヴァースがお好きなもの嫌いなものの一覧表をくだされば、そのようにお料理できます」

ケイトの口調がとてもていねいだったので、それがいちばんでしょうとつぶやくのが、夫人としてもせいぜいだった。

ケイトが部屋をあとにしたとき、クローディアは言った。「なんて生意気な女かしら。どうして彼女をくびになさらないの？」

「人を雇うのが最近どんなにむずかしいか、あなたは知らないでしょう。腕のいい料理人はみんな、二倍のお給料の稼げる都会で働くわ。ケイトは料理が上手だし、とてもよく切り盛りしてくれているの。それに、地元に夫を亡くした母親が住んでいて、近くにいる必要があるんですよ」

クローディアはせせら笑った。「いないよりましなんでしょうね。すましたオールドミスみたい」

手製のデザートを持ってやってきたケイトは、その言葉を小耳にはさんだ。そして、無表情な顔でサービスしながら、この娘のベッドにねずみの死骸を入れてやったら、さぞいいきみだろうと思った。

クローディアは扱いにくい客だった。寝る前には温かい飲み物、起き抜けにはハーブティー、朝食にはこれこれと細かに指定し、それらすべてを提供したケイトにはありがとうのひと言もなかった。そして、名づけ親には少女っぽい魅力を振りまいたが、ケイトには魅力のかけらも見せなかった。

翌日、レディ・カウダーはクローディアを昼食に連れ出したので、ケイトはその晩のディナーパーティーの準備を始める時間ができた。半休がふいになった失望から、彼女はまだ憤慨していた。代休の話はひと言もなく、週末も滞在するかもしれないとクローディアが言っているのを朝食のとき耳にした。ということは、日曜の休みもなしということだ。

すっかり腹が立ち、ケイトはスープ用のクレソンをきざみ始めた。オレンジで香りづけしたソースをそえた鴨のローストのあとに、ラズベリーのシャーベットというのが夫人の希望だった。つけ合わせには、ソテーしたあと煮込んだチコリ、オレンジ、小粒のグリーンピース、にんじんのピューレがいいという。さらに、チョコレートオレンジとキャラメルの二種類のアイスクリームに、ストロベリーチーズケーキを作るよう言われていた。

ケイトにはすることが山ほどあった。メニューはこりすぎだし、オレンジの使いすぎだと思い、チョコレートオレンジ・アイスクリームをほかのものにしてはと穏やかに提案したが、無視された。

昼食後、ケイトはお茶用のケーキ作りに取りかかり、ケーキを焼いているあいだにお茶をいれ、座って飲んだ。クローディアが帰り次第、一日半の休みをいただきたいと頼み、家に帰って何もせずにいよう。料理をするのは楽しいが、作ったものすべてがけちをつけられるか、突き返されるかするときは違う。クローディアって、どうしようもなく意地の悪い娘だわ。つついただけで、ほとんど料理を口にしなかった昨夜のディナーを振り返り、ケイトは憤慨して思った。

ミセス・ピケットの姪のサリーが、午後やってきた。陽気な顔をした大柄な若い娘で、ほっとしたことに明るい性格だった。彼女はケイトが料理を続けるあいだお茶の給仕をし、キッチンに戻ってきた。

　鴨を無事料理し、ディナーの支度をほとんどすませたケイトが食堂に行ってみると、サリーがとてもきちんとテーブルをセットしていた。中央のばらを生けた背の低いボウルの両わきに、枝つきの燭台（しょくだい）が置かれ、銀のグラスが輝いている。

　ケイトはサリーの仕事をほめ、料理のサービスの手順を指示すると身づくろいをし、ゲストを迎えに玄関に行った。地元のドクターとその妻に続き、あいだを置かずにキーン少佐とその妻、レディ・カウダーの古い友人で、テームから来た年配の夫婦と続いた。夫婦は、甥にあたる、ハンサムで自信満々の若い男性を連れてきた。それから五分後、スープを出すのに備え、温かなロールパンのかごを手にして、ケイトが玄関ホールを横切っていたとき、ミスター・テイト＝ブーヴァリが到着した。

　こんばんはと彼は挨拶し、ケイトが客間のドアを開けたときほほ笑みかけた。彼女は無表情な声で、こんばんはと挨拶した。

　命令を忘れず、ケイトは十分待ってから、ディナーができましたと告げ、スープ鉢のかたわらに立った。クローディアは若い男性とミスター・テイト＝ブーヴァリにはさまれて座り、ケイトにすれば胸の悪くなるようなしぐさでまつげをしばたたかせ、ほほ笑んで、水を得た魚のようにふるまっている。サリーがクレソンのスープをブルーのドレスにはねかけなかったのが残念だわ、とケイトは意地悪く思った。

　ディナーはとてもうまく運び、一時間後、客間にコーヒーを運んだあと、ケイトはテーブルのかたづけを手伝った。それからキッチンで三人してテーブルにつき、残った鴨をきれいに平らげた。

「くたくたでしょう。一日中、立ちっぱなしだったんだから」ミセス・ピケットは言った。「ちょっと外に出て、新鮮な空気を吸ってきなさいよ。わたしとサリーで皿洗い機に食器をつめて、少しあとかたづけしておきますから。さあ」

「いいかしら？　じゃあ、十分だけ。おかげでとても助かったわ。わたしひとりではとうてい……」

庭に出るのはすてきだった。まだ明るくてあたりが見え、一日の日差しのぬくもりが残っている。ケイトはぶらぶら歩いて、家の横手から正面の車まわしに出た。立ちどまって、とめられた車を見る。古ぼけたダイムラーはドクターのもの、キーン少佐の車はローバー、目立つスポーツカーはあの甥のものに違いない。そして、少し離れて、ベントレーがとまっている。

さらに近づいて中をのぞくと、運転席に座っていた犬と目が合った。窓が少し開いていて、頭を上げた犬は窓に鼻面を押しつけてきた。

「かわいそうに。家の中の誰もが気持悪くなるほどがつがつ食べているあいだ、ひとり閉じ込められて。ご主人によく世話してもらっているといいけど」

足音をたてずに芝生を横切ってきたミスター・テイト＝ブーヴァリは足をとめて耳を傾けた。「彼はベストをつくしているよ。帰宅する前に、短い散歩に連れていくところだ」彼は穏やかに言い、濃くなりつつある夕闇の中で青白く見えるケイトの顔をじっと見た。「それに、ぼくはがつがつ食べなかったよ。ディナーはすばらしかった」

彼は車のドアを開け、プリンスは外に出ると、かいてもらおうと頭を差し出した。

「ありがとうございます」ケイトはそっけなく言った。「楽しんでいただけてよかったです」

「とても気持のいい晩だね」

ケイトは深いため息をついた。「あなたにとってはそうでしょうね。でも、わたしは今日が半休の日のはずだったんです。それに、一日休みが取れるはずの日曜も、ミス・トラヴァースが滞在予定のために取れないことになっています」彼女の声はかすかに震えた。「わたしたち——わたしと母はウインドーショッピングして、テームで一日過ごすつもりだったんです。しかも、足はずきずき痛みますし！」

ケイトは向きを変えてキッチンへと歩み去り、あとには、考え込んだ様子のミスター・テイト＝ブーヴァリが残された。

2

ミスター・テイト＝ブーヴァリは庭をぶらつき、ケイトの怒りの爆発をおかしがる気持は心配へと変わっていった。彼女は何かむしゃくしゃしている感じだ。たいていの娘だったら、泣き崩れていただろう。伯母のことだ、ただでさえ示すことの少ない思いやりは、自分の望みがくじかれそうになった場合、まったく示されないにきまっている。テームにウインドーショッピングに出かけるという考えに、彼は心を打たれた。知り合いの女性たちは、ウインドーショッピングしたりしない。店に入って、望むものをなんでも買うのだ。足がずきずきするとケイトが言ったのを思い出し、彼は眉を寄せた。

家に戻ると、クローディアが急いで部屋を横切ってきた。「どこにいらしたの？」と尋ね、思いきり笑顔を見せる。「退屈した？」彼女はかわいらしくふくれてみせた。「ローランド以外、ちょっぴりお年の人ばかりだわ。お庭を散歩したい……」

「残念だが、失礼しないと。既に、約束に遅れているのでね」

クローディアは驚いた顔をした。「ガールフレンドがいらっしゃるの？」

いらだちをまったく感じさせない穏やかな声で、彼は答えた。「残念ながら、ロマンチックな理由じゃない。容態を確かめる患者がいるんだ」

「こんな時間に？　ロンドンに戻る前に、十二時になっているわ」

「だが、病気の人間は、普通の人間が眠る時間に眠らないんだよ」彼は、クローディアのきれいな、不満げな顔を見下ろした。「伯母に失礼すると言わなくては……」

レディ・カウダーは、彼を少し離れたところへ引っ張っていって尋ねた。「今晩は楽しかったこと？　クローディアは魅力的じゃない？　とてもいい子だし、きれいだしね？」

「実に楽しい晩でしたよ。すばらしいディナーでした。彼女がほんとうに料理したとしたら、いい家政婦に恵まれましたよ。彼女にとっては大仕事だったでしょうが、きっと充分な手伝いが得られたんでしょう」

「あら、ケイトは二人分の仕事ができますよ」夫人は気軽に言った。「もちろん、通いの手伝いと、テーブルで給仕した若い娘が手伝うのは許しましたけどね。手伝いの姪らしいわ。こんな急な話だから、これで精いっぱいですよ」

「クローディアが滞在中、ほかにもてなしを考えているんですか？」

「明日はテニスパーティーよ。庭でのお茶と、たぶんビュッフェ式の夕食つきのね。それから、金曜にはカクテルの集まり。何人かは残って、あり合わせの食事をするんじゃないかしら。クローディアは、来週の初めまでいてもいいと考えているの。日曜には、特別な何かを考えないと。バーベキューパーティーでも。ケイトも、それなら楽にできるわ」

彼女はやってのけるだろう、とミスター・テイト＝ブーヴァリは思った。だが、それまでに彼女の足は死ぬほど痛んでいるだろうし、待ちかねていた一日休みは問題外になるだろう。

「月曜か火曜までクローディアがいるなら、金曜の晩にロンドンへ連れてきたらどうです？　ぼくは週末は空いていますよ。金曜の夜は観劇に行ってもいいし、土曜日はどこかへ食事にでも。日曜は、ヘンリーにドライブというのは？」

「ジェームズ、なんてすてきなアイデアかしら。ぜひうかがいたいわ。家の面倒はケイトにまかせられるし、彼女にはちょっとした余分の仕事をするいい機会だわ……」

「寛容すぎるほど寛容な伯母さまじゃないですか。あの娘を二日間、実家に帰しておあげなさい。家は庭師が気をつけていればいい。あんなすばらしいディナーを作ってくれたことに、ごほうびをあげたいとお思いでしょう。それに、家を閉めれば、光熱費を節約できるじゃないですか」

お金に細かいレディ・カウダーは、考え込むように言った。「それはいい考えだわ。この家の維持費ときたら……。それに、わたしが目を光らせていないと、ケイトは浪費に走るかもしれないし……」

「六時に、お待ちしていますよ。ぼくの帰りが遅れるようなら、マッドがお二人の面倒を見ますから。クローディアの車でいらっしゃいますか？」

「あの子は運転がとても上手よ。なんでも、それは上手にこなすわ。いい奥さんになるでしょう」

　レディ・カウダーが返事を期待したとしたら、失望することになった。すぐ失礼しなくてはと夫人の甥は言い、しかるべきことを口にして別れの挨拶をすると、横手のドアから家をあとにした。

　プリンスを車から出してやっていると声がして、ミスター・テイト＝ブーヴァリはミセス・ピケットと姪がキッチンのドアから出てくるところを目にした。二人はそばまで来たとき、おやすみなさいと挨拶し、帰るところだから乗せていきましょうという彼の申し出に足をとめた。

　二人を乗せて車をスタートさせると、彼は肩越しに言った。「家の場所を教えてくれないか、ミセス・ピケット。すばらしいパーティーだった。さぞ、一生懸命働いたに違いない」

「働きましたとも。あの気の毒なケイトは、疲れすぎて夕食も口にできないほどでしたよ。それが、明日はテニスパーティーだというじゃないですか」根がゴシップ好きのミセス・ピケットは話に熱が入った。そして、ケイトは生まれも育ちもきちんとした娘だが、ちっとももったいぶらずに務めをはたしていると言って息をつき、自分の家の場所を教えた。

　二人を礼儀正しく送り届けたあと、ロンドンに向かってドライブしながら、ミスター・テイト＝ブーヴァリはプリンスに話しかけた。「自分でもどうしたのかわからないよ。ほとんど知りもしない娘が、ウインドーショッピングに行けるようにするため、わざわざ週末を犠牲にするなんて……」

　翌朝、たいそう恩着せがましい口調で、レディ・カウダーはケイトに告げた。「留守中も、使用人に家に残っているよう期待する雇い主もいるものだわ。でも、よく言われるとおり、わたしは気前がよすぎるほど寛大なのですよ。仕事をすませ次第、家に帰っていいわ。日曜の晩には戻っているように。家財は庭師のハーヴェイが気をつけていてくれるけれど、何かなくなったらあなたの責任ですからね」

丸二日、家で過ごせるのはすてきだろう。その楽しみがあったおかげで、予期せぬゲストがお昼に訪れ、テニスと庭でのお茶に大勢の人がやってくるという骨の折れる新たな一日を彼女は切り抜けた。

手伝いを雇わず、ケイトひとりに何もかもさせようというレディ・カウダーのけちぶりにミセス・ピケットはあきれ返り、あの人みたいな人こそ、少しは自分で料理や家事をしてみればいいと言った。

ケイトはその言葉に無言で同意した。

その晩、バーベキューパーティーがあった。クローディアが余計な口出しをしたために準備はおおいに妨げられ、ゲストが到着し始めても何も整っていないという結果になった。その状況を、クローディアは当然ケイトのせいにした。そして、彼女がまだ聞こえるところにいるのに、かなり大きな声で言った。「もちろん、使用人がこういうことを知っているはずがないわ……」

引き返して、相手にくってかかりたい気持を押し殺し、ケイトはキッチンにバーベキューの材料を取りに行った。戻ってくると、クローディアが命令した。「炭に火をつけなさい」

彼女は取ってきた材料をテーブルに並べてセットすると、「家で用事がありますから」と言って、さっさとその場を離れた。そして、キッチンでポットにお茶を入れ、皿洗い機から皿を取り出し、キッチンをきれいにした。

晴れた、暖かな晩で、パーティーはかなりのあいだ続くだろう。ということは、クローディアのドレスにアイロンをかけ、二階に上がってベッドを整える機会ができるということだ。だが、まずケイトはホレースに餌をやり、洗ったポテト二個を自分の夕食用に大型レンジに放り込んだ。焼き上がったら、上にチーズをのせてオーブンに入れよう。

クローディアの部屋をかたづけながら、あと一日だわとケイトは自分に言い聞かせた。この二、三日のあとでは、明日のカクテルパーティーなどたやすいものだろう。

パーティーは延々と続いた。ケイトは雑用をこなし、ポテトを食べ、全員が帰り、レディ・カウダーもクローディアも部屋に引き上げたあと、ずっと遅くになって自室に戻った。半分眠りかけた状態でシャワーを浴び、ベッドにころがり込むと、ひどく疲れた娘として眠った。

レディ・カウダーとクローディアは夕方ロンドンに向かう予定だったので、翌日のカクテルパーティーは正午少し前に開かれた。ゲストはゆっくりしがちだったから、昼食はあわただしいものになった。ケイトは手際よく皿を出したり下げたりし、そんななか、二人が忘れ物のないように面倒を見た。二人を見送ってほっと安堵のため息をつくと、昼食のあとかたづけをし、家を整頓し始めた。庭師のハーヴェイは、家の様子も見るしホレースの世話もするからと快く請け合ってくれた。

自分のベッドで眠り、目を覚まして、自分の朝食のベーコンが焼けているにおいをかぐのはすてきだった。あとの料理をするつもりで、ケイトは小さなキッチンに下りていったが、母はいいと言ってきかなかった。

「あなたは大変な一週間を過ごしたんですもの。それに、丸二日、一緒に過ごせるのはすばらしいわ。何をしようかしら？」

「テームに行きましょう。ゆっくりウインドーショッピングして、あのケーキ店でお茶を飲むの」

朝食を食べながら、ケイトは一週間の出来事を母親に話した。

「誰かすてきな人はいなかった?」母がきいた。

「全然。そう……ひとりいたわ。レディ・カウダーの甥ごさんが。とても無口な人よ。やはり、かんしゃく持ちだと思うわ。ディナーをほめたけれど、だからといって、いい人だとはかぎらないわ」

「でも、彼はあなたに話しかけたわけ?」

「気持のいい晩だと言っただけ」

「それで?」

「人にとってはそうかもしれないけれど、こちらの足はずきずきしていると言ってやったわ」

ミセス・クロスビーは、声をあげて笑った。「それを聞いて、彼はどう思ったかしらね?」

「さあ。それに、ほんとうに気にならないわ。今日は、二人で楽しく過ごしましょう」


ミスター・テイト＝ブーヴァリの思いは、ケイトとは違っていた。金曜の晩、彼は自分の衝動的なふるまいを後悔しながらゲストを迎えた。そして、ふさわしい言葉で歓迎したあと二人をマッドにまかせると、プリンスを従えて、部屋へ着替えに行った。人気のミュージカルのチケットが取ってあるし、マッドは特別のディナーを考えている。

ジャケットをはおりながら、彼は思った。明日はやはりの画廊に二人を案内し、そのあと昼食に連れていこう。夜、サヴォイでディナーをとり、ダンスをすれば、それで土曜日はつぶれるだろう。日曜は田舎にドライブに出かけ、マッドのすばらしいディナーをとる。そして、月曜の朝早く、二人は車で戻っていくだろう。せっかくの週末が台なしだ。ケイトがぼくより週末を楽しんでいるといいが……。

「もっとも、彼女はぼくの知ったことじゃないがね」彼はプリンスに言った。

クローディアの絶え間のないおしゃべりと、伯母の不平をもらす声に耳を傾けるうち、ミスター・テイト＝ブーヴァリはケイトのことを忘れた。せっかくのおいしいディナーが、原因不明の痛みのせいでおいしく味わえなくてとても残念だ、癌でなければいいけれどという伯母の訴えにも、大食いに近い食欲を見せて料理を平らげるのを見ていたので、とうていそれはあり得ないと請け合った。消化不良気味なのではと言うと、伯母は眉をひそめ、その言葉を無視した。

劇場でミュージカルの上演中、彼は熱心に見入っている様子で座っていたが、そのあいだ、翌週の仕事を頭のなかで検討していた。忙しい一週間になるだろう……。

週末はケイトにとってあまりに早く過ぎた。ウインドーショッピングを楽しんだあと、静かな日曜が続いた。午前中教会に行き、コテージの裏の小さな庭で母親と軽い昼食をとり、のんびりした午後を過ごしたあと二人で夕食を食べると、レディ・カウダーの家に帰る時間だった。いつ戻るか正確な時間は言わなかったが、月曜朝の早い時間に、と夫人はほのめかしていた。あらを見つける気で、思いがけない時間に戻るのだろうとケイトは察した。

家は陰気で静まり返って見え、ケイトはキッチンでホレースを見つけてうれしくなった。そして、ホレースにおまけの夕食をあたえると、部屋までついてきた猫になぐさめられ、目覚ましを六時半にセットして眠りについた。

すばらしい朝だったから、起きるのは苦にならなかった。ケイトはホレースと一緒にキッチンに下り、気前よく餌をやって外に出してやると、自分でお茶をいれた。お茶を飲むとすぐ二階に戻って着替え、朝食用の卵がゆで上がるあいだに、窓とカーテンを開けてまわった。朝食をとったあとも、彼女はぐずぐずしなかった。花を生けたり、昼食の支度をしたり、することはいろいろある。

　レディ・カウダーはハイヤーに乗って、九時少し過ぎに到着した。そして、けちをつける点は何かないかと、あちこち見まわした。だが、ケイトに話すことはほとんどなかった。「クローディアはエジンバラまでドライブしなくてはならなかったし、甥は朝早く出なくてはならなかったわ。だから、ひとりで残っていても仕方なく思えたんですよ。軽い朝食を支度して。出てくる前、まともな食事をとる暇がなかったわ。卵料理と薄くスライスしたトースト、それにコーヒー。十五分以内にね。さあ、わたしは部屋に行きます」

　レディ・カウダーはご機嫌ななめだわ。コーヒー豆をひきながら、ケイトは思った。週末は失敗だったのかもしれない。考えてみると、三人に共通点が多くあるとは信じられない。とはいえ、二人を招待したからには、彼はクローディアと恋に落ちたのかもしれないが……。彼のことは何も知らない。実際、知るのがむずかしい男性かもしれないという気がする。だが、料理をほめてくれて親切だったし、友達になれたらすてきな人かもしれない。

「でも、それはとうていありそうもないわ」おやつがもらえないかとうろついていたホレースに彼女は言った。「だって、わたしは家政婦でしょう？　それに、彼は証券取引所か何かの有力者だと思うの」

　微妙な手術に没頭していたミスター・テイト＝ブーヴァリに、ケイトの言葉が聞こえたとしたらおかしがっただろう。

　数日後、病院で同僚のショー教授とおしゃべりしていて、彼は尋ねられた。「レディ・カウダーは、きみの伯母さんじゃないかね？　妙な話だが、彼女の家の家政婦は、一年ほど前に亡くなった旧友の娘さんだと聞いたんだ。きれいな、いい娘さんでね。つらい目にあっているらしい。ずっと捜そうと思っているんだが、彼らがコッツウォルズの家を離れて以来、音信不通なんだ」

ミスター・テイト＝ブーヴァリは、ゆっくり口を開いた。「彼女に会ったことがある。とても有能そうだが、働きすぎのようだったな。伯母はやさしい人だが、信じられないほど利己的だから、ケイトに多くをまかせているんだと思う」

なんとかしなくてはと教授は眉を寄せ、妻に手紙を書かせて、二人を週末に招待させようと言った。ケイトは日曜しか休みがないし、車もないと彼は説明し、自分から申し出た。「ぼくを呼んだらどうかな。そうすれば、行きがけに二人を拾って、帰りには、彼らを家まで送るけど？」

「ジェームズ、それはご親切に。妻とわたしは日にちを決めるとしよう……かなりすぐだな。近々、ギリシアに二週間の休暇に出かける予定なのでね。それに、きみも休暇の計画があるだろう……」

病棟の回診が遅れていたミスター・テイト＝ブーヴァリは、その件を心から追い出した。ショー教授は賢い親切な人だが、うっかり屋でもある。こちらの提案にもとづいて、教授が忘れずに行動することはありそうもないと彼は思った。

だが彼は間違っていた。その週の金曜日にならないうちに、彼はショー教授に計画の念を押され、再来週の日曜に暇が取れるかときかれた。二人を乗せて、昼食前の一杯に間に合うように来てくれ、ケイトと仲よしだった娘も夫婦で来る予定だから、一日ゆっくりしていってくれというのだ。

ミスター・テイト＝ブーヴァリは、ため息をついた。もちろん、自分がいけなかったのだ。クロスビー母娘を乗せていくと自分が提案したのだ。ボーシャムでヨットを走らせて過ごせたはずの週末を、またつぶしてしまったと彼は反省した。

気が遠くなりそうだ、ひとり家に残されるべきではないとレディ・カウダーがか細い声で言ったため、ケイトが家に着いたのは、教会に間に合う時間ぎりぎりだった。彼女は母親への挨拶もそこそこに足早に教会へ向かい、これは一日休みじゃないわと不機嫌につぶやいた。そして、母親が責めるような目で見ているのに気づいてにっこりし、おとなしく祈りをささげると、近いうちに何かいいことが起きますようにとつけ足した。

帰り道、母はケイトに翌週の日曜の招待の話をした。「テイト＝ブーヴァリとかいう人が、わたしたちを乗せていって、夜には送ってきてくれる予定で……」

ケイトは足をとめた。「お母さん、その人がレディ・カウダーの甥ごさんよ。ずきずきする足の話をした相手よ」彼女は顔をしかめた。これがお祈りへの答えだとしたら、とんだ当てはずれだ。「彼は、ショー一家を知っているのかしら？　友達にしては教授は少しお年だし……」

「ジョンと彼は、同じ病院で働いているのよ。サラは手紙にそう書いていたわ。小児医学界で、とてもよく知られている人らしいわ」

「でも、どうしてわたしたちのことを知ったの？」

「ジョンが、たまたま名前を口にしたのよ。わたしたちはどうしているだろうって」

「お母さんは行きたい？」

「わたしはサラが好きだったし、昔の暮らしを一、二時間味わうのはすてきでしょう」ミセス・クロスビーは幸せそうにほほ笑んだ。「何を着ていこうかしらね？」

母は昔の友人に再会するのを楽しみにしている。

行くのをしぶる気持を押し殺し、続く時間、ケイトは自分たちの手持ちの服を見なおして過ごした。

次の日曜日、朝早く家を出たいとレディ・カウダーに話すのが賢明だとケイトは考えた。「わたしたちは、友人と一日過ごす予定にしています。十時過ぎまで戻らなかった場合を考えて、勝手口の鍵をいただいておいたほうがいいかもしれません」

レディ・カウダーは、その考えに難癖をつけた。

「外泊するつもりではないでしょうね、ケイト。それは許すわけにはいきませんよ」

ケイトは感情を顔に出さなかった。「わたしは外泊する癖はありません、レディ・カウダー。でも、二十七歳の女性が、一夕を友人と過ごすのになんの異存もないと思います」

「それはそうでしょう。でも、十二時までには戻ってきてほしいものね。ミセス・ピケットに泊まってもらわなくては。ひとりにされるわけにはいかないわ」そして、弱々しい声で感想をもらした。「最近の若い人には、思いやりというものがないわ。お昼には、子羊のカツレツね。デザートはカスタードがいいわ。ほんとうに食欲がないものだから……」

強すぎるほどの力を込めてボウルに卵を割り込みながらケイトは思った。わたしが丸一日休みを取る予定でいる、十時きっかりにおとなしく戻ってくるつもりがないというだけで、さんざん騒ぎたてて。

わざと不親切にしたわけではなかったが、それでもやはり、レディ・カウダーは水曜のケイトの半休を遅らせた。夫人は友人を昼食に呼んだのだが、彼らは一時近くなって到着し、それから三十分あまり何もせずに座ってシェリーを飲んでいた。そのために、ケイトがやっと自由になり、自転車で家に向かったときはほとんど三時になっていた。

なぜ我慢しているのかわからないわと母親にこぼ

して、彼女はつけ加えた。「いえ、実はわかっているわ。これは仕事だし、今のところ最善の職だからよ。でも、長いことではないわ。例の百ポンドをため次第……」

日曜日、ケイトは早起きし、レディ・カウダーが哀れを誘う理由をつけて引きとめようとしたにもかかわらず、時間の余裕を残して家をあとにした。迎えが来るのは十時。特別の場合に備えて大切にしまっておいた、淡いグリーンのジャージーのドレスに着替える時間が三十分ある。これこそ特別な場合だ。たとえ家政婦をしていても、体面をたもつ必要がある。それに、彼女はミスター・テイト＝ブーヴァリにいい印象をあたえたかった。理由ははっきりしなかったが、彼の伯母の家政婦以外の誰かとして見られたかった。

階下に下りていくと、母は娘の服装をほめて言った。「あなたは、今の仕事にもったいないわ。モデルになるべきよ」

「お母さん、モデルはふくらみがないの。でも、わたしにはたっぷりあるわ。ありすぎるくらいにね」

ミセス・クロスビーはほほ笑んだ。「あなたは女性だし、女性らしく見えるわ。モデルはどうか知らないけれど、大半の男性はふくらみが好きですよ」

ミスター・テイト＝ブーヴァリは五分後に到着したが、超然とした視線とそっけない握手から判断すると、彼は大半の男性にふくまれていないようだった。

驚いたことに、コーヒーはいかがという母の勧めを彼は受け、プリンスを庭に放してかまわないだろうかと礼儀正しく尋ねた。

「もちろんいいですとも。飼い猫のモガティーはケイトのベッドで寝ていますから。いずれにしろ、あなたの犬は蠅一匹傷つけるように見えませんもの」

ミセス・クロスビーは言った。

　実際、プリンスは最高に行儀よくふるまい、ご主人の車のなかで退屈して座っていたとき、やさしく話しかけてくれた人だとわかると、ケイトににじり寄って、頭を差し出した。

　ケイトは喜んで犬の頭をかいてやった。それで、手持ち無沙汰(ぶさた)がまぎれたし、なぜか、きまり悪さを感じていたのだ。

　ばかなまねはよしなさい、ケイトは無言で自分を叱(しか)り、天気について、ミスター・テイト＝ブーヴァリとぶっきらぼうな会話をかわした。「ほんとうにいいお天気ですね」

「そうだね。休暇の計画は何かあるの？」

「休暇？」ケイトは目をぱちくりさせた。「まさか。その……今のところありません。いつ夫人のご都合がいいのか、はっきりしないんです」

　彼がわたしの仕事を話題にするつもりでなければいいけれど、とケイトは思った。それに、恩着せがましい態度をとろうとしなければいいけれど、と。

　ミスター・テイト＝ブーヴァリはケイトの顔を見て、考えていることが手に取るようにわかった。魅力的な顔だし、職場を離れた今、実際に若い娘らしく見える。あの落ち着いた態度は、仕事柄にともなっているのだな。かんしゃくを起こしたとき、彼女はすばらしい見ものだろう……。

「週末は楽しんだかい？」ミセス・クロスビーからコーヒーを受け取りながら、彼は尋ねた。「この天気では、料理をするのは暑いに違いない」そして、濃いブルーの瞳で考え込むようにケイトを見て、つけ加える。「それに、足にもとてもきついし！」

　ケイトは驚いた声で言った。「まあ、レディ・カウダーからお聞きになったんですか？　ええ、楽しい週末でした」

　ケイトは、彼にビスケットの皿を手渡し、プリンスにも一枚あたえた。そして、出かける前に、お水が飲みたいんじゃないかしらと誰にともなく言って犬を連れて出ていき、いつでも出かけられますという雰囲気を漂わせて、まもなく戻ってきた。

ミセス・クロスビーと話していたミスター・テイト＝ブーヴァリは内心にっこりし、そろそろ出かけましょうかとさりげなく切り出した。夫人を助手席に、ケイトをプリンスと一緒に後部座席に座らせると、彼は車を出した。

田園地帯を抜ける道を走るうち、ケイトは自分の不機嫌が消えてなくなるのに気がついた。ベントレーは快適この上ないし、隣でうつらうつらしているプリンスは気楽な道連れだ。彼女は黙ったまま、母親とミスター・テイト＝ブーヴァリの話にうわの空で耳を傾けた。

母が自分たちの事情を話しすぎてしまわなければいいが、とケイトは思った。彼は人に自分のことを話させる技術を身につけているのではないだろうか。職業上必要には違いない。そして今、彼はその技術を、退屈なドライブの暇をつぶすために使っているのだ。

ところが、ミスター・テイト＝ブーヴァリは退屈していなかった。長い訓練のたまものである技術を使い、単にケイトについてもっと知りたいという理由で、ミセス・クロスビーから情報を引き出していた。ケイトは彼の好奇心をそそった。彼女への自分の興味を分析はしなかったものの、興味のおもむくままにふるまっていけない理由がわからなかった。

ショー夫妻は気まずい質問をそつなく避けて彼らを温かく迎え、夫妻の娘のレスリーはケイトと昔の仲をすんなり取り戻した。

「なぜ結婚していないの、ケイト？　男性は、みんなあなたにお熱だったのに。全員に肘鉄をくらわせたの？」レスリーが言ったとき、気まずい瞬間が一度生じた。

ケイトは気のきいた答えを考えようとし、長すぎるその間をミセス・ショーがうめた。「ケイトは果報者の男性を隠しているんでしょう。果報者といえば、ジェームズ、あなたも身を固めるときじゃなくて？」

「暇ができたらなんとかしなくてはと思っているんですが、ほかにいろいろ関心事があって……」

笑いと屈託のない冗談がその場にあふれ、その機会に落ち着きを取り戻したケイトは、帰るまで仕事の話を避けとおした。やさしい言いまわしの質問には、自分たちの家のあいまいな描写をしたので、ミスター・テイト＝ブーヴァリをのぞく誰もが、母娘はさして心配もなしに魅力的なコテージに住み、村で幸せに暮らしているという印象を受けた。

ケイトが家政婦をしているという話を聞いていたミセス・ショーは、普通よくある家政婦の仕事ではないのだろうと思った。テニスパーティーや楽しい社交生活の話があり、夫人はケイトがそれに参加しているものと想像した。ケイトが慣れていた生活とは少し違うけれど、近ごろ娘たちは途方もない仕事につくものだし……。ミセス・ショーは、ケイトの仕事は一時の気紛れだとかたづけた。

その日一日、ミスター・テイト＝ブーヴァリはほとんどケイトに話しかけなかった。会話は一般的な話題に終始し、彼はさりげなく親しみを見せ、個人的な感情を表さないように気をつけた。おかげで、ケイトはずっとオープンな態度で接するようになり、今朝彼を迎えたときの、かすかな辛辣(しんらつ)さは姿を消した。ケイトのことをもっとよく知りたいと思っている自分に、彼は気づいた。そして、肩をすくめ、その考えをわきに押しやった。二人の出会いは不定期だし、仕事柄、つかの間の気紛れにふける時間はほとんどない。

　夕食のあと、彼はケイトと母親を家まで送った。楽しい一日だった。またこういう機会をもうけようという話になり、この次は土日で来てくださらなければとミセス・ショーはきっぱり言った。

　再びプリンスと後部座席に座ったケイトは、そんなことはありそうもないと思った。実のところ、こんな遅い時間に戻ることに、はらはらしていた。ミスター・テイト＝ブーヴァリの運転速度をもってしても、レディ・カウダーの家に着くまでには十二時をまわっているだろう。

　腕時計にちらりと目をやった彼は、ケイトが何を考えているかよくわかり、肩越しに尋ねた。「先にお母さんを送りたいかい？　それとも、きみを先に降ろそうか？」

「まあ、お願いします。少し遅くなったものですから、かまわなかったら……」

　車が着いたとき、家は闇の中だったが、だからといって、レディ・カウダーがベッドわきの時計に目をやりながら、起きて彼女を待っていないともかぎらない。

　そこまで心配するのは愚かだった。ケイトは長時間働き、夫人は悲しそうな声――彼女はだまされなかったが――で、実に恥ずかしげもなくつけ込む。だが、ケイトは職を失う危険をおかせなかった。あとわずかお金をためれば、銀行の支店長に会えるようになるだろう……。

　ミスター・テイト＝ブーヴァリは音もなく家に車を近づけ、降りた。

「鍵を持っているかい？」彼がきいた。

「ええ。勝手口の鍵を持っています」ケイトは答え、母親に静かにおやすみなさいを言うと、プリンスの頭を撫でて車を降りた。

「鍵を貸しなさい」ミスター・テイト＝ブーヴァリは無言のまま彼女をドアまで送っていき、錠を開けて鍵を返した。

「ショー夫妻のところへ連れていってくださってありがとうございました」ケイトはささやくように言った。「すばらしい一日でした……」

「昔のようにかい？」彼は不意にかがみ、ケイトの頬にキスした。「ぐっすりおやすみ、ケイト」

彼女はミスター・テイト＝ブーヴァリの横を通りすぎ、音をたてずにドアを閉じると、靴を脱いだ。そして、忍び足で歩きながら、なぜ彼はキスしたのだろうと思いめぐらした。確かに、おざなりのキスだった。だが、必要ではなかった……。

3

続く数日、気がつくと、ケイトは望む以上にミスター・テイト＝ブーヴァリのことを考えていた。考える理由はひとつもないわ。わたしたちは二度と会いそうもないし、会ったとしても、共通の友人の家でということはない。彼のキスは気にさわった。あれはおざなりなごほうび、一種のチップだったのよ、と彼女は自分に言い聞かせた。その考えに頬が熱くなり、苦労して彼を心から追い払ったが、彼は歯痛のようにしつこく心にとどまり続けた。

レディ・カウダーは、相変わらず骨が折れた。めったに声は荒らげなかったが、自分は犠牲者だというような、常に不満をにじませた物言いは耐えがたかった。そして、ケイトには我慢ならない、人をあざむくやさしい声で、もう少し一生懸命働いてもいいのにとほのめかすのだ。

「あなたは大柄で頑丈な娘だし、家をきちんとするのに、丸一日あるんですから。多くは望んでいないけれど、客間をきれいにするくらい、一時間程度でできないの？　あと、屋根裏部屋ね……村の慈善がらくた市の喜ぶものがたくさんあると思うのよ。体力があれば自分でするのだけれど、わたしが虚弱なのはよくわかっているわね？」ある昼食どき、レディ・カウダーは言った。

たっぷりのサーロインステーキの切り身とマッシュルーム、焼きトマト、揚げ玉ねぎ、ズッキーニのバターソテーを給仕しながら、ケイトは意味のない言葉をつぶやいた。これほど旺盛(おうせい)に食べながら、一方で夫人が自分の食欲のなさを口にするのが、いつも不思議でならない。

職を失うわけにいかなかったので、ケイトは忙しい一日をやりくりし、一時間ほど屋根裏で過ごし、提供できるものはないかと、古着や古い鍋(なべ)の山を慎重に調べた。それは午後の余暇を使い果たす報われない仕事で、彼女がミスター・テイト＝ブーヴァリが訪問したのを知ったのは、彼が帰ってしまったあとだった。レディ・カウダーから、彼が自分でお茶をいれなくてはならなかったと聞かされ、いいきみだと意地悪く思ったが、自分のそんな思いをわざわざ分析しようとはしなかった。彼はケイトに親切をつくそうと骨折ったのに、それは残念なことだった。

母親に頼まれて伯母を訪ねていたので、ミスター・テイト＝ブーヴァリは行きたくなかった。わずかな余暇の時間を、お義理の訪問に浪費するのは不本意だった。もっとも、再びケイトに会えると考えると、訪問が耐えやすくなったのは認めざるを得なかったが。

レディ・カウダーは彼を目にして喜び、悲しげなか細い声で不調を訴え、ケイトが屋根裏に上がってしまっているので、お茶の支度をする者が誰もいないと嘆いた。ミスター・テイト＝ブーヴァリはお湯をわかすあいだに、ケイトがキッチンのテーブルに残していったケーキを一切れ食べ、お茶のトレイを客間に持っていった。どこか厳格な物腰にもかかわらず、彼はやさしい男性だったので、伯母のおしゃべりに辛抱強く耳を傾け、元気づけようと努めた。

「ぼくは一週間ほどノルウェーに行くつもりです。病院での仕事のかたわら、数都市で講義する予定です。数年前に訪れたことがあって、また来てくれないかと頼まれましてね。とても魅力的な国で……」

世界をまわって楽しむ機会のある若い人は幸運だとレディ・カウダーは甥をうらやみ、食欲がないと言いながら、残りのバターつきパンを元気のない様子で平らげた。

「休暇を取れれば、わたしの健康もよくなるかもしれないわ。ノルウェーには行ったことがないけれど、でも、もちろん、付き添いなしでは無理ね」

ミスター・テイト＝ブーヴァリは考えて口をきく人間だったが、今度だけその原則を破ることにした。

「いらっしゃればいいじゃないですか。付き添いは簡単に見つかるでしょう？」

「でも、費用が……」

彼は黙っていた。伯母はその気になれば一ダースでも付き添いを雇えるのだが、母親が思いやり深くも言ったように、〝お姉さまは、いつもお金には慎重〟なのだ。

レディ・カウダーは、空のケーキスタンドにちらりと目をやった。「まったく、なんのためにケイトにお給料を払っているのかしら。わたしの望みはとても単純なのに、簡単な食事すら出せないようね」

ケイトが屋根裏から下りてくるといい、とミスター・テイト＝ブーヴァリは思った。彼女にはつかの間の関心しか抱いていないが、好奇心をそそられる。そして、半ば冗談で言った。「付き添いにお金を払うことはないじゃないですか。ケイトを連れていけばいいでしょう。伯母さまの旅をスムーズにできる、良識のある女性のようですが……」

「ジェームズ、なんてすばらしいアイデアかしら。それに、ケイトにはいつものお給料を払うだけでいいのだし、旅行の機会ができて喜ぶでしょう。滞在先は、どこがお勧め？」

自分の提案がこれほど真剣に受け取られると予想していなかった彼は、ケイトはノルウェーに行きたがらないかもしれないと釘を刺し、フィヨルドの周囲の小さな村かベルゲンに滞在することを勧めた。手配を頼まれたが、予定がつまっているからと断り、ほんとうに行くつもりなら、いい旅行代理店を見つけてまかせるようにとアドバイスした。

レディ・カウダーは、すっかりその気になっていた。さっそくケイトに話して手配をさせると言い、彼女は行きたがらないかもしれませんよと彼が注意しても取り合わず、断るようなら一カ月でくびだと言い放った。

お義理の訪問をすませたミスター・テイト＝ブーヴァリは、家をあとにした。ケイトの姿はどこにもなく、かえって彼女に悪いことをしたかもしれないという思いが心をよぎった。しかし、ケイトは自分で自分の問題は解決できる若い女性だと言い聞かせた。彼女は行くのを拒否し、別の仕事を探しさえすればいいのだ。

彼はその一件を心から追いやったが、続く数日間、それはいやでもよみがえってきて彼を悩ませた。

キッチンにかかっている旧式のベルで客間に呼ば

れたケイトは、二階に上がっていった。解雇されるのだろうか？　それとも、さらに悪いこと――クローディアがまたここを訪れるのだろうか？　彼女はドアを開けてなかに入り、話というのがなんなのか聞こうと、静かに立ったまま待った。

レディ・カウダーはまじまじとケイトを見た。実際、この娘は家政婦のように見えないし、確かにそのようにふるまっていない。興味を引かれたようにさえ見えない……。

「休暇を取ることに決めました。わたしには休養が必要です。動悸がするのは、もっと重い病気のしるしに違いないけれど、知ってのとおり、わたしは決して自分のことを心配する人間ではありません。外国に――ノルウェーに行くつもりです。あなたも一緒に来るんです。わたしの面倒を見て、旅の手配をしたりする人間がいります。ただで休暇が取れるのは、うれしい驚きでしょう。もちろん、お給料は払い続けます。あなたはとても幸運なのですよ」

「一緒に来てほしいとお尋ねですか？」

「もちろんですよ。話を聞いていなかったの？」

「聞いていました。でも、わたしに行きたいかどうか、お尋ねになっていません」

レディ・カウダーは、衝撃を受けた目でケイトを見た。「あなたは家政婦ですよ。わたしの望みどおりにしてほしいものね」

尋ねられれば、とケイトは静かに言った。「そうですけれど、できれば行きたくありません。適当な付き添いは、簡単に見つかると思います」

「そしてあなたは、何もせずお給料をもらって、ここに残ろうっていうわけ？」

ケイトは返事をせず、夫人はしばし考え込んだ。ケイトは料理上手で一生懸命働くうえに、給料のことでも文句を言ったことがない。彼女をくびにしたくはない。一カ月にせよ、付き添いを頼めばお金が

かかる。そう考えると、ぞっとする。同情がほしいとき

解決策はひとつしかなかった。レディ・カウダーは言っ

いつも使う悲しげな声で、レディ・カウダーは言っ

た。「申し出を考えてみて。一カ月のことだし、付き添いの通常のお給料を払ってもいいわ。現在のお給料より、かなり多いのよ。もちろん、戻ってきたときは今の額に戻るけれど」

正確な額をきかれ、レディ・カウダーは目を閉じて、苦痛の表情を装った。夫人は素早く頭を働かせていた。友人のミセス・アーバスノットの新しい付き添いの給料は高すぎるように思えたが、それが平均的な額ということだった。ケイトは、その半分で充分だろう。それでも、現在の給料の約二倍だ。レディ・カウダーは目を開け、金額を告げた。

二倍だわ、とケイトは思った。その分をそっくりためられれば、必要なお金はすぐできる。彼女は静かに答えた。「わかりました、レディ・カウダー。一緒に行きます。いつ、出発なさるおつもりですか？」

旅行に関するさまざまな指示を受けて、ケイトはキッチンに戻った。そして、コーヒーのパーコレーターを見守りながら、喜びとなるかどうか疑わしい付き添い旅行と一カ月で二倍稼げるお金とをはかりにかけた。旅行を楽しむことは期待しなかったが、それは予想より早く今の仕事をやめられることを意味する。そして、家計の慎重なやりくりも。彼女が国を離れているあいだ、余分のお給料を全額たくわえられるよう、母は年金でなんとか生活しなくてはならないだろう。「一生で一度のチャンスだわ」ホレースにお気に入りのキャットフードをやりながら、ケイトは話しかけた。「わたしは有名なコックになって、一生幸せに暮らすのよ」

半日休みで家に帰ったとき、彼女は母親に話をし

た。予期せぬ幸運を喜び、ミセス・クロスビーはさっそく封筒の裏で計算を始めた。そして、満足のいく結果にうなずいてにっこりし、ついで眉を寄せた。

「ホテルに泊まるとなると、着るものがいるわ……」

手持ちの服で充分間に合うからと、ケイトは母親の心配をなだめ、旅行代理店と相談した旅程を話して聞かせた。辺鄙(へんぴ)な地にあるモダンなホテルで、夫人が一カ月近く満足して滞在するかしらと疑問を口にすると、ミセス・クロスビーは言った。「夫人が滞在客と知り合いになるのを望みましょう。ブリッジはなさるんでしょう？　その人たちもなさるといいけど。そうなれば、あなたには自由時間ができるわ。なぜ、夫人はひとりでいらっしゃれないのかしら。ご年配だけれど、とても健康だし、夫人が滞在するようなホテルでは、人の手は充分あるはずなのに」

「家の面倒を見るために残されるほうがずっといいわ。でも、余分なお金のことを忘れないで、お母さん。それに、一カ月なんてすぐよ」

「お金がすべてではないわ」

「でも、助けにはなるわ。これは予期せぬ幸運よ」

続く十日間、ケイトはその言葉を自分に思い出させなくてはならなかった。レディ・カウダーは引っきりなしに命令したり、命令を引っ込めたりしたからだ。夫人の手持ちの服をすべて調べ、アイロンをかけ、スーツケースにつめ、夫人が気を変えたためにまたほどかなくてはならなかった。ケイトはぎりぎりまで忍耐力を試された。

飛ぶように十日がたち、朝早くから夜遅くまで大忙しのケイトには、考えにふける時間はほとんどなかった。それでも、ときどきミスター・テイト＝ブーヴァリのことを思い、彼のことをもう少し知りたかったと認めざるを得なかった。彼はわたしを覚えていないでしょうけれど、とスーツケースの三度目のつめなおしをしながらケイトはつぶやいた。

ミスター・テイト＝ブーヴァリは、彼女を忘れていなかった。ケイトへの思いは鮮やかなリボンのように彼の頭のなかを縫い、招待先の病院でおこなう予定の講義について熟考する邪魔をした。演台に上がり、小児医学における最新の進歩について話し始めるとき、彼女を心から追い出すためには努力がいった。これはまずい。ミスター・テイト＝ブーヴァリは自分にきっぱり言い聞かせた。ケイトは自由時間ばかりか、仕事までも邪魔しつつあり、彼女の夢さえ見るようになった……。

驚いたことに、ベルゲンへの旅は順調に運んだ。レディ・カウダーが後部座席から余計な指図をするのにも耳を貸さず、ケイトはベルゲンのホテルに無事到着するために手配の必要なあらゆることを頭のなかでおさらいしながら、ヒースロー空港まで運転した。そして、夫人を無事に飛行機に乗せると、あれこれ心配する相手に――これで十回目だが――何もかも大丈夫だと請け合った。

夫人は搭乗するや病人のふうを装い、気が遠くなりそうな気がするのでブランデーがほしいと、か細い声で頼んだ。そして、ブランデーを持ってきた客室乗務員に、心臓の具合がねえとささやくように言い、通路の反対側の乗客に勇ましくほほ笑んでみせた。そのあと目を閉じて座席に背をあずけると、飛行機が離陸してお昼が給仕されるまで、そのままの姿勢でいた。

スープだけでも召し上がってはと客室乗務員に勧められ、夫人は小さな声で言った。「ご親切に。でも、軽い食事をとれば、到着したときに必要な力が出るかもしれないわ」

絶望感のにじんだ、こっけいな思いで、ケイトは夫人の言葉に耳を傾けた。こんなことが一カ月も続いたら、病人になるのはわたしのほうだわ。

レディ・カウダーは大切に飛行機から助け降ろされ、ケイトはスカーフやハンドバッグや本やら持たされて、あとに続いた。二人だけになるや、夫人は鋭い口調で言った。「そんなところに突っ立っていないで、迎えの人間を捜しなさい」

レディ・カウダーの名前を書いた看板を手にして立っている男性が見えたので、それは容易だった。運転手は感じがよく、ケイトと一緒に荷物を受け取りに行くと、夫人を車の後部座席にかけさせ、ケイトのためにドアを押さえていてくれた。レディ・カウダーが、前に座るよう指示したので、何も言わないのがいちばんだと考えながら、彼女は指示されたとおりにした。

ドライブのあいだも見所はたくさんあり、親しみを見せる運転手は、ケイトが興味を持ちそうなものを片端から挙げ、それにつれて彼女の気分も高揚し、ベルゲンに着いたときには滞在を残らず楽しむ心構えができていた。

ホテル・ノルゲは町の中央にあり、誰もが望み得るすべてを兼ねそなえていて、レディ・カウダーでさえ快適だと言った。部屋も公園に続く広場が見渡せるすばらしい部屋で、バスルームも同じくすばらしい。荷物をすぐほどいてお茶を注文するようにと夫人はケイトに言いつけた。

ケイトは二人分のお茶をつぎ、夫人の荷物をほどくと、二日のうちには再びすべてつめなくてはならないのだと重々承知しながら、中身をワードローブや引き出しにしまった。黙って、てきぱき仕事をすませると受付に下りていき、自分の部屋のキーを受け取った。

彼女の部屋は、夫人の部屋の一階上だった。きれいに内装されているが、花も果物を盛ったボウルもかけごこちのいい椅子もない。バスルームもなく、一隅に、カーテンで仕切った小さなシャワー室があるだけだ。一、二日のあいだ必要なものを取り出し、シャワーを浴び、茶色のクレープのワンピースに着替えると、ケイトはレディ・カウダーのところへ戻った。

「行って、夕食を食べてきなさい。わたしがレストランにいるあいだに、部屋をかたづけて待っているように。ベッドに入るのに、たぶん手伝いが必要だわ。わたしはすっかりくたくたですよ」

歯をくいしばって言葉をこらえ、ケイトはレストランに下りていった。家政婦と食事をともにするつもりが夫人にないのは明らかだ。

もっとも、ケイトは気にしなかった。空腹だったから、出された料理をすべて食べ、投げかけられる賛美の視線にも気づかず、コーヒーを飲み終えるまで座っていた。地味なドレスにもかかわらず、美しい顔と見事なスタイルは一幅の絵になっていた。実際、レストランをあとにするとき、こんばんはと何人かが声をかけ、彼女は落ち着いた笑みを浮かべて挨拶に応えた。

ケイトは受付のデスクで足をとめ、イギリスへの手紙の送り方を尋ねた。もらった無料はがきをその場で書き、切手代は翌朝払うと約束して受付に渡して戻ると、レディ・カウダーに不機嫌な顔で迎えられた。「遅かったじゃないの。あなたが戻るまで、わたしはディナーに行けないのを忘れたの？」

おいしい食事と、親しみの込もった視線を向けられたことで気分のほぐれていたケイトは陽気に言った。「レストランに下りていらっしゃれたはずですわ。待っていらっしゃる必要はありませんでしたのに」

それは実に間違った答えだった。「戻ってきたとき、温かい飲み物が届くようにしておきなさい。あと、部屋とバスルームをかたづけておくように。客室係のメイドは帰したわ。旅行用の目覚ましが見つからないの。捜しておいたほうがいいわ」

ケイトは目覚ましを見つけ、バスルームをきれいにし、安楽椅子に腰かけて待った。余分な給料は一ペニー分までも稼ぐことになるだろうが、その価値はあるだろう。彼女はしばらくのあいだ将来の計画を考えて過ごし、ついで、ミスター・テイト＝ブーヴァリのことを考えた。レディ・カウダーのような不愉快な伯母のいる彼は気の毒だ。母親も同じような人だろうか。もしかすると、それが彼が独身でいる理由かもしれない。レディ・カウダーのような母親を持つのはひどいが、そうした女性と結婚するのは、それこそ破滅的だろう。

物思いは、レディ・カウダーが戻ってきたために中断された。夫人はすぐベッドに入らなくてはならないと断言したが、下がってもいいと最後にケイトに言う前に、さんざん用事を言いつけた。

やっと部屋に戻ると、ケイトは急いでシャワーを浴び、ベッドに入った。眠りに落ちる直前に感じたのは、レディ・カウダーがベッドで朝食をとる予定で、十時まで邪魔してほしくないと言ったことへの感謝の念だった。朝食後、そのままホテルを飛び出し、急いで町を見物するまたとない機会だわ……。

ケイトは朝早く目を覚まし、すぐ起床した。灰色の朝だったが、そのせいで計画をあきらめたりはしなかった。階下に下りていくと、朝食をとっている人たちがいる。皆はケイトに感じよく挨拶し、さまざまな料理がぎっしりのった中央の巨大なテーブルのほうを、手を振って示した。セルフサービスで、自分の好きなものを食べるらしい。料理を山ほど皿に取ってコーヒーを頼み、彼女はひとりでテーブルに着いたが、近くに座っていた若い男女のグループから、一緒に座らないかと誘われた。休暇中で、ノルウェーの北部に向かう途中だという彼らは、ノルウェーのことは何も知らないとケイトが話すと、観光の見所を教えてくれた。

勧められた青空市場は中央商店街を歩いていったすぐのところにあり、訪れる価値のある場所だった。そこには魚ばかりか、色とりどりの花であふれた屋台もあった。花束も買いたい、魚も丸ごと買って帰れたらと思いながら、ケイトはあちらの屋台こちらの屋台と見てまわった。そして、腕時計をちらっと目にして急いでホテルに戻り、レディ・カウダーの部屋に遅れず参上した。

礼儀正しいおはようございますの挨拶にも、返事はなかった。

「受付に行って、作曲家のエドヴァール・グリーグの住んでいた家へ乗せていってくれる車の手配をなさい。お昼には、ここへ戻ってくるんです。まじめな運転手にするように」

手配のしようがなかったのでケイトはその指示を無視し、運を天にまかせた。運転手は英語の上手な情報通で、どちらかというと若い男性だった。ケイトはひと言ももらさず話に耳を傾けたが、レディ・カウダーは目を閉じ、気つけ薬を渡してほしいとケイトに言った。

目的の家までは、短い距離を歩かなくてはならないとわかり、不適当な靴をはいていた夫人は車から降りようとしなかったが、ケイトが急いで見学してくるのにはしぶしぶ同意した。

家にはガイドを連れた観光客がいたが、きっかり十分しかあたえられていなかったので、ケイトはゆっくり見てまわる勇気がなかった。

それでも、車に戻ったとき、目にしたことを話すよう求められている。イギリスに戻り、友人に再会したとき、ノルウェーでどんなことをしたか、夫人は話して聞かせたいのだろうとケイトは思った。グリーダの家に関するちょっとした知識と彼女の印象は、会話のなかで役に立つだろう……。

その日、最後まで、ケイトは自由時間がなかった。レディ・カウダーはウインドーショッピングしながら散歩する気などなく、青空市場など論外で、登山電車に乗ってフロイエン山の頂上まで行くつもりだった。

「もちろん、車で行くほうがずっといいでしょう。でも、それだと時間がかかるし、行くだけの価値がないかもしれないわ。それに、誰もが登山電車で行くと言われたわ」

意見を言ったら、まったく出かけないことになるかもしれないとケイトは黙っていた。

翌朝ケイトが起きたとき、雨が降っていた。ベルゲンではよく雨が降るんです、と親切な受付係は言ったが、彼女はめげずにレインコートをはおりスカーフをかぶると、朝食をすませるやいなや急いで外に出た。ベルゲン滞在も今日が最後だ。おそらくレディ・カウダーはどこへも外出したくないと言うだろう。

登山電車は論外だし、美術館もそうだ。早足に歩けば、中世の工房と古い商館のあるブリッゲンを一見できるだろう。ケイトは青空市場とブリッゲンに向かって本通りを歩き出したが、吹きつける雨をよけようとうつむいていて、バーバリーのレインコートに包まれた広い胸にぶつかるはめになった。

「おはよう、ケイト。朝早くから外出なんだね」ミスター・テイト＝ブーヴァリの声がした。

びしょびしょのスカーフから雨をしたたらせ、ケイトは驚いて彼を見上げた。「まあ」あえぐように言い、落ち着いてつけ加える。「おはようございます、サー」そして、相手が行きすぎようとしなかったので、ていねいに続けた。「先を急いでかまわないでしょうか？　時間があまりないものですから」

彼はやさしく彼女の腕をつかんだ。「何をしに行くんだい？」

「レディ・カウダーのご用のない十時までに、できるだけたくさん観光したいんです」ケイトは期待するようにつけ加えた。「お忙しいんでしょう？」

「昼までは違う。どこへ行くつもりかな？」

いらだちを声に出さないようにしてケイトが行き先を告げると、ミスター・テイト＝ブーヴァリは彼女が息をつくまもなく、手際よくタクシーに乗り込ませた。「八時半少し過ぎだから、一時間以上時間がある。それで、伯母ときみはどのくらいここに滞在しているの？」

「二日間です。午後、オルデンに向かいます。三週間の予定で」

「伯母がそこにそんなに長く滞在するとしたら驚くね。魅力的な小村だが、ホテルのほかにはこれといって何もない。もちろん、フィヨルドの周辺の小村に行くフェリーが出ているが、伯母がそれを楽しむかどうか」そうこうするうちにタクシーがとまった。

「さあ、着いた。時間を有効利用しよう」彼は言った。そして、タクシーの礼を言い、別の予定がおありでしょうと言いかけたケイトをさえぎって腕を取ると、古い木造の家が並んだ広い通りを進んだ。

「コーヒーを一杯飲もう。それで、きみの機嫌も直る」

「朝食をとったばかりなんです」ケイトはていねいな口調のまま、冷ややかに答えた。だが、言うだけ無駄だった。気がつくと、彼女はきれいに修復されたドイツ風商館の中にある喫茶店のひとつに腰を下ろし、目の前に置かれたおいしいコーヒーをおとなしく飲んでいた。

「ここのコーヒーはとてもおいしいんだ」ミスタ

ー・テイト＝ブーヴァリは、うちとけた口調で言った。

「そうですね。連れてきていただいて、とてもありがたいんですが、ほんとうにそんな必要は……」

言うだけ無駄だった。「お母さんは元気にしているかな？」彼は尋ねた。

「ありがとうございます。もうすぐ、ギプスが取れます」ケイトはコーヒーを飲みほし、手袋を手にした。「そろそろ失礼します。コーヒーをごちそうさまでした、サー」

「ぼくをもう一度サーと呼んだら、ケイト、きみをひどい目にあわせるからな！」

ケイトはあっけにとられて彼を見た。「でも、もちろんあなたをサーとお呼びしなくては、ミスター・テイト＝ブーヴァリ。わたしが、伯母さまの雇い人――家政婦だということをお忘れです」

「家政婦といってもぴんからきりまであるし、きみもよくわかっているくせに。ぼくは人の職業に干渉するたちではないが、きみがわけあって家政婦をしているのは明らかだ。生活のためには金が必要だとは思うが、何より好奇心にかられているんだ」

ケイトはそっけなく言った。「わたしの計画にはなんの興味もないと思います、サ……ミスター・テイト＝ブーヴァリ」

「あるとも。きみが伯母のところで働くわけがわからない。たぶん、伯母は充分給料を払っていないだろうし、確かにきみをこき使っている。彼女は伯母かもしれないが、ぼくが訪れるのは、姉と連絡を絶やしてはいけないと思っている母を安心させるためだけなんだ」

「まあ、お母さまがいらっしゃるんですか？」ケイトは顔を赤らめた。それは、鼻であしらわれて当然の愚かな質問だった。

「いるよ」ミスター・テイト＝ブーヴァリはかすか

に笑みを見せた。「みんなと同様にね」

　彼は指を上げてコーヒーのお代わりを合図し、運ばれてくると、椅子にゆったりもたれ、追及にかかった。

　答えるまで、逃げられそうもない。そこでケイトは、ケータリングの仕事を始めたいのだと話した。誰かに計画を打ち明けるのは、肩の荷が下りることだった。知人ともいえず、対等な関係で会うことは二度とないだろう相手に打ち明けるのに一瞬ためらいを覚えたが、彼女は向こう見ずな気分になっていた。それは異国の地にいたせいかもしれなかったし、飲んでいたコーヒーのせいかもしれなかった。

「わたしはお金をためているんです。銀行に行って、百ポンド手持ちがありますと支店長に言うことができれば、必要なお金を貸してくれるかもしれないと思って……」

　支店長とケイトの意見が一致するかどうか、はなはだ疑わしいと思ったが、ミスター・テイト＝ブーヴァリは穏やかな顔を崩さなかった。今どき、百ポンドは取るに足りない額だ。ロンドンのしゃれたレストランでの二人分の食事代か、最新の劇の二人分のチケット代くらいにはなるかもしれないが、とうてい資本金とは見なせない。

　ミスター・テイト＝ブーヴァリはやさしい声で尋ねた。「百ポンドまで、まだまだなのかい？」

「夫人と一緒に来たのは、それが理由だったんです。付き添い役をすれば、二倍のお給料を払うとおっしゃったので」

　彼はうなずいた。「付き添いというのはどんなことをするのだろうと、よく思ったものだよ」

「ただ、そこにいるんです。いつでも何か用事をこなせるように。そして、頼まれたときは話し相手になるように。チケットを買ったり荷物の手配をしたりといった、あらゆることをするんです」

「自由時間は取れるのかい？」彼はやさしく尋ねた。

ケイトは待ってましたとばかりに答えた。「さあ……でも、取れないと思います。つまり、一週間に一日の休みとかは」

「だったら、ここを急いで見てまわるのにきっかり十五分ある。通り沿いに、木彫りや魅力的なトロル像のなかなかいい店がある。トロル像は買ったかい？」

ケイトはかぶりを振った。「まだ……」

幸運をもたらすようにと気軽に言って、ミスター・テイト＝ブーヴァリはケイトにひとつ買った。

やがて、二人はタクシーでホテルに戻った。車がとまったとき、ケイトは尋ねた。「お寄りになりますか？　レディ・カウダーに、いらしたことをお伝えしましょうか？」

彼はあわてずに答えた。「いや、もうすぐ病院に行かなくてはならないし、午後にはオスロに向かう予定だ。伯母に会う機会はないから、ぼくたちが会ったことを話す必要はないよ」

ケイトは手を差し出した。「ブリッゲンに連れていってくださった上に、コーヒーをごちそうしてくださって、ありがとうございました。お話ししたことはすべて忘れてください。黙っているべきだったんですが、人に話す機会があまりないものですから。いずれにしろ、どうでもいいことですよね。わたしたち、会うことがありませんから……こんなふうには」

雨に湿った、ケイトのきれいな顔を、ミスター・テイト＝ブーヴァリは笑顔で見下ろした。そして、「ノルウェーでの滞在を楽しんでほしい」と言っただけだった。

彼女はホテルに入っていきたくなかった。彼と一日過ごすのだったらうれしいのに。そう思ったことに、ケイトは驚いた。

4

レディ・カウダーは、ベッドでたっぷりした朝食をとっていた。開口一番、夫人はケイトに言った。

「雨が降っていると言われたわ。ここにいても仕方がなさそうだわ。受付に行って、オルデンへの車の手配をなさい。二時間以内に出発したいわ」

それは、フェリーの乗り換えをふくむ、込みいった、かなり長い行程になった。だが、途中で休憩したいと思わなければ、車から降りる必要はないという。フロント係にオルデンのホテルに電話させるのが賢明だろうとケイトは判断した。そして、勘定と一時間したらレディ・カウダーの部屋にコーヒーを運んでもらうことを頼んだあと、階上に戻った。


出発して一時間ほどしたところで雨はやみ、グドヴァンゲンに達したときには晴れわたり、太陽が輝いていた。昼食にホテルに連れていくようにレディ・カウダーが指示すると、運転手はヘアピンカーブがいくつもある、髪が逆立つほど急な道路を上っていった。頂上にあるホテルからは、すばらしい景色が眺められるという。夫人は左右の急な断崖を見まいと、目をつぶったままだった。

着いたホテルは運転手が請け合ったとおりすばらしく、いったん建物の中に入り、そびえ立つ山やはるか下のフィヨルドに背を向けるや、レディ・カウダーは旺盛な食欲を発揮した。客と一緒に昼食をとるのが当然と運転手は考えていたので、彼とケイトは食事をしながら興味深い会話を続けた。

ホテルは現代的で快適だが、オルデンはとても小さな村らしい。すばらしい遊歩道と店が数軒あるという運転手の話に、レディ・カウダーが場所をあやぶむような顔をしたので、ホテルについてもっと話してほしいとケイトは急いで頼んだ。

そのあと、一行は再び急勾配(こうばい)の道路を下り、ソグネフィヨルドをフェリーで渡ってバレストランに行き、オルデンへの道に再合流した。長旅だったが、できるかぎり景色を見ようと、鶴(つる)のように首を伸ばしていたケイトにとっては物足りないくらいだった。

着いた先のオルデンは、一握りの家と小さな船着き場とホテルがあるだけの確かに小さな村だった。だが、村から少し離れたホテルは現代的で、駐車場が半ばいっぱいなのを見ると、それまでほとんど口をきかず、それでも、景色が気に入らないことをそれとなく伝えていたレディ・カウダーは元気づいた。

確かに、ホテル側の歓迎は、温かさも礼儀も申し分なかった。夫人はフィヨルドを見渡す部屋に案内され、ディナーのメニューと一緒に、お茶のトレイをすぐに届けますと請け合われた。

ケイトの部屋はレディ・カウダーの部屋の二階上で、ホテルの裏側に面し、窓は山のほうを向いていた。それは、明らかに彼女のような付き添いや小間使い、貧しい親戚(しんせき)用の部屋だった。充分快適ではあるがシャワーはなく、廊下の端のバスルームは何人かと共用だ。気にしないわ、とケイトは自分に言い聞かせたが、心の奥底で屈辱を感じた。

彼女は先に夕食をとり、レディ・カウダーの部屋に戻って、あれこれ雑用をしながら夫人を待つことになっている。

ケイトは夕食を楽しんだ。食堂は優雅だし、食べ物はおいしい。茶色のクレープのドレスは、周囲の優雅さに礼をつくしているとはいえなかったが、英国人の客が滞在しているのを発見した満足感で、それも忘れた。彼らの会話を聞こうと耳をすまし、夫人の好きなブリッジの話をしているのを聞いて、ケイトはうれしくなった。

彼女はコーヒーを飲みほし、レディ・カウダーの部屋に戻り、しわになったドレスのことでぶつぶつ文句を言う夫人に、表向き落ち着いた表情で耳を傾けた。ひとりになると部屋を整頓し、言いつけられた雑用をかたづけ、夫人の朝食が部屋に運ばれるよう手配してから、外を眺めるために窓辺へ行った。

空は晴れわたり、夕日の名残が陰気な山々を照らし、雪の帽子をきらめかせている。ケイトは乗客たちがフェリーに乗り込むところを眺め、自分も彼らと一緒だったらと思い、フィヨルドの遠くの曲がり角を曲がって見えなくなるまでフェリーを見送ったあと、夫人の命令どおりカーテンを引いた。

戻ってきたとき、レディ・カウダーはご機嫌だった。「とても幸運だわ。英国人が滞在していて、さっそくブリッジのテーブルを囲むことになったの。彼らの話だと、このホテルはとても快適だそうよ。ここに来ることに決めてよかったわ」

数日後、ケイトも夫人と同じ気持になった。毎日午後になると、ブリッジのテーブルがセットされ、彼女は数時間自由になり、好きなことができる。最初の午後は、村まで歩いていった。村は観光客にあふれて活気に満ち、土産物以外に服や靴、家庭用品や食料品も売っている一軒の店は、ごったがえしていた。絵はがきを買い、村のはずれまで歩いていって引き返してくると、フェリーが入ってきたところだった。車や乗客が下船するのを、ケイトはしばらく眺めた。乗船を待っている人たちもたくさんいて、フェリーの行き先をとても知りたいと思った。一日か二日して、地理に慣れたら、きっと見つけ出そうと彼女は自分に誓った。

その午後以来、ケイトは大胆になった。立ちどまって道をきき、ノルウェー人が母国語のようにすらすら英語を話すと知り、毎日少しずつ遠くまで行った。思いきってバスに乗り、オルデンから数キロ先の美しい村レオンまで行ったりもした。

車を雇って、近隣の村を訪れてはとレディ・カウダーに提案したが、何をするべきか提案するのはあなたの役目ではないと言われただけだった。

夫人が必要としているのは付き添いじゃないわ、とケイトは思った。小間使いといったほうがずっと近いだろう。心根のやさしいケイトは、簡単この上ないことも自分ではできない雇い主を気の毒に思った。亡くなったご主人は夫人を甘やかし、決して何も心配しなくてすむように面倒を見ていたのだろう。そんなことを思いながら、彼女は草地を過ぎ、フィヨルドのわきを走る細い道に沿って歩き続けた。そして、母が一緒にいればと思った。言いつけられるありふれた仕事の数々も、夫人の無関心さもどうでもいい。ケイトはこの静かな土地にいられて幸せだった。午後のブリッジパーティーが毎日続くかぎり、人生は充分に耐えられるだろう。

それは、翌朝のことだった。いつもどおり、ケイトが朝食に下りていく前に用事をききに行くと、レディ・カウダーはご機嫌ななめだった。そして、おはようございますという彼女の挨拶を無視し、次々と用事を言いつけ、犠牲者のような口ぶりで言った。「バトラー一家は、今日帰ってしまうのよ。ブリッジのテーブルを囲んでくれそうな人は、ほかに誰もいないわ。退屈で死んでしまうわ」それが彼女のせいだとでも言うように、夫人はケイトを見た。到着予定のイギリス人もアメリカ人もいないということで、今のホテルを出て、バトラー一家の勧めてくれたオーレスンのホテルに移るという。「受付に行って、明日出発する予定だと言いなさい。それから、ホテルに電話して、部屋を取りなさい」ホテルの名前と電話番号の書かれた紙切れをケイトに渡し、レディ・カウダーは言いつけた。

フロント係に話をしに、ケイトは受付に下りていった。なぜわたしたちは、遠路はるばるやってきたのだろう？　レディ・カウダーはイギリスにいて、同じくらい容易にブリッジができたのに。彼女は夫人のノルウェーの旅を円滑にする仕事にかかった。

オーレスンはいくつかの島の上に築かれた大きな町で、幸い、ホテルはレディ・カウダーの気に入った。そこには、快適なホテル生活にかかせないと夫人が思っている、制服姿のポーターや荷物を運ぶベルボーイ、笑顔の客室係のメイドやルームサービスがそろっていて、部屋もとても快適だった。それに、アメリカ人やイギリス人が多数滞在していた。

ケイトは再び荷物をほどき、夫人の指示を聞き流したあと、自分の部屋を探しに行った。それは二階上の、周囲の屋根しか見えない部屋だったが、快適だし、専用のシャワーもあった。彼女はわずかな服をハンガーにかけると、夫人の希望が確実に伝わっているかどうか確かめに受付に下りていった。そして、パンフレットを見つけ、あとで読むために持って上がった。

うまくいけば、ノルウェー滞在の残りをここで過ごすことになるだろう。オルデンには九日しか滞在しなかった。イギリスに戻るまで、まだ二週間以上ある。これからの数週間、ブリッジをする人が途切れませんようにとケイトは祈った。レディ・カウダーのところに戻って、ロビーでアメリカ人を見かけたと告げると、お茶を頼むよう言われた。

「よければ、あなたも一杯お飲みなさい」お仲間が得られる見込みに気をよくして、夫人は言った。

ミスター・テイト＝ブーヴァリは講義の合間に休みを数日見つけ、伯母はぼくに会えて喜ぶかもしれないと考えた。お姉さんは元気ですよと母親に請け合えるよう、伯母に気を配るのはぼくの務めだ、と彼は自分に言い聞かせた。同時に、ケイトができるだけ楽しいときを過ごすよう手配できる。

　ケイトを忘れられないと同時に、心ならずも彼女を意識し続けていることに、彼は悩んだ。そして、ケイトに関心を持つのは、彼女が野心を達成して独立をはたすか見たいだけだと言い聞かせた。ケイトは有能だから、パイを作るにしろ何にしろ、堅実なビジネスを築き上げるだろう。

　ミスター・テイト＝ブーヴァリはオルデンまでドライブし、そこのホテルで、レディ・カウダーが部屋を空けてオーレスンに行ったと教えられた。そこで、昼食後、雄大な景色を楽しみつつ、彼は車を走らせた。オーレスンのホテルに着いたときには四時になっていて、ロビーはほとんど人でいっぱいだった。こちらに背を向け、壁に貼られたポスターを読んでいるケイトが、すぐに目に入った。彼は急がずロビーを横切ると、軽く彼女の肩をたたいて声をかけた。「やあ、ケイト」彼女の姿を目にして深い満足を覚えたのがわかる。

　振り向いたケイトの顔には、再び彼に会えた喜びが、ほんの一瞬だったがはっきり見て取れた。彼女は落ち着いた表情で、こんにちはと静かに挨拶し、すぐさま尋ねた。「レディ・カウダーに会いにいらしたんですか？　夫人はあなたに会えて、きっとお喜びになると……」

「きみは、ぼくに会えてうれしいかい？」

　ケイトは用心深くその問いを無視して言った。「毎日五時まで夫人はブリッジをなさるので、ここで待っているんです」

「自由時間はいつからだい？」

「用がなければ、毎日午後は自由になります。これまで歩いて町をかなり見物しました」

　ケイトが通りから通りへと、話し相手も小づかいもなしにひとりぼっちで歩く姿が、ミスター・テイト＝ブーヴァリの頭に浮かんだ。彼はケイトの肘に手をあてがい、やさしく言った。「座って、お茶を飲まないかい？　部屋を取ってお茶を注文してくるあいだ、ここで待っていてくれれば……」

彼はロビーの並びにあるラウンジの静かな一隅にケイトを座らせて立ち去り、数分のうちに、お茶のトレイを持ったウェイトレスを従えて戻ってきた。

「お茶をいれてくれないかな？」ミスター・テイト＝ブーヴァリは言い、ケイトが自分の立場をはかりかねて、警戒しているのがわかったので、子供の患者に接するのと同様、気楽な親しみやすさと実際的な態度を一緒にした物腰で接した。

ケイトがリラックスするのを見て取ると、彼はサンドイッチの皿を手渡し、やがて尋ねた。「伯母は残りの休暇をここで過ごすつもりだと思うかい？」

「ブリッジのメンバーがいるかぎりは。夫人は楽しんでいらっしゃると思います。とても快適なホテルですし、お食事もサービスもすばらしいんです」

「結構。母に満足のいく報告ができそうだ。夜は何がある？」

「ダンスのある晩もあると思います。わたしは……よく知りません。先に食事をして戻り、夫人がおやすみに戻られるのを待っていますから」

「伯母は服くらい、自分で脱げるだろう？」彼は眉を寄せた。「それに、どうしてきみは先に食事をするの？　一緒に食事をしないのかい？」

ケイトは顔を赤らめた。「ええ、ミスター・テイト＝ブーヴァリ。わたしが伯母さまの家政婦だということをお忘れです」そして、彼の顔に浮かんだ表情を目にして、急いでつけ加えた。「家でも、食事はご一緒しません」

「それはまったく別問題だ。では、夜、きみはダンスをしないんだね？」

ケイトはかぶりを振った。「わたしは楽しい休暇を過ごしています」真剣な顔で告げる。

真実かどうか疑わしい言葉だな、とミスター・テイト＝ブーヴァリは思った。

五時二分前だった。失礼しなくてはとケイトは断り、お茶の礼を言ってためらった。「レディ・カウダーを驚かせたいとお思いでしょうね？」

「いや、きみと一緒に行くよ。伯母は部屋かい？」

「二階に、トランプ用のお部屋があるんです。まずそこへ行って……」

自分が一緒に行くという考えに、ケイトがたいそう気の進まない口ぶりだったので、ミスター・テイト＝ブーヴァリは気がつくとほほ笑んでおり、なぜ彼女は気が進まないのだろうと思いめぐらした。

トランプ用の部屋に着いたとき、時計が五時を打った。レディ・カウダーはドアに背を向けて座っていたが、ケイトが入ってきたのを聞きつけた。そして、振り向きもせず、仲間の同情を勝ち取るために計算した、やや元気のない声で言った。「遅かったわね、ケイト。ひどい頭痛がするのよ。時間を忘れたようね」夫人は仲間三人に目をやり、ほんとうに当てになる付き添いを見つけるのは、それはむずかしくてと言ったところで、彼らがドアのほうを見ているために言葉を切った。

ミスター・テイト＝ブーヴァリはケイトのウエストの後ろに手を当てて押し出しながら、彼女が口をきくより先にしゃべった。「悪いのはぼくです。着いたときケイトを見かけて、話を聞いていたものですから。伯母さまがオルデンをあとにしたと知って驚きましたよ。彼女が説明してくれて……」

「まあ、ジェームズ」レディ・カウダーはまるで別人のような声で言った。「なんてうれしいんでしょう。休暇を楽しんでいるかどうか、わざわざ見に来てくれたの？　二、三日滞在できるんでしょう？」

夫人は立ち上がり、甥のキスを受けるために頬を差し出して、同席の婦人たちのほうを向いた。「失礼しましたわ。甥ですの。ノルウェーに講義に来ていて、会いに来てくれましたの」

ミスター・テイト＝ブーヴァリは握手をかわし、お決まりの礼儀正しい言葉を口にしながらも、ケイトが戸口に戻り、その場を見守りつつ、みんなに無視されて立っているのに気づいていた。

「今晩、お会いできますかしら？」婦人のひとりが彼に尋ねた。

「もちろんです」そう答えて彼は伯母のほうを向いた。「伯母さまとケイトは何時にディナーをとるんですか？」

「わたしは八時半に食事をしますよ」レディ・カウダーは気まずそうに答え、またのちほどと仲間に明るくほほ笑んで別れを告げると、ドアに向かった。ミスター・テイト＝ブーヴァリがあとに続き、ケイトの肘に手をそえて、ほほ笑みかけた。

三人の婦人は好奇心をそそられ、レディ・カウダーは激怒していた。甥と二人だけになったとき、夫人は言った。「ジェームズ、ケイトはわたしの家政婦だということを忘れていますよ」

「確かに忘れていますね。彼女くらい家政婦らしくない家政婦には会ったことがない」

「それに、ケイトと食事するのは、不可能……」

ミスター・テイト＝ブーヴァリの青い瞳は冷たかった。「彼女はナイフとフォークが使えないんですか？」彼は猫撫で声で尋ねた。

「もちろん使えますよ。ばかなこと言わないで。でも、彼女はふさわしい服を持っていないわ」

「なるほど」ミスター・テイト＝ブーヴァリは言い、感慨深げにつけ加えた。「母と伯母さまがあまりに違うので、二人が姉妹だとつい忘れてしまいます」

レディ・カウダーは得意になった。「わたしたちはちっとも似ていないわ。わたしはいつも美人と思われていたけれど、妹はあまり社交好きではなかったわ。あなたのお父さまと結婚したことに驚いたものですよ。あれほどハンサムで有名な男性とね」

「互いに愛し合っていたから、二人は結婚したんです。ぼくは、なんの驚きも感じませんね」

レディ・カウダーは、さえずるように笑った。

「ジェームズ、お父さまそっくりの言い方ね。あなた自身、結婚する潮時じゃないの？」

「そうじゃないかと思っていますよ」ミスター・テイト＝ブーヴァリは答え、自室に戻っていった。

雑用をこなすために呼ばれたケイトは、いつになく雄弁なレディ・カウダーに迎えられた。「甥は結婚を考えているのよ」すでに、白いサテンとチュールに包まれて通路を歩いてくるクローディアの姿を想像しながら、夫人は言った。「もちろん、甥は最高の花婿候補だわ。そして、クローディアはぴったりの相手ですよ。きれいだし、服装は立派だし、甥のライフスタイルにも慣れているし。あの子は有頂天に違いないわ……」

夫人は丈の高い大鏡に映った自分の姿を眺め、満足してうなずくと、ちらりとケイトを見た。あんな茶色のドレス姿では、一瞥にも値しないわ……。

やがて一緒に食事をしながら、ミスター・テイト＝ブーヴァリは変わらぬ礼儀正しさで伯母に接したが、すぐ結婚する計画があるかどうか探られたときは返答をこばんだ。そしてコーヒーを飲みながら、さりげなく尋ねた。「ケイトはどこです？　自由時間ですか？」

「部屋で、控えていますよ。一時間ほどひとりになれるのを、喜んでいるでしょう」夫人は恩着せがましくつけ加えた。「わたしは決して、遅くまでケイトを引きとめませんからね」

やがて、彼らは小さな舞踏室に行った。三人編成のバンドに合わせ、カップルが何組かダンスしている。伯母が顔見知りと落ち着いたのを確かめると、失礼しますと彼は断った。

「でも、まだ早いわ、ジェームズ。しばらく、ダンスはどう？　きれいな娘さんは何人も……」

彼は伯母ににっこりして言った。「ぼくは、ケイトをダンスに誘うつもりなんです」

下の道路を眺めようと窓から身を乗り出していたケイトは、ノックの音を耳にして上半身を引っ込めた。レディ・カウダーはときたま何かほしがり、彼女を呼びによこすことがある。「どうぞ」と声をかけ、ケイトはメッセンジャーを迎えようと、ドアのところへ行った。

ミスター・テイト＝ブーヴァリは静かに部屋に入ってきて、後ろ手にドアを閉めた。「中年のパートナーでよかったら、ダンスに行かないかい？」

ケイトはイエスと答えそうになり、危うく思いとどまった。「ご親切に誘ってくださるのはうれしいんですが、サー、夫人の用があるといけないので、晩はここに控えているんです」

「伯母はきみに用はない。知り合いと一緒だ。ぼくたちはダンスに行くつもりだと話しておいた」

「夫人は、わたしに行ってもいいとおっしゃったの？」

「返事は聞こえなかったが、反対する理由はないと思うね」

「あります。つまり……それはだめです」と答え、ケイトは自分の考えを口にした。「あなたは中年じゃありません」

「それはよかった。三十五歳は、ダンスするには充分若いと思うわけだね？」

「もちろんです。なんてばかなことを……」彼女は言葉を切り、再び続けた。「わたしが言おうとしたのは……」

「言い訳するだけ時間の無駄だよ」ミスター・テイト＝ブーヴァリはさっさとケイトを舞踏室に引っ張っていき、ダンスフロアにリードした。

しばらくご無沙汰していたが、ケイトはダンスが得意だった。そして、ほんの数秒で、彼もダンスが上手だと気がついた。まじまじと見つめるレディ・カウダーの目も、ほかのゲストたちの視線も、茶色のドレスも気にとめず、彼女は完璧なパートナーと踊る喜び以外のすべてを忘れた。それに、彼は話しもせず、それがまたありがたかった。ただ、ダンスをするだけで充分だった。

音楽がやみ、ケイトは現実の世界に戻った。「ありがとうございました、サー。とても楽しかったです。これで、失礼してよろしければ……」

「ケイト、今晩だけでも、きみ自身になってくれないか？　きみは、ぼくの家政婦じゃないんだから。いいぞ、バンドがまた演奏を始めた。それに、サーと呼んだら、ひどい目にあわせると言っただろう？　ぼくはそうしたくない。きみはとてもダンスが上手だからね。大柄な女性は、いつだってそうだ」

ケイトはぐっと息を吸い込み、冷ややかに言った。「なんて失礼な。大柄なのはわかっていますけど、何も口に出して言わなくたって……」

「ついに、真のケイトが現れたね。大柄だって言ったかい？　見事な髪で、しかるべきところがふくらんだ、すばらしいスタイルだと言うべきだったな」

ケイトは顔を真っ赤にした。「冗談をおっしゃっているのはわかりますが、どうかやめてください。それは、親切なことでは……」

「ぼくは親切にしようという気はない。きみの落ち着いた顔の背後を見たい、ほんとうのケイトを見つけ出したいんだ。冗談を言っているんじゃなく、きみを知ろうとしているだけだよ。そのためには、きみを怒らせるのが唯一の方法に思えたんだ」

音楽が再びやみ、彼はケイトの腕を取った。「散歩しよう」

「散歩ですって？　これから？　でも一時間のうちに、レディ・カウダーはおやすみになります」

「一時間あれば、何キロも歩ける。ぼくが伯母に話すあいだに、上着でもショールでも取っておいで」

ケイトは気を落ち着けた。「だめです。ほんとうに、無理です。行きたいのは山々ですが、ほんとうにだめなんです」

答えとして彼はケイトの腕を取り、部屋を横切って、伯母の座っているところへ行った。

「ケイトをちょっと、散歩に連れていきます。かまわないですね？　気持のいい晩だし、そんなに長くかかりませんから。ベッドに行く前に、またケイトが必要ですか？」

「ええ、いいえ……」夫人は、今度ばかりは言葉に窮した。「ひとりでなんとかなるでしょう」

「戻ったら、お部屋をノックします、レディ・カウダー」ケイトは家政婦の声で言った。「でも、うかがわないことをお望みでしたら、そういたします」

夫人はこちらに興味津々の視線を向けている人たちの顔を見まわした。「いいえ、その必要はないわ。楽しんでいらっしゃい」そして、つけ加えた。「若く、エネルギーにあふれているというのは、さぞすばらしいでしょうね」悲しそうな声で周囲に笑いかけ、いいことをしたというような目で見られていい気分になった。

二人は、町の中央に深く入り込んでいる港まで短い距離を歩き、港の周囲を歩いた。まだ明るく、とても暖かで、たくさんの人が行きかっている。感じのいい気楽な態度であれこれ話しながら、ミスター・テイト＝ブーヴァリはケイトと並んでゆっくり歩いた。そして、そこかしこで巧みに質問をはさんだので、どんなに多くのことを話しているかケイトはほとんど気づかなかった。

ホテルへの帰り道、彼は言った。「車で来ているから、明日はいちばん近い島二つに、きみをドライブに連れていこう。午後は自由だね？」

ケイトは慎重に答えた。「いつもはそうです。でも、レディ・カウダーがどこかへ行きたがられるかもしれませんし、何かご用があるかも……」

「たとえば？」

「その……何かです。はっきりとはわかりません」

「来たくないなら、理由をつけなくていいんだよ」

ケイトは足をとめ、彼を見上げた。「でも、行きたいんです、ほんとうに。おわかりにならないでしょう……」

ケイトの言葉を、ミスター・テイト＝ブーヴァリは最後まで言った。「きみがどんなに寂しい思いをしているか？」

彼女はうなずいた。「とても恩知らずな気がします。ほんとうにたいして用事はないですし、再びここを訪れる機会はないでしょうから……」

「でも、寂しいんだね？」

「ええ」

彼は島の話を始めた。「ユニークなんだ。海底トンネルでつながっていて、島そのものも魅力的だ。美しい壁画のある、とても古い小教会がある。それを見に行こう」

ホテルに戻ると、ケイトは彼におやすみなさいを言った。「すてきな晩でした。どうもありがとうございました」

ミスター・テイト＝ブーヴァリは、ほほ笑んで彼を見上げるケイトの顔を見つめ、彼女と結婚したいと思った。行く手には数々の障害があるとわかっていたが、その最大のものは、いったん彼が結婚の意図を明らかにしたとき、ケイトがそれを警戒するだろうということだ。だが、さしあたって、彼は結婚の意図を明らかにするつもりはなかった。まず、ケイトが身につけた家政婦としての落ち着いたうわべの背後に入り込み、ほんとうの彼女を見つけ出さなくてはならない。ぼくは忍耐強い、決意の固い男だ。結果に疑いは持たないが、多少時間がかかるかもしれない。

ミスター・テイト＝ブーヴァリは陽気な親しみを込めて言った。「おやすみ、ケイト。明日、二時ごろ会おう」

自分の部屋に行く途中、レディ・カウダーのドアをノックするべきだろうかと思い、ケイトは足をとめた。そして、ノックしないことにした。ひとりでなんとかなるでしょうと、夫人は言わなかったかしら？　それに、詰問されると思うといやだった。

楽しかった夕べを思い出しながら、ケイトは長いことシャワーを浴びた。ミスター・テイト＝ブーヴァリが変わったように思えるのが不思議だった。彼は、ほんとうはいい人だわ。彼女はベッドに横になり、明日の旅のことを考えた。そして、家に書き送ることがたくさんできるわと、うつらうつら思った。

まさに眠りに落ちるというとき、ミスター・テイト＝ブーヴァリはクローディアと結婚するのだったと思い出した。半分眠っていなかったら、その考えにケイトは動揺しただろう。

翌朝、レディ・カウダーは機嫌が悪かった。ケイトは、昨日アイロンをかけておくはずだった服にアイロンをかけるようせき立てられた。「でも、あなたが控えていなくては話にならないわよね」不当に苦しめられ、虐待されたという声で夫人は言った。

午後、自由になるチャンスがだんだん減っていくのを目にして、ケイトは黙っていた。夫人は、甥が彼女とかかわるのをよく思っておらず、できれば邪魔する気なのだ。

ケイトは、ミスター・テイト＝ブーヴァリを考えに入れていなかった。その朝、彼は伯母をドライブに連れ出し、魅力的な小さなレストランでコーヒーをおごると、オーレスンの町を見渡す眺めが楽しめるかもしれないと、アクスラ山の頂上まで行った。そして、さりげなく伯母の午後の予定を尋ねてから持ちかけた。「ぼくは教会を見に行きたいので、ケイトも連れていってもいいですよ」彼はたたみかけた。「午後、彼女を自由にしてあげるなんて、伯母さまはとてもいい方ですね」おだてると、レディ・カウダーは悦に入ってにっこりし、ケイトを連れていくのを鷹揚に許可した。

部屋で雑用をこなしていたケイトは、レディ・カウダーが戻ってきたとき、とても驚いた。

「すばらしい朝を過ごしたわ」夫人は言った。「いい話があるのよ。午後、甥があなたをドライブに連れていこうと言うの。とても親切なことだわ。彼とわたしに相応に感謝してほしいものね。さあ、昼食をとりに行って、わたしが昼食に行く前に用があるといけないから、ここに戻ってきなさい」

ケイトはスキップしてレストランへ下りていき、食事をのみ込むと、急いで自分の部屋に戻った。レディ・カウダーをこうも鷹揚にするなんて、ミスター・テイト＝ブーヴァリはどんなことを言ったのだろう？　彼に尋ねてみようかしら。いえ、尋ねないほうがいいかもしれない。彼は太っ腹なところを見せているので、わたしを相手に午後を過ごすのを楽しみにしてはいないだろう。いったい、三時間も二人して何を話せばいいの？

ケイトは、まだ着ていなかったジャージーのドレスを着た。それは、決して新しいものではなかったが、体にぴったり合っていて、うすい黄味をおびた褐色が、鮮やかな髪の色をうまくやわらげている。靴もショルダーバッグも古いものだが、どちらもいい革で、彼女は大切にしてきた。ミスター・テイト＝ブーヴァリは、受付にわたしあての伝言を残していったかしらと思いながら、ケイトは階下に下りていった。いつもは二時直後に自由になると話したが、時間を見ると早すぎる。熱心すぎると思われるのは、決してよくない。彼女は向きを変え、階段を引き返し始めた。

「おじけづいたのかい、ケイト？」床から現れたように、ミスター・テイト＝ブーヴァリが隣に立った。「きみがよければ、ぼくの準備はオーケーだ」

逃げ出しかけていたケイトは、足をとめた。「あの……わたし、準備オーケーです。ただ、早く来すぎたものですから」

「ぼくは、十分前から待っていた。すばらしい天気だ。時間の許すかぎりスケジュールをつめ込もう」

ケイトは大賛成だった。そして、彼が借りたボルボに乗り込むと、二人はさっそく出発した。

「まず、ギスケからだな」ミスター・テイト＝ブーヴァリは町を離れながら言い、やがてトンネルに入った。「暗いのが気にならないといいんだが。数キロ以上続くからね。だが、見てのとおり、ここはとてもよく使われているし、よく管理されている。ギスケはとても魅力的な島で、サーガの島ともいう。そこで、例の教会を見よう。次にゴドイに渡って、アルネでお茶にする。とても小さな村だが、もちろんフェリーがあって、夏には観光客が……」

ありふれた情報を伝える彼の穏やかな声に、ケイトはとても気が楽になった。トンネルが好きかどうかはっきりしなかったが、ギスケ島については彼の話どおりだった。そびえ立つ山に囲まれていても、静かで緑が青々としている。車はほとんどなく、太陽が輝き、空気はすみきって新鮮だ。

ケイトは深呼吸して言った。「いい気持」

高い背部のある祭壇と壁に古い壁画の描かれた、とても小さく完璧な教会にケイトは大喜びした。教会は静かで平和でもあった。彼はあまり口をきかなかったが、一緒にゆっくり見てまわり、彼女が充分見おわると、花に飾られた明るい墓石の並ぶ小さな墓地に連れ出した。

「この教会のことは、忘れません」車に乗り込みながら、ケイトは言った。

二人はそれからゴドイへ行き、アルネに着いたとき、フェリー乗り場の向かいの小さなホテルでお茶にした。今ではケイトは用心深くふるまうのを忘れ、すっかりくつろいでいた。

ミスター・テイト＝ブーヴァリはケイトのきれいな顔を見守り、その満足感を消さないように気をつけて充分満足していた。

5

おいしいお茶をいれながら、ケイトは話しかける相手、質問に答えてくれる相手、自分と同じくらい幸せそうな相手のいることに幸せを感じていた。レディ・カウダーとの、なんの会話もない二週間のあと、思ったことをいちいち気にせず言えるのは楽しかったし、不思議なことに、ミスター・テイト＝ブーヴァリには話ができた。

「そろそろ帰ろうか」やがて彼は言い、テーブル越しにケイトにほほ笑みかけた。「こんな気持のいい天気だから残念だが、また長いトンネルが待っているんだ」

「前のよりもですか？」

「だが、時間はたっぷりある。ぼくたちは、オーレスンのすぐ近くにいるからね」

「すばらしい午後でした」この一日が決して終わらなければいいと思いつつ車に乗り込み、ケイトは言った。一時間もしたら、ひとりきりのディナーに備えて、わたしは茶色のクレープのドレスに着替えているだろう。一日を台なしにする自己憐憫を許した自分を軽蔑し、彼女は眉を寄せた。それに、まだ、帰りのドライブがある……。

トンネルにケイトは驚いた。車は密生した茂みや木々に縁取られた細い道路に沿って走っていたかと思うと、灰色の岩のあいだを走っていた。確かに、トンネルには照明がつき、車が切れ目なく彼らを追い越していったが、それでも気づくと、再び日光のもとに出るのに、あとどれくらいかかるのだろうと思いめぐらしていた。

ミスター・テイト＝ブーヴァリは安心させるように言った。「もっと長いように思えるが、五分とかからないよ。トンネルが苦手なんだね？　出発する前に、きくべきだったな。ほかに行くところはいくらでもあったんだ」

「とんでもない。一分一分を楽しみました。いったん入ってしまえば、ほんとうに気になりません。ただ、ひとりで運転する気にはなりませんけれど」

「正直だね、楽しむとはいかなくても忘れない経験になるだろう」彼は笑って言い、ダッシュボードに目をやった。「ちょうど半分まで来たところだ」

前方で不意に、吐き気を催させるような音がし、トンネル内に繰り返し響くように思えた。がりがりと長く引きずるような音とともに叫び声と悲鳴が聞こえ、照明が消えた。

ほかの車が追い越し、スピードを素早く落としきれず衝突したとき、前の車の数センチ手前で、ミスター・テイト＝ブーヴァリはなめらかに車をとめた。

そして、照明のことは残念だと落ち着いて言い、座席わきの電話に手を伸ばした。

一声も発していなかったケイトは、ほんのわずか震える声でやっと言った。「誰かが駆けつけるでしょうね」なんてばかな発言だろう。「助けを求める電話をかけていたんですか？　ノルウェー語を話していたんですか？」

「どちらもイエスだ。ケイト、ぼくたちは役に立てるかもしれない。電話のある者は、きっと全員がオーレスンに通報している。だが、救助にあたる人間は多ければ多いほどいい。来なさい」

彼は手を伸ばし、後部座席から診察鞄（かばん）を取ると、自分の指示どおりにするようにと言って尋ねた。「すぐに気分が悪くなるほうじゃないね？」

そうなる機会はあたえられていないようだ。「違うと思います」ケイトはおとなしく言った。

事故現場はすぐ近くだった。一台のバンが制御を失って横すべりしたため、後続の車がそれに追突して引っ繰り返り、別の車に壁に押しつけられた。激しい衝撃で、照明のケーブルが破損したらしい。

たくさんの人間が群がり、すでに事故車から人を運び出している者もいる。ミスター・テイト＝ブーヴァリはケイトの手をしっかり握り、タイヤに足をはさまれた女性のそばにひざまずいている男性に、自分は医師だと言い、ノルウェー語で手伝いを申し出た。

男性は懐中電灯の明かりをミスター・テイト＝ブーヴァリからケイトへと当ててノルウェー語で尋ねた。「イギリスの方ですか？」そして状況を説明すると、ケイトに看護師の手伝いを頼み、ミスター・テイト＝ブーヴァリにはけが人を診て、何をすればいいか指示してほしいと言った。

「行きなさい」ミスター・テイト＝ブーヴァリに命令され、足元に注意しながら看護師のほうに向かいながら、ケイトはかなり腹を立てて思った。あなたは失礼で傲慢な人だ、と忘れず彼に言わなくては。

それからは、再び彼のことを考えなかった。何しろ、することがたくさんありすぎた。彼女は腕を包帯でつり、切り傷に包帯をし、英語のすばらしく上手な看護師が傘や杖などで作った添え木を当てるあいだ、折れた腕や脚をおさえていた。看護師に呼ばれて、切断された動脈からの出血をおさえたミスター・テイト＝ブーヴァリにきつく包帯するように言われ、負傷者のハンカチで止血したりもした。

救援の到着を知らせる最初の音を聞いたのは、何時間もたってからのように思えた。わずか数分間だったのだが、それはケイトが二度と経験したくないと思った数分だった。

彼女が介抱していた老婦人のわきに、ひとりの男性がしゃがんでいるのに、ケイトは突然気づいた。

「きみは看護師かね？」彼は英語で尋ねた。

「お手伝いしているだけです。ドクター――外科医のミスター・テイト＝ブーヴァリと一緒です」

「ジェームズと？　それはすばらしい。近くにいるかね？」彼は返事を待たず老婦人に質問し始め、やがて顔を上げた。「脳震盪と腕の骨折だ。ハンドバッグを心配している。車から投げ出されたんだ」

「どの車ですか？　捜してきます」

それは旧式のボルボで、ドアはねじ曲がり、車体は大破していた。ケイトが恐る恐る乗り込むと、体重できしむ。ハンドバッグは床に落ちていて、中身が散らばっていた。目についたものすべてを集め、彼女は後ろ向きにそろそろと車を降り始めた。

「そこにいたのか」ミスター・テイト＝ブーヴァリのおかしそうな声がした。「前後逆さまとはいえ、この騒ぎにもかかわらず、きみが無傷だと知ってうれしいよ」彼は足をとめ、ケイトをひょいと持ち上げて、車から出した。

ケイトは冷ややかに言った。「ありがとうございます、ミスター・テイト＝ブーヴァリ。手を貸してくださる必要はありませんでした」

「でも、誘惑が強すぎたものでね」彼はケイトの全身を眺めた。「むしろ、疲れはてて見えるな」

彼女は老婦人のもとへ引き返し始め、ぴしゃりと言い返した。「疲れはてていますとも」彼はとても平静に見えるわといらだたしく思った。上着を片腕にかけ、シャツの袖をまくり上げている。ネクタイがなくなっているのは、何かに使われたのだろう。それでも、相変わらず優雅に見える。自分の髪や手や服のひどいありさまを意識して、ケイトは彼に背を向けた。

彼女が老婦人にハンドバッグを渡し、お礼に耳を傾けるあいだ、ミスター・テイト＝ブーヴァリは隣で、ノルウェー人の医師と挨拶をかわしていた。そして、滞在予定を尋ねる相手に、明日はトロムソに向かう予定で、四日後にイギリスに戻ると答えた。

ケイトはそれを聞いて、みぞおちに不快感を覚えた。そして、消化不良よと自分に言い聞かせ、ミスター・テイト＝ブーヴァリに相手を紹介されると、ていねいに握手した。

「場所が場所だが、お会いできてうれしい。ケイトと呼んでもかまいませんか？　この次いらしたときは……ああ、救急隊員が来た」ノルウェー人の医師はにっこりして別れを告げると、患者に関心を向けた。

ミスター・テイト＝ブーヴァリはケイトの手を取り、人込みを抜けながら、熱い風呂に入って静かな夜を過ごすことだなと言った。彼女は返事をしなかった。急いでシャワーを浴びる時間があれば幸運というものだろう。レディ・カウダーは、一時間以上待たされて喜ぶはずがない……。

トンネルを出るには、かなりの手順がいった。車は後退させられ、道路は警官によって車が一掃された。時間がかかったとはいえ、すべてとても整然としていた。ようやく出たとき、道路はトンネルから出てくる車以外、通行禁止になっていた。

手際のよさに感心するケイトを、ミスター・テイト＝ブーヴァリは横目でちらりと見た。きれいな顔はよごれ、赤褐色の髪は今やもつれて背中にたれ下がっている。彼はため息をつき、道路に目をそそぎ続けた。

普通の男性同様、彼も恋に落ちたことが何度かあったが、結婚を考えたことは一度もなかった。いつかどこかで、妻にしたい女性とめぐり合うだろうと思い、それまでは仕事に打ち込み、満足して待っていた。その女性を見つけた今、彼は待ちたくなかった。もちろん、待たなくてはならないだろう。ケイトが彼を好いているかどうかも自信がない。確かに、ケイトは彼に恋していない。周囲の事情も、彼女が恋に落ちる見込みを少しも容易にしそうにない。だが、周囲の事情は変えられる……。

やがて、二人は事故について話した。「大災害にならなかったのが奇跡だ」

「火災が発生していたら、パニックが生じていたということですか？　全員落ち着いていました。とにかく、ほとんど全員が」ケイトは正直につけ加えた。「一度だけ、思いきり悲鳴をあげたかったのですが、その勇気がありませんでした」あげればよかったのにと言われ、彼女は顔をそむけて窓の外を見た。「あなたはいやがったでしょう。救助に駆けつけるとわかっていたあなたは、わたしに勝手に悲鳴をあげさせたまま、車に残していったかもしれませんが、あなたは手いっぱいでしたもの」

「きみを車に残していったりしなかったさ。正直言って、きみは落ち着いた実際的な態度で手伝ってくれるものと思っていた」

わたしは落ち着いているとも実際的だとも感じていませんでした、おびえきって言葉を失っていたんですと彼に告げたい気持とケイトは闘った。何をすればいいか正確に知っていて、冷静沈着な彼がその場にいたことが、安心感につながったのは認めざるを得なかったけれど。彼といると、とても安全で、確かだと感じるなんて不思議だ……。

すぐに、二人はホテルに着いた。ミスター・テイト＝ブーヴァリは車から降りて彼女のドアを開け、一緒にロビーに入っていった。事故のニュースを聞こうと集まっていた大勢の人たちは、二人をまじまじと見つめたかと思うと、詳細を知ろうと周囲を取り巻いた。ケイトの様子を尋ねられ、どこもなんともないとミスター・テイト＝ブーヴァリは穏やかに答えた。そして、ケイトを連れて受付のデスクに行くと、係の三人が急いで彼のもとに集まった。

「ミス・クロスビーは入浴して着替え、休息を取る必要がある。何よりもまず、彼女はお茶が飲みたいだろう」彼はケイトを見て、部屋番号とバスルームの有無を尋ねた。

「バスはついていませんが、シャワーで充分です。どこもなんともありません」彼女は気まずそうに答えた。

「もちろんだよ。でも、言うとおりにするんだ。医師の命令だ」客室係のメイドが付き添っていき、彼の部屋でケイトが温かいお風呂に入れるようにすることなど、ミスター・テイト＝ブーヴァリは細かな指示を出した。そして、ディナーも部屋でとるといいかもしれないと言い、そのあいだ、自分に別の部屋を取るよう頼んだ。「きみが着替えをするあいだ、ぼくは部屋から必要なものを取ってくる。ほら、メイドが来た。一緒に行きなさい。ディナーを食べたら自分の部屋に戻って、ベッドに入るんだ」

ケイトは、ようやく声を出した。「レディ・カウダーは……？」

「伯母のことはまかせなさい」彼はにっこりし、気がつくとケイトはほほ笑み返していて、泣きたくなっていた。「おやすみ、ケイト」

温かなお風呂につかり、ケイトはすすり泣いた。なぜなのか、彼女はわからなかった。けがはしておらず、かすり傷ができ、重いものを持ち上げたり移動したりして疲れただけだ。だが、たっぷり泣くのはいいことだった。やさしい心根のメイドは、小さな切り傷やすり傷に絆創膏(ばんそうこう)を貼(は)ると彼女をベッドに連れていき、一眠りするよう勧めた。

驚いたことにケイトは眠り、目を覚ますとすっかりいつもの自分に返った気がして、メイドが運んできてくれたディナーをもりもり食べた。

レディ・カウダーが訪れるのを――せめて伝言をよこすのを――ケイトは半ば期待していたが、どちらもなかった。食事のあと、彼女はメイドに付き添われたまま自分の部屋に戻り、少ししてベッドに入った。明日、ミスター・テイト＝ブーヴァリがトロムソに行く予定なのは残念だ。親切にしてもらったお礼を、きちんと言いたかった。ケイトはうとうとしながら、彼は何をしているかしらと思った。

ミスター・テイト＝ブーヴァリは今日の午後とケイトのことを考えながら、特にあてもなく早足に町を歩いていた。その晩ケイトの手を借りずに過ごさなくてはならないと知らされて伯母は腹を立て、事故のニュースはショックだった、ひどい気分だ、偏頭痛が起きるかもしれないと訴えた。彼はいつもどおり礼儀正しく耳を傾けたあと、早寝がいちばんかもしれないとほのめかした。

「今、お別れを言っておきます。ぼくは、明朝早く出発しますから。まもなく、イギリスに戻ります。

伯母さまが戻り次第、会いにうかがいますよ」

「楽しみにしているわ、ジェームズ。クローディアを、しばらく招待しようかしら。とても楽しい、いい話し相手よ」なんの反応もなかったので、夫人はつけ加えた。「また妹に会うのが、とても楽しみだわ。まもなく帰ると手紙に書いてきたの。互いにつもる話があるわ」

ケイトはレディ・カウダーの同情を期待しなかったし、少しも同情されなかった。翌朝、彼女が部屋に行くと夫人は言った。「とても不便な思いをしましたよ。頭痛のひどさときたら……。それに、事故をめぐる興奮やら何やら。あなたに自分の部屋を使わせるなんて、甥も気前のいいこと。ほんとうは不必要ですけどね。でも、あの子はいつも望みどおりにするから」

返答を期待されていると察し、ケイトは静かに言った。「ミスター・テイト＝ブーヴァリにはお気づかいいただいて、大変感謝しています。お礼を言う機会があればと思っています」

「甥は、あなたの礼など期待していませんよ。それに、今朝早くトロムソに出発したわ。わたしたちより先に、イギリスに戻っているでしょう」

ケイトは失望の痛みを感じた。イギリスで彼に会うとしても、トンネルの事故のときとはかなり違った関係になるだろう。礼を言うのは、愚かに聞こえるだろう。ていねいな礼状を書くべきだろうか？　だが、どこに送ればいいだろう？　レディ・カウダーは知っているはずだが、いちばんききたくない相手だ。事故で味わった驚きと恐怖にもかかわらず、ケイトにとってとても楽しかったエピソードの、それは不満の残る結末だった。

その日の午後、レディ・カウダーを待ちながら、彼女は母親に長い手紙を書いたが、ミスター・テイト＝ブーヴァリと過ごしたことについてはほとんど触れなかった。トンネルの事故については、彼がその場にいて手を貸せたのが最高に幸運だったとだけ書き、母親を心配させまいと、自分のはたした役割については何も書かなかった。

ケイトの気づかいは無駄だった。手紙をところどころミスター・テイト＝ブーヴァリに読んで聞かせながら、ミセス・クロスビーは当惑した声で言った。「でも、ケイトはどこにいたんでしょう？　何も書いていないけれど……」

彼は、その日の午後帰国したばかりだった。飛行機が着陸したときには疲れていて、ケイトの母親に会いに出かけるのは翌朝にしたほうがいいのではとためらった。だが、ケイトが手紙を書いていれば、それは今ごろ着いていて、ミセス・クロスビーは心配しているかもしれない。そこで、マッドが用意しておいた食事をとると、非難するような顔をされたにもかかわらず、ロンドンを出てきたのだった。

来てよかったとミスター・テイト＝ブーヴァリは思った。ミセス・クロスビーはその朝手紙を受け取って以来心配していたところだった。彼は夫人に心配いらないと請け合い、何が起きたか正確に話して聞かせた。「ケイトはすばらしくふるまいましたよ。彼女は簡単には驚きませんね。トンネルは苦手のようでしたが」そう言って、かすかにほほ笑んだ。そして、レディ・カウダーのことを気にするミセス・クロスビーを安心させるように言った。「伯母は充分理解しましたよ。ケイトは入浴して、かすり傷の手当てをして、そのあと早寝しました」

「よかったわ。あの子の顔が見られたら、ほっとするでしょう。連れていってくださるなんて、夫人はとてもご親切ですけれど。あの子は何年も休暇を取っていないし、汗水たらして働かなくてはならないんですもの」ミセス・クロスビーはそこで口をつぐんだ。「こんなこと、言うべきではなかったですね」

「なぜです？　伯母の家政婦をするのは重労働に違いない。自分で働いたことのない人間は、仕える人間の仕事の大変さがわからないですからね」

「おっしゃるとおりでしょうね。お疲れじゃありません？　わざわざいらしていただいてご親切に……。いつからお仕事を再開なさるんですか？」

「明日です。仕事を始めたら、しばらく会いに来られないですから」

「とても感謝していますわ。ケイトは大丈夫でしょうね？　つまり……幸せで……？」

「とても楽しい午後を過ごしましたよ。一晩はダンスに行きました。彼女はダンスが上手ですね」

「パーティーでは引っ張りだこでしたわ。父親が病気になる前のことですけれど。何を着ていました？　あまり、服を持っていかなかったんです。ダンスに行くなんて期待していなくて……。茶色のドレスでした？」

「残念ながら」ミスター・テイト＝ブーヴァリはまじめな顔で答えた。「彼女は茶色のクレープを着るには美しすぎますよ、ミセス・クロスビー」

「あまり選択の余地がなかったんです」

「大きな影響はなかったでしょう。ケイトはじゃがいも袋を着ていても、人を振り向かせるでしょう」

ミセス・クロスビーは彼の真剣な視線を受けて、ほほ笑んだ。わたしを喜ばせようと計算した、いいかげんな言葉ではないわね。本気で言っているんだわ。ケイトのことを心配するわたしを気づかって、訪れたのかしら？　それとも、ほんとうにこれからも、わたしとケイトに会いたかったからかしらと思いながら、夫人は彼が走り去るのを見送り、モガティーに話しかけた。「わたしたちは、成り行きを見てみなくてはね」

ミスター・テイト＝ブーヴァリと過ごした数時間の楽しみのつけを払うことになると、ケイトはすぐに悟った。レディ・カウダーはブリッジにあきたと言い、天気のいい午後は車を雇って田園地帯をドライブしてまわった。そして、ケイトがぺちゃくちゃしゃべると頭痛がすると言うので、彼女は運転手の隣に座った。

　こうした日が数日続いたあと、天候が変わった。午後外出する代わりに、夫人はラウンジのひとつにとどまってペイシェンスやジグソーパズルをして過ごし、一方ケイトは、そばに控えていなくてはならなくなった。そのため、彼女は毎朝ほんのわずかしか自由時間がなくなり、無駄に長時間費やす日々がはてしなく続いた。

　この退屈な日課が変更されたのは、レディ・カウダーがお土産を買いに行くと決めた、滞在も残り数日となったときにすぎなかった。ブリッジの仲間が大半のわずかな友人のために、夫人は木彫り製品を買った。だが、クローディアは別問題だった。「あの子には、何か特別なものを買わなくてはね。あの子の美しさを増すようなものを選ばなくては。昨日見た、金銀の線細工のドロップ型の魅力的なイヤリングかしらね。もちろん、高いものではないけれど、高価な宝石は、結婚したときジェームズがあの子に持たせるでしょう……」

　夫人は話しながらケイトに鋭い視線を投げたが、あのイヤリングは魅力的でしょう、クローディアはもらって喜ぶと思いますという、あたりさわりのない返事が返ってきただけだった。

「感謝の念を忘れない子よ。あなたも見習うのね」

　ケイトは、非常な努力をして黙っていた。

　順調にいくようにケイトが計画したこともあり、

帰路はスムーズだった。それでも、レディ・カウダーを車から降ろし、飛行機に乗せ、また降ろして自家用車に乗り込ませるのは疲れる仕事だった。道中、夫人は穏やかな声で不平を言い通し、家の前に車をとめたときにはケイトは頭痛がしていた。

それからが、彼女の長い一日の仕事のほんとうの始まりだった。無事に家に帰り着いたレディ・カウダーは、疲労困憊したからすぐにベッドに入らなくてはならないと言った。

「荷物を運び入れて、ほどくように。でも、その前に、お茶のトレイを部屋に持ってきて。わたしはお風呂に入って、ベッドに行きます。あとで、軽い夕食を用意してね」夫人はため息をついた。「あなたの若さとスタミナがうらやましいわ。人は年を取ると……」

七十歳はそれほど年じゃないわ。腕いっぱいの細々した荷物を受け取りながら、ケイトは考えた。それに、レディ・カウダーは、年よりずっと若く見えるような生活をしている。彼女は部屋まで夫人に付き添っていき、入浴の支度をし、階下に下りて車のトランクから荷物を下ろした。

ケイトが車を車庫に入れ、荷物を家のなかに運び込んだときまでには、レディ・カウダーはベッドに入り、元気いっぱいの姿で枕に寄りかかっていた。これから荷物をほどくようにと言われ、ケイトは静かに言った。「そうしますと、お夕食の支度をする時間がありません」そして、こわばった声でつけ加えた。「サンドイッチぐらいならできますが……」

レディ・カウダーは目を閉じた。「疲れた一日のあと、わたしは栄養のある食事が必要です。今晩は無理そうだから、荷物はほどかずにおきなさい。スープを少しと、ラムチョップにお豆をそえたものがいいわ。お豆が冷凍庫になかったら、菜園から採ってこられるでしょう。ゆでただけのポテトをひとつか二つ。果物のコンポートを作る時間はないでしょうから、カスタードで我慢したほうがよさそうね」夫人は目を開けた。「一時間以内にね、ケイト」

稼いだ給料でどうにか百ポンドたまり、銀行の支店長に見せられるという思いだけで、スーツケースを手にして家に帰るのをケイトは思いとどまった。そしてキッチンに行き、やかんを火にかけてお茶をいれた。そのあと、多少元気づいたものの、腹立ちのおさまらないまま、母親に電話した。「家には寄れないわ。仕事が山ほどあるの。でも、水曜日には会えるわ。木曜には食品を買いにテームに行く予定だから、そのとき銀行に寄るわ」

母親の幸せそうな声を耳にして、ケイトはおおいになぐさめられた。なんのかんの言っても、苦労をしたかいはあった。灰色の未来は、多少ピンクがかってきた。数カ月のうちには、成功間違いなしの新規事業をスタートさせているだろう。

翌日、彼女は忙しく働き続けた。一カ月の留守の

あとで、ケイトは見事に料理した食事を、レディ・カウダーの部屋に運んでいった。

「ベルを鳴らしたらトレイを下げに来るように。あとはもう用はないわ」夫人は言い、朝食のメニューの指示をした。

「おやすみなさい、レディ・カウダー」ケイトは挨拶したが、なんの返事もなかった。

ケイトは夕食を食べ、荷物をほどき、熱すぎるお風呂に長々とつかったあと、ベッドに入った。疲れてはいたが、ミスター・テイト＝ブーヴァリは何をしているだろうと考えられないほど疲れきってはいなかった。彼のことを考えて時間を浪費してはいけないわと自分に言い聞かせながら、ケイトは寝入った。

あと、家はきれいだったが、埃を払ったり空気を入れ替えたりする必要があった。食品の在庫をチェックし、商人に電話し、野菜のことで庭師に会わなくてはならず、ホレースもかまってやらなくてはならなかった。ホレースはケイトが戻ってきたのがうれしくて、彼女を喜ばせようと、家中あとをついてまわった。

ケイトについて階段を上がるホレースを目撃したレディ・カウダーは、前の家政婦に始末するよう言ったのにと言った。だが、ホレースはねずみ捕りより役に立ちますというケイトの指摘にしぶしぶ同意し、生意気とか無礼と見なされる言葉を一言も発せず、彼女が上手を取ったと感じていらだった。

ケイトは余分の給料を手に、半休の日に帰宅し、母親と将来の計画を立てて幸せな午後を過ごした。

「まず、千ポンド必要だわ。ささやかな規模でスタートして、銀行にお金を返したら、規模を広げながら、道具をいいものにしていくわ。得意先にパブか村の反対側のはずれの朝食つき民宿を獲得するまでは、夫人のところに勤めるつもりよ。固定客がついたら、手を広げられるわ。誕生パーティーとか、結婚式とか……」

「結婚しても続けられる仕事ですよ」母が言う。

「でも、相手がいないわ」そう答えると、なぜかミスター・テイト＝ブーヴァリの顔がまぶたにふと浮かび、ケイトはつけ加えた。「それに、わたしは結婚しそうもないし」

ケイトは苦心して笑いながら言い、ミセス・クロスビーも笑い返したが、その目は考え込んでいる様子だった。ミスター・テイト＝ブーヴァリは、すばらしい義理の息子になるだろう。そして、彼はケイトと恋に落ちるかもしれない。可能性はなさそうに見えたが、夫人は根っからの楽天主義者だった。

翌日、テームへ行く途中に家へ寄る手はずをつけ、ケイトはその晩戻った。車は使えないことになっている。レディ・カウダーは自分がほしがった珍味の数々の買い物を、ケイトは自転車で容易にこなせると考えているのだ。

「あなたがうらやましいわ」憧れるように夫人が言うのを聞き、ケイトは歯をくいしばった。「若く体力があって、午前中まるまる、ちょっとした気持のいい外出ができて」

ケイトは黙っていた。自転車に乗るのと、いろいろなものをあちこち買い物してまわるのとは別だ。だが、彼女は気にしなかった。銀行へ寄る時間を見つけよう……。

朝の仕事をかたづけてから出かけるよう期待されていたので、ケイトはいつもより早く起きたが、それでも、望んだ時間より遅くなって家をあとにした。夫人の昼食の支度に間に合うように戻ってくるためには、少々駆け足になるだろう。彼女は百ポンドを取ってくるあいだしか家にはいられなかった。お金はショルダーバッグに入れ、肩にかけた。自転車のかごに入れてある、家計用のお金と決してまぜこぜにするわけにはいかない。家計用のお金は、一ペニーまで収支を報告しなくてはならないのだ。

どんよりした日だったが、ケイトは気にしなかった。今日は彼女がそのために働き、待ちかねていた日なのだ。これで自分の将来を、成功する仕事の計画を立てられる……。ミスター・テイト＝ブーヴァリのハンサムな顔が、立ちはだかり続けるのは残念なことだった。

「彼を忘れなさい」ケイトは、大きな声を出した。「ただ、彼が親切で、一緒にいるのがすてきだからといって。いいこと、あなたは家政婦なのよ！」

まず何をするか決めながら、彼女は自転車を走らせた。銀行は時間がかかるだろうか？　すぐ、支店長に会えるだろうか？　前もって、会う約束を取りつけておくべきだったかもしれない。あと一キロほどで、テームの町はずれに着くだろう。まず、銀行に行こう……。

ケイトは自転車をとめた。かごから買い物袋と家計費を取ろうと向きを変えたとき、数人の若者がぶつかってきた。足を踏みつけ、彼女を壁に押しつける荒っぽいぶつかり方だったが、ケイトが何もできずにいるうちに、彼らは大声で謝って走り去った。それと同時に巧みに肩ひもを切り、ショルダーバッグを奪っていった。

それはあっという間の出来事だったので、彼女は若者たちの顔をちゃんと見る暇さえなかった。たしか、四、五人だった。通りを渡り、通りかかった人で、今の出来事を見た人はいないかと尋ねたが、誰もはっきり目撃していなかった。

そこで、ケイトは銀行に入っていき、絶望をともなった冷静さで、お金を盗まれたと説明した。銀行側は同情して話に耳を傾け、こちらで警察に電話しましょうと言い、お金が取り戻されるまで、支店長と会っても無駄でしょうと、ていねいな口調で告げた。やってきた警官は、必ず若者たちを捜しますと請け合ったが、彼にできることはほとんどなかった。

「お金は二度と戻らないと思いますね」ケイトは言われた。彼女は名前と住所を告げ、どこもけがをしていないと警官に請け合うと、ほかにどうしようもなかったので、自転車に乗って買い物をした。若者たちが、彼女の貴重なたくわえの代わりに家計費を取っていかなかったのが残念だった。

買い物をするあいだ、ケイトは盗まれたお金について自分に考えさせなかった。彼女の世界は崩れ落ちてしまい、一から築きなおさなくてはならない。口のなかに失望の苦い味が広がったが、さし当たって考えなくてはならない、もっと重要なことがあった。たとえば、レディ・カウダーの昼食とか……。

買い物をすませ、このニュースをどう母親に告げたものかと思いながら、やがてケイトは自転車で引き返した。日曜まで待たなくてはならないだろう。レディ・カウダーの用でないかぎり、電話を使う機会はめったにないし、家に帰るだけの自由時間が取れる見込みはそれまでない。そして、ケイトは夫人に話すつもりはなかった。

家に戻ると、人をあざむくようなやさしい声で、帰りが遅いと彼女は夫人に責められた。「決まった時間に食事を出してもらうのが、とても大切なんですよ。ひどく体が弱った気がするわ。なのに、昼食が出されるまで待たなくてはならないんだわ。グラスにシェリーをついで」

ケイトは、無言のまま静かにシェリーをつぐと、かきとマッシュルームを料理するために、キッチンに下りていった。だが、料理をする前に、料理用のシェリーをグラスについだ。安い銘柄の品だが、シェリーには違いない。

酒を一気にあおると、ケイトは昼食の支度にかかった。すべて黒焦げにしようと、ソースをだまにしようとかまわなかったが、もちろんそんなことはなかった。そして、待ちかねているレディ・カウダーに見事に料理した食事を出し、キッチンに引き返すと、腰を下ろして思いきり泣いた。

6

朝になると、ケイトはずっと気分がよくなっていた。お金を盗まれたのは大打撃だったが、新しい一日とともに楽天主義も生まれた。そして、百ポンドはそう大金ではない、一度ためられたのなら、もう一度ためられると自分に言い聞かせた。

だが、その楽天主義も、時間がたつにつれて薄れていった。レディ・カウダーは要求が多く、どういう理由かわからないが自分を哀れんでいた。そして、帰りの旅で体調をこわしたのだと断言し、家中のすべてにけちをつけてまわった。

昼食後、秋の市の件で牧師の妻が相談に訪れたのは天の恵みだった。レディ・カウダーは、自分が地元の慈善団体にいかに気前よくしているか堂々と吹聴し、市の手配の仕方を牧師の妻に話して聞かせ、気分よく午後を過ごした。

だが、牧師の妻は、つかの間の息抜きにすぎなかった。翌朝までに、レディ・カウダーは再びふさぎ込んでいた。明日は家に帰れるからありがたいわ、とケイトは思った。お茶にはスポンジケーキ、残りはトライフルにと夫人は細かいことを言い、夕食のメニューを指示したが、ケイトは黙って従った。そして、仕事をしながら、ミスター・テイト＝ブーヴァリのことを思った。彼を思って時間を浪費するのは愚かなまねだったが、少なくとも失ったお金のことを考えずにすんだ。

ミスター・テイト＝ブーヴァリは窓際に立ち、伯母の家の庭を眺めていた。なぜ、伯母を訪ねたいと思ったのかはっきりせず、その問題を深く追求するつもりもなかった。ケイトへの思いは、一時的なのぼせ上がりにすぎないと自分を納得させていたが、ドアが開いてケイトがお茶のトレイを持って入ってきたとき、それはばかげた考えだと認めざるを得なかった。彼女と結婚する以外だめだろう。それも、できるだけ早く。

だが、彼はそうした思いを少しも顔に出さず、こんにちはと静かにケイトに挨拶し、伯母の気に入るように彼女がトレイを整えるのを見守った。ケイトは彼を目にしたとき、ほれぼれするようなピンク色に頬を染めたが、今では青白く疲れて見える。それどころか、不幸せそうだ。

レディ・カウダーの鋭い視線を意識して、ケイトは二度と彼のほうを見ず、入ってきたときと同じように静かに部屋を出ていった。彼はお茶のカップを受け取りに行き、伯母の向かいに腰を下ろした。

「帰りの旅が疲れる旅だったそうで、お気の毒です。ケイトも疲れているようだ。途中、ロンドンで一泊するべきだったかもしれませんね」

「まあ、ジェームズ。わたしは家に戻りたい一心でしたよ。確かに、旅は疲れるものだったわ」レディ・カウダーは帰路の大変さを並べたて、鋭い声でつけ加えた。「ケイトは少しも疲れていませんよ。とても頑丈な娘で、問題なく仕事をこなせるわ。それも、一カ月ぶらぶらしたあとですからね。オーレスンで、あなたの親切につけ込まなくてよかったわ」

ミスター・テイト＝ブーヴァリにとても冷ややかな目で見られ、震え上がった夫人は急いで言った。

「もちろん、ケイトがそんなことをするはずがないわ。とても控えめな若い娘ですからね」さらに、甥の顔から険悪な表情を取り去りたくてつけ加えた。「ディナーを食べていってくれるわね？」

考えのあったミスター・テイト＝ブーヴァリは、

ロンドンを留守にしていたので、仕事がたまっているんですと断った。もっと運動するよう伯母に勧め、見送る必要はないと言って玄関を出ると、彼はわきをまわってキッチンのドアに向かった。

ケイトはキッチンのテーブルに座っていた。ミスター・テイト＝ブーヴァリを目にしたのは、驚くほど心地よいショックだった。お茶のトレイを置き、感じのいい挨拶に慎み深く答えるように気をつけた。だが、彼の首にしがみついて、いかに大変だったかをぶちまけたいという気持はとても強かった。思っていた以上に、わたしは彼が好きなのに違いないわ、とケイトは考えた。

「でも、すがって泣ける肩があったらいいでしょうね」大型レンジのそばに気持よさそうに座っていたホレースにケイトは言った。

「ぼくの肩で間に合うかな？」ミスター・テイト＝ブーヴァリは戸口から言った。

ケイトは、首をまわして彼を見た。「そんなふうに忍び寄るなんて。心臓に悪いです」

「驚かせたかな？　すまない。さあ、ケイト、どうしたんだ？　なんでもないなんて言って、時間を無駄にするんじゃない。きみもぼくも、ぐずぐずしていられないんだから」

「あなたとお話しするつもりは……」言いかけて彼の目を見て口をつぐみ、ケイトは率直に言った。「木曜にテームへ行きました。銀行に預ける百ポンドを持って。支店長に会うつもりでした。それが、若者たちに襲われて、お金の入ったバッグを奪われたんです」そこまで言ってケイトは彼の顔を見やった。「幸い、家計のお金は自転車のかごに入っていたので買い物はできました」かすかに笑みを浮かべてみせる。「それで、少しがっかりしているんです」

ミスター・テイト＝ブーヴァリは手を伸ばし、テーブルに力なく置かれていたケイトの手を取った。

「かわいそうに。なんてひどい目にあったんだ。警察には話したろうね？」

「できるだけ手はつくすと警察は言ってくれましたが、はっきりした目撃者がいないんです。レディ・カウダーに話しても仕方がないし、母親には休みの明日、話すつもりです。お金は、またためます」

けなげなケイトの言葉を聞き、ミスター・テイト＝ブーヴァリは立ち上がってテーブルをまわり、彼女を椅子からそっと立ち上がらせて抱き寄せた。兄か伯父のようにやさしく、べたべたせず、同情に満ちた態度で。そうするには努力がいったが、彼はケイトを愛していた。

すがって泣ける肩こそ、彼女が必要としていたものだった。彼の腕と沈黙に心をなぐさめられ、ケイトはかなり長いあいだ泣いていた。だが、やがて大きくはなをすすり、口ごもりながら謝った。「すみません。ずっと気分がよくなりました。あなたの上着をびしょびしょにしてしまって……」

彼はきれいにアイロンのかかったハンカチをケイトに渡した。「はなをかみなさい。気分をすっきりさせるには、たっぷり泣くのがいちばんだ。明日は、何時に自由になるんだい？」

「たいてい、九時過ぎには出られます。最後の最後に、夫人から用を言いつからなければ」

「九時半に外にいるよ。ぼくがその場にいれば、お母さんの助けになるかもしれないし、きみもずっと説明しやすいかもしれないからね。お母さんは、きっと動揺するだろう」

ケイトは彼の親切に礼を言ってから尋ねた。「今晩、お泊まりになるんですか？」

「これから家に戻るつもりだ」ミスター・テイト＝ブーヴァリは答え、彼女を励ました。「元気を出すんだ。きっと何かいいことが起きるさ」

「何かって何が？」

「わからないのが、何かのいいところじゃないか。それに、予期せぬことはいつだってわくわくする」彼は上体をかがめ、ケイトの頬にキスした。「そろそろ行かないと。明日の朝、会おう。それから、今夜はぐっすり眠るんだよ」

「そうします」ケイトはうなずき、彼の親切に感謝してほほ笑んだ。「あなたのおっしゃるとおりでした。誰かの肩にすがって、思いきり泣くほどいいことはありません」

ミスター・テイト＝ブーヴァリが帰ったあとも、ケイトはしばらく椅子に座ったまま物思いにふけった。やがて立ち上がり、レディ・カウダーのディナーの支度を始めた。そして、自分のためにお茶をいれ、ホレースに晩の軽食をあたえ、再び腰を下ろすと、夫人が食事の合図のベルを鳴らすのを待った。

一晩ぐっすり眠って目を覚ますと、晴れた朝だった。トンネルの事故で、いちばんいい服が台なしになったのは残念だったわ。綿ジャージーの服に着替えながらケイトは思った。昔はきれいなブルーだったが、しょっちゅう洗ったせいで色あせてしまった。ベルトをしめながら、最新流行の美しい服を持っていたらと思い、自分に言い聞かせた。ばかなことを考えるものじゃないわ。ミスター・テイト＝ブーヴァリはわたしが何を着ていようと気がつかないはずよ。

だが、彼はボタンのひとつひとつまで気がついた。ケイトがキッチンのドアを出て、家の横をまわってくるのを、そのすばらしい髪が日光に輝き、昨日涙を流したのを思い出してばつの悪い思いをしているせいで、恥ずかしそうに彼にほほ笑みかけるのを見守りながら。

おはようと挨拶してケイトを車に乗せ、彼はすぐ出発した。「よく眠ったようだね？」

「ええ」彼女は答えてから言った。「昨日のことは忘れてください」

ミスター・テイト＝ブーヴァリは返事をしないまま ケイトの家の前で車をとめ、車を降りて彼女の側のドアを開け、さらにプリンスを外に出したが、そのときにはミセス・クロスビーが開いた戸口にいた。

「おかえり、ダーリン。またお会いできてうれしいですわ、ミスター・テイト＝ブーヴァリ。ゆっくりしていってくださいますよね？　コーヒーの支度ができているんです。庭でいただきましょう」

ミセス・クロスビーは二人に笑いかけ、かがんでプリンスの頭を軽くたたいた。「ゆっくりしていってくださいますわね？」彼女は再び尋ねた。

ミスター・テイト＝ブーヴァリがトレイを外に運ぶあいだ、ケイトは母親が作った小ざなクイーンケーキを運びながら、明るすぎる口調でノルウェーの話を続けた。長い沈黙を作って、テームに行った結果を母親に尋ねさせないようにしようと、実際、ほとんど息もつかずしゃべった。

ようやく、ミセス・クロスビーはなんとか口をはさんだ。客の前では、おおっぴらに尋ねるわけにはいかなかったが、それでも熱心にきいた。「テームではうまくいった？」

「がっかりする話があるの」ケイトは切り出した。「お金を貸してくれなかったの？　あれでは不充分だったの？　百ポンドでは？」

「突きとめる機会がなかったの。銀行の前で強盗にあってしまって。警察は、お金を取り戻すチャンスはあまりないって。お金はバッグのなかだったの」

ミセス・クロスビーはカップを慎重に受け皿に置いた。顔の血の気が引いている。「お金はないということ？」

「残念だけれどそうなの。ちょっと打撃よね。でも、また一から始めるしかないわ」

「安すぎるお給料でもう一年、あなたは奴隷のように働き続けなくてはならないということ？　一年以上かもしれないわ」夫人はカップを手にし、手が震えていたため、再び下に置いた。そして、ミスター・テイト＝ブーヴァリに尋ねた。「このことをご存じでしたの？」

「昨日の晩、ケイトに会ったのですが、そのとき話してくれました」

「ヒステリーが起こせたら、どんなにほっとするかしら。ケイト、なんて残念なの。何カ月も働いたあげく……。しかも、一度だって不平を言わなかったのに」ミセス・クロスビーは彼のほうを見た。「あなたには退屈ですわね。別の話をしましょう」

「ひとつ提案させてもらえれば」彼は持ち前の穏やかな口調で言った。前の晩、帰宅してマッドに話を聞き、しっかり計画を固めてあった。

疑いのまなざしで見るケイトに、彼は穏やかな視線を返した。「これは、今考えついたことじゃない。昨日の帰り道に思い出したんだ。しばらく前に、八十いくつかの老婦人から、自分のところのコックが入院しなくてはならなくなって、数カ月家を空けることになると聞かされたことをね。コックはもっと早く入院しているべきだったようだが、雇い主が代わりを見つけられずにいた。老婦人は、バースの南の村に住んでいる。大きな家で、使用人も充分そろっている。ケイト、きみがもらっている給料を教えてくれないか？」

教えない理由はなかったから、彼女は教えた。

「伯母の払いは安すぎるよ。知っていたかい？」

「でも、この職がどうしても必要だったんです。知り合いが、このコテージを安い家賃で貸してくれました。お給料が安いのはわかっていましたが、ここと同じくらい安く住める、ほかのどこで仕事が見つかるかしら？」

かります?」

「だが、家賃がただで、給料も今よりずっといいところで職が得られれば、冒険してみるのもよくないかな。家賃や光熱費がただなんだから、もっとためられるだろう。ぼくはその手のことにはうといが、貯蓄のためには確かにずっと見込みがあるんじゃないか?」

「でも、それは臨時の仕事でしょう。また失業するかもしれませんし……」

「バースに五キロちょっとのところで?」彼は眉を上げて言い、ほほ笑んだ。「臆病風かい?」

ケイトはかっとなった。「とんでもない。なんて失礼なことを言うの」彼女はあわててつけ加えた。「すみません。今の言葉は恩知らずで失礼でした」

ケイトが母親のほうを見ると、ミセス・クロスビーは静かに言った。「だめでもともとじゃない? わたしはすばらしい話だと思いますよ。感謝していますわ、ジェームズ」夫人は、テーブル越しに彼にほほ笑みかけた。「そうお呼びしてもかまいません? この話を考え、わたしたちに助けを提供してくださって、あなたがお友達のような気がしているものですから」

ケイトは立ち上がり、彼の椅子のわきに立った。そして、彼も立ち上がったとき、握手の手を差し出した。「母の言うとおりです。あなたはわたしたちに親切にしてくださり、助けてくださっています。わたしは、そうされる価値がありません。ひどい口をきいてしまって恥ずかしい……」

ミスター・テイト=ブーヴァリはケイトの手を取り、ほほ笑みかけた。「いつも友人でいられたらと思っているよ。きみとお母さんのね。親切にするといっても、手紙を書いて、返事をきみに知らせるだけのことだ。先方は、すでに気に入った誰かを見つけているかもしれないし」

彼が意図したとおり、ケイトの耳には、それらすべてがとても納得のいく話に聞こえた。

ケイトはしぶしぶ手を放した。「わたしたち、どうすればいいんでしょう？　この婦人に手紙を書いて、雇ってくれるか尋ねるんですか？」

「ぼくが手紙を書いて、すでに誰か見つけたか尋ねるのがいちばんだと思う。見つけていたら何も言う必要はないが、まだだったら、必要な期間代わりに働く気のある、いいコックを知っていると話を持ち出せる」彼は、ミセス・クロスビーのほうを見た。

「それでどうですか？」

「とても結構だと思いますよ。あなたから連絡を受けるまで、わたしたちはそのことを忘れているようにしましょう。そうすれば、がっかりすることもないでしょうから」夫人は彼にほほ笑みかけた。「なんとお礼を言っていいか、ジェームズ。重ねてお礼を言わずにいられません」

未来に思いをはせる二人を残し、彼はそのあとすぐに帰っていった。「ジェームズの言うとおりよ」ミセス・クロスビーは言った。「家賃がただで住めれば、いくら節約できるか考えてもごらんなさい。その仕事が数カ月しか続かないとしても、銀行からの助けがあれば、ビジネスを始めるのに充分な額をためられるかもしれないわ」

「これは、冒険だわ」

「する価値のある冒険ですよ」ミセス・クロスビーは陽気に言い、その問題にけりをつけた。

週末まで、ケイトはミスター・テイト＝ブーヴァリからなんの連絡も受けなかった。そして、不意に彼が現れた。「こんにちは」キッチンの戸口に立ち、冷静な声で言った。

彼を目にした喜びに気づき、ケイトはケーキ作りの手をとめた。「ディナーを召し上がっていらっしゃいます？　もしそうなら、子羊のチョップをもっと焼かないといけませんので」

「ブリストルからの帰りに寄っただけなんだ。ぼくがお茶に寄ったと言うよう、伯母につかわされたんだ」彼はさらにキッチンに入ってきた。「例の老婦人から返事をもらったよ。きみに手紙を書いてよこすだろう。決めるのはきみだよ」

ケイトは満面に笑みを浮かべて彼を見た。「そうなんですか？　わたしに手紙を書いてくださるの？　すばらしいニュースだわ。ありがとうございます、ミスター・テイト＝ブーヴァリ。その方がわたしに働いてほしいとお望みなら、ここをやめ次第、そちらにうかがいます」彼女は自信なげにつけ加えた。「待ってくだされば ですけれど……」

「大丈夫だと思うよ」彼は気軽に言い、ドアのほうに歩いていった。「あと一週間くらい待ったからといって、たいした違いはないと思う。きっと、すべてなんの問題もなく解決するよ」そして、ケイトがお礼を言えずにいるうちに、彼は行ってしまった。

手紙は翌日届いた。ケイトは来週の都合のいい日に面接に来るようにと言われ、水曜日の午後はどうかと折り返し返事を出した。

交通手段の問題は、オックスフォードまで乗せていってくれるよう、村の店主の息子のジミーに頼むことで解決した。厄介な旅になると思い、彼女は大事を取って、戻るのが遅くなるかもしれないとレディ・カウダーに話しておいた。

驚いたことに、バースには車の迎えが来ていた。迎えの男性は年配でとてもていねいだったが、自分のことは何も話さなかった。

「ご存じかもしれないが、ミセス・ブレイズウェイトはお年寄りですよ、お嬢さん。まず、夫人と短時間面接して、それからコックに会う予定になっています。今晩、テームに戻る予定ですか？」

「オックスフォード行きの、六時半の電車に乗れたらと思っているんです」

「わたしがバースまで送ります。それまでには、あなたは用事がすんでいるでしょう」

彼はそれ以上何も言わず、開いた門を入り、広い庭に建てられた、堂々としたアン女王朝様式の家の前に車をつけるまで、黙ったままだった。正面玄関のドアの両わきには大きな窓が並んでいたが、ケイトは連れについて家のわきにまわり、横の入口から中に入った。

石張りの廊下の突き当たりにあるキッチンは広々としていて風通しがよく、巨大なレンジや大きな食器棚、壁にずらりとかかった鍋、がっしりしたテーブルと設備がよく整っている。大型レンジの両わきに椅子があり、そのひとつにとら猫が丸くなっている。女性が三人いて、年配のひとりはレンジわきの椅子に、年下の二人はテーブルに座ってお茶を飲んでいた。

ケイトが案内されていくと三人は顔を上げ、年配の女性が言った。「若いですね。でも、誰から聞いても、あなたは優秀なコックです。かけて、お茶をお飲みなさい。ミセス・ブレイズウェイトは十分ほどでお会いになります。わたしはミセス・ウィレット。こちらは、手伝いのデイジーとキッチンの下働きのメグです。執事のミスター・トゥームズが、あなたが帰る前に会います」

ケイトはお茶のカップを受け取り、駅から乗せてきてもらった礼を言うと、相手は短くうなずいた。

「運転手兼庭師をしている。名前はブリッグスだ」

「乗せてきていただいて、とても感謝しています」

彼は肩をすくめた。「それが仕事だ。あなたはコックのように見えないですよ、お嬢さん」

ミセス・ウィレットが難儀そうに立ち上がり、うかがう時間ですと言ったので、ケイトはブリッグスの言葉に返事をせずにすんだ。

　二人は長い廊下を歩いていき、玄関ホールに出るドアを抜けた。ホールを横切ると、ミセス・ウィレットはホールに面したドアのひとつをノックした。入るように言われ、わきにどいてケイトを通したあと、ミセス・ウィレットは中に入って戸口に立った。

「こちらに来なさい」窓際の高い背もたれの椅子に座っていた老婦人は、命令するような大きい声の持ち主だった。「わたしがよく見えるように。名前はなんといいました？」

「ケイト・クロスビーです、奥さま」

「料理ができるそうですが、ほんとうですか？」

「はい、そのとおりです」

「臨時の仕事ですが、それはわかっていますね？　ミセス・ウィレットが入院し、退院後の静養の休みを取るあいだの。その期間がどれくらいになるかわかりませんが、やめてもらう前にしかるべき期間の予告をしましょう。扶養家族は？」

「母がいます」

「家の裏手に、ミセス・ウィレットのコテージがあります。自分がいないあいだ、彼女はあなたに住んでもらいたがっています。よかったら、母親を連れてきなさい。推薦状はありますね？　ミスター・ケイト＝ブーヴァリが推薦したのは知っていますが、推薦状もほしいのです」

　老婦人が話すあいだ、ケイトは相手を観察する機会ができた。昔の美しさをしのばせる、がっしりした女性で、白髪をきれいに手入れした姿は今でも人目を引く。

「わたしは気むずかしい人間です」ミセス・ブレイズウェイトは続けた。「ばかげたことは許しません。よく仕事をすれば、よく扱われるし、いいお給料をもらえるでしょう。できるだけ早く勤め始めるように。その点は、ミセス・ウィレットと手はずをつけなさい」

　ミセス・ウィレットが小さく咳払いした。ケイトはそれを立ち去る合図と正確に受けとめ、夫人にていねいに礼を言い、失礼しますと挨拶すると、ミセス・ウィレットについて部屋を出た。

「これで決まりました」ミセス・ウィレットはほっとした声で言った。「奥さまが、これまで何人面接されたことか……。そのあいだ、わたしは入院して、治療を受けたくてたまらなかったんです」

「できるだけ早くまいります。今働いているところに、やめると言わなくてはなりません。やめる日にちがわかり次第、お手紙を書きましょうか？」

「そうしてくださいな。お名前はなんといいましたっけ？　独身ですよね？」

「ええ。ケイトと呼んでくださいますか？」

「いいですよ。わたしが、ほかの者に話します。コテージを見にいらっしゃい。ブリッグスがあなたを駅まで送る前に、お茶を飲む時間があります。それに、あなたはこれからミスター・トゥームズに会わなくてはいけません」

　コテージは家に近く、一階に狭い居間とミニキッチンとバスルーム、二階にはシングルベッドと化粧台とクローゼットを備えた寝室が二部屋あった。シーツとかは自分たちの分を持ってきましょうかとケイトが言うと、ミセス・ウィレットは喜んだ様子だった。そして、シーツとテーブルクロス類を持ってくるように、自分のしまっておきたいものは、居間の戸棚に入れておくと言った。猫を連れてくることについても、持ち物をいたずらしないかぎりかまわないと答え、ミセス・ウィレットは先に立って家に引き返した。「ミスター・トゥームズが、あなたを待っているでしょう」

　ミスター・トゥームズは、中年の堂々とした男性だった。わずかな髪をはげ上がった頭に慎重にとかしつけ、きびしい顔をして、もったいぶっている。そして、ケイトに冷ややかな目をそそぎ、互いにうまくやっていけるといいと言った。「もちろん、キッチンはあなたの持ち場だが、家全体のことはわたしに相談してもらわなくてはいけない」

あとで、彼女を駅まで送っていきながら、ブリッグスは言った。「ミスター・トゥームズのことは心配いらない。口ほど悪い人じゃないよ」

「教えてくださってありがとう。でも、わたしは家のことにはあまり関係ないですよね？　それに、彼も言ったように、キッチンはわたしの持ち場だし」ケイトはつけ加えた。「わたしは一緒に働きやすい人間だと思います」

その言い方は、少しひとり決めしているように聞こえた。「つまり、できるだけ早くなじむようにするつもりです。違っていたら、言ってほしいと思っています。ミセス・ウィレットのやり方どおりにするよう、最善をつくします」

「そのとおりだ。みんな、ミセス・ウィレットが治療を受けられるようになって喜んでいる。彼女は、さんざん待ったからね」

やがて駅に着き、電車に乗り込むと、ケイトは計画を立てながら帰りの道のりを過ごした。荷造りを始め、家具は預けなくてはならないだろうが、細かな身のまわり品を多少持っていけるだろう。レディ・カウダーに話をするという問題もある。彼女は夫人に言う台詞(せりふ)を長時間練習し、オックスフォードに着くまでにはすっかり暗記していた。

約束どおり迎えに来ていたジミーは結果を知りたがった。仕事が決まったことを知ると、またこの村に戻ってくるのか尋ね、コテージがまた借りられたらねと答えるケイトを家に降ろすと、おやすみと陽気に言って帰っていった。

彼女は急いで中に入って、母親に告げた。「ぐずぐずしていられないの。日曜日に詳しく話すわ。仕事がもらえたの。明日、やめますと話さなくちゃ」

ケイトは母親にキスすると、自転車に乗ってレディ・カウダーの家に戻った。鍵(かぎ)を使って中に入り、そっと自分の部屋に上がる。そして、いったんベッドに入ると、朝のことを心配したまま横になった。不愉快な話し合いを予想すると、彼女はきれぎれにしか眠れなかった。

レディ・カウダーにお茶を運んでいき、朝食後に話があるわと言われたとき、ケイトの悪い予感は的中しそうに見えた。

外見はいつもどおり静かな落ち着いた様子で、言われたとおり十時に居間に行った彼女は、夫人の気まずそうな様子に驚いた。彼女のほうを見ようとせず、膝の上に置いた本に目をそそいだままなのだ。

「クローディアの母親がフランスの南部に住むことになり、家の使用人を解雇しているの。家政婦は長年家に勤めていて、別の勤め口を見つけるには年を取りすぎているから、その女性を雇ってほしいとクローディアに哀願されたわ。自分のところの家政婦より、あなたのほうが新しい仕事先を見つけるのがずっと容易だろうから、あなたにやめてもらえないかと言うのよ。クローディアの言うとおりだわ」レディ・カウダーは一瞬目を上げた。「だから、今日から一週間後にここをやめてもらえないかしら。もちろん、立派な推薦状をあげますよ」

ケイトは踊り出したくなるのを抑え、思いがけない喜びを押し隠した。レディ・カウダーが気まずい思いをしているのは明らかだ。「わかりました」ケイトは静かに答え、今日の昼のメニューと午後のブリッジの予定を尋ねて、夫人にさらに気まずい思いをさせた。

夫人の答えを聞いたあと、ケイトは部屋を出て静かにドアを閉め、踊りながらキッチンまで戻った。そして、ホレースにサーディンの缶詰を開けてやり、自分にはコーヒーをいれた。この、突然の運命の気まぐれが信じられなかったが、それがとてもうれしかった。これはいいしるしだわ、未来はばら色になるわ、とケイトは自分に言い聞かせた。

ミスター・テイト＝ブーヴァリに手紙を書いて、彼の助けが実を結んだと告げなくてはならないだろう。母が彼に尋ねて、どこの病院で顧問医師として働いているかはわかっているから、そこに手紙を出そう。

ケイトは夫人のコーヒーのトレイを整えながら、文章を考えた。彼には二度と会いそうもないと思うと、明らかに悲しくなる。「これは変よ」彼女はホレースに話しかけた。「彼はとても親切だし、安心できる相手かもしれないけれど、わたしたちはしょっちゅう意見がぶつかるもの。ただ、彼がクローディアと結婚する気でなければいいのに……」

その晩ケイトは手紙を書き、帰りがけに投函(とうかん)してもらうよう、ミセス・ピケットに渡した。それは、驚くほど書きにくい手紙だった。彼に言いたかったことは、口にすればまともに聞こえただろうが、紙に書くとばかげて見えた。そして、最後にこれでよしとし、ただの封筒ではなく、人生の一部に封印するような思いで切手を貼(は)った。悲しく感じる理由は何もないわ、とケイトは自分に言い聞かせた。彼とクローディアの結婚を心配する必要は一切ないし、実際、むしろばかげている。

二日後の朝、ミスター・テイト＝ブーヴァリは、朝食をとりながら堅苦しい手紙を読み、ケイトは書くのに苦労したに違いないと思った。なんの温かみもない文章だが、感謝の念や彼のつつがない未来を願う気持などが、とてもきちんと述べられている。手紙を読んだ人間は誰ひとり、それを書いたケイトという女性についてわからなかったろうが、もちろんミスター・テイト＝ブーヴァリは、ずっとよくわかっていた。彼はもう一度手紙を読むと慎重にたたみ、ポケットにしまった。ケイトは二人が二度と会わないと思っているかもしれないが、そう考えるほど彼はばかではなかった。

7

続く数日間にすることは山ほどあった。だが、驚いたことに、レディ・カウダーはケイトに、ディナーを給仕して洗い物をすませたら、毎晩家に帰ってもいいと言った。ケイトは新しい仕事先に直行し、母親は家具を預けてコテージの鍵を持ち主に返し、その週のうちにあとを追ってくる手はずにした。

村の商店の店主が、ミセス・クロスビーを荷物の大半とモガティーと一緒に新しい家まで送っていこうと言ってくれ、ケイトは一泊用の旅行鞄とスーツケースだけ持っていけばよくなった。

万事とても満足のいく運びだったが、ケイトのあとがまの女性を連れて、クローディアが思いがけず到着したこともあり、残る数日は落ち着かなかった。とがった鼻、意地の悪い顔のミス・ブラウンは、白髪まじりの髪をひっつめにしたやせた女性で、ケイトについて家を点検してまわり、アドバイスにも気に入らなげに鼻を鳴らして答えた。キッチンに猫を置くつもりはない、庭師に始末させればいいという彼女に、ケイトは激しい怒りをのみ込んで言った。

「その必要はありません。ホレースはわたしが連れていきます。それから、やめるまでは、わたしがこの家政婦だということをお忘れなく」

ミス・ブラウンはひどく偉そうにそり返って言った。「わたしは口をはさむつもりはありません。あなたの横柄な態度が生計を立てる機会をふいにしないといいわね」そう捨て台詞（ぜりふ）を吐くと、クローディアのところへ行って文句を言い、今度はクローディアがレディ・カウダーに文句を言った。

ケイトにひどい仕打ちをしたと罪の意識を感じていた夫人は、ケイトに礼儀正しくし、仕事に口出ししないようミス・ブラウンに伝えるようにと、思いがけず鋭い口調でクローディアに言った。

翌朝、レディ・カウダーの朝食のトレイを持っていったとき、ケイトは夫人が枕（まくら）に気持よく寄りかかるのを待って、ミス・ブラウンはホレースを置きたがっていないからと、もらっていく許しを求めた。

「庭師か誰かにあげられないの？」夫人がきいた。

「彼らは猫を始末してしまいます」ケイトが答えると、夫人は身震いした。

「朝食どきにそんな不愉快な話は聞かせないで」夫人はそう言ったあげく、不機嫌そうに許可をあたえた。それでも、夫人は不人情ではなかったから、つけ加えた。「午後、猫を家に連れて帰りなさい。ミス・ブラウンが、お茶の支度をすればいいわ」

ケイトはレディ・カウダーに礼を言ってキッチンに戻り、ホレースに陽気に話しかけた。「まもなくおまえには、かわいがってもらえる新しい家ができるわ」すると、ミス・ブラウンと会って以来浮かべていた、迷惑そうな表情がホレースの顔から消えた。

二日後、ケイトはレディ・カウダーの家をあとにした。まだ早朝で、夫人は前夜に彼女に別れの挨拶をすませていた。そのとき一週間分の余分の給料も払うと同時に、自分の気前のよさはやさしさからくるものだと言った。

「不必要に気前がいいとクローディアに言われたけれど、ほら、わたしはあなたにとても寛大でしたからね」

ケイトはお金を突き返したかったが、そうするだけの余裕がなかった。感謝され、気前のよさを請け合ってもらえると思っていた夫人は、ケイトの礼儀正しい返事に眉をひそめた。

「まったく」あとになって夫人はクローディアに言った。「ケイトの感謝の念のなさときたら……」

「だから言ったでしょう。ミス・ブラウンは、お昼を出す時間を知りたがっています。午後、わたしは家に戻らないと」クローディアは、さりげなくつけ加えた。「最近、ジェームズから連絡がありますか？」

レディ・カウダーは考え込む様子だった。「先月あたりはたびたび会ったけれど、最近は会わないわね。引っ張りだこだから、一生懸命働いているんでしょう」

ミスター・テイト＝ブーヴァリは確かに一生懸命働いていたが、それでも、ケイトのことを考える時間はあった。ケイトと母親を新しい家まで車に乗せていき、万事をずっと楽にしてやれるとわかっていたが、あえて遠ざかっていた。愛するケイトは、少しでも慈善めいたところのある助けには疑いを持つだろう。

ケイトが落ち着くまで、訪問するのは待たなくてはならない。そこで、彼はさらに仕事を引き受け、週末に体が空いたときは、プリンスを連れてボーシャムへ行き、ヨットを操って過ごした。

ある晩、病院での長い一日を終えて帰宅すると、玄関で出迎えたマッドが、真剣な顔で言った。「ご主人さまは働きすぎだと存じます。こう申し上げてはなんですが、体を酷使していらっしゃいます。奥さまが必要です」

ミスター・テイト＝ブーヴァリはブリーフケースを手にし、書斎に向かった。「マッド、おまえの言うとおりだよ。妻を迎えるつもりだと話したら、おまえは喜ぶかい？」

マッドは満面に笑みを浮かべた。「ほんとうですか、サー？　それはいつのことでしょう？」

「彼女が、ぼくを受け入れてくれ次第さ」

多事な一日を終え、ミセス・ウィレットのコテージで寝支度をしていたケイトは、疲れた頭をやがて枕に横たえた。その日の午後、ミセス・ウィレットはあとをきちんとして、病院に直行していた。

だが、疲れていたにもかかわらず、ケイトはミスター・テイト＝ブーヴァリに思いがさまよっていくにまかせた。そして、彼は何をしているのだろう、再び会えたらいいのにと思った。それから、大きな声で自分を叱った。「ばかげているどころじゃないわ。あなたは、まぎれもない愚か者よ。彼を忘れなさい」

そこで、ケイトは眠りに落ち、彼の夢を見た。

続く数日間に、ケイトはいくつか発見をした。ミセス・ブレイズウェイトは年がいって偏屈で、完璧を期待する人だが、自分に仕える人間に必ず礼を言う。レディ・カウダーの要求の数々に慣れていたケイトには、それがありがたかった。デイジーやメグや通いの清掃係といった使用人たちは全員――ミスター・トゥームズも――親切で、協力的だった。

ケイトは使用人の扱いに気をつけるだけではなく、食料品の注文やミセス・ブレイズウェイトとのメニューの相談があり、料理もしなくてはならず、家の切り盛りに充分忙しかった。それでも、毎日午後二時間ほど自由になり、夫人にディナーを出し、あとの使用人たちが夕食をとったあとも自由になった。

数日後、母親がケイトを追ってやってきて、身のまわりの小物や写真を飾ったので、小さなコテージは家庭らしくなった。朝早く起きて猫たちに餌をやり、母親にお茶を運んでいき、コテージ奥の小さな庭に続く開いたドアのわきでお茶を飲んだ。ケイトは幸せだった。いつまでもこんな生活が続かないのは承知していたが、続くあいだ彼女は満足していた。

とにかく、満足していた。だが、最大限努力したにもかかわらず、どうしてもミスター・テイト＝ブーヴァリのほうへ思いが漂っていってしまうのにケイトは気づいた。二度と彼から連絡はないと思っていたが、やはり失望した。そのことが忘れられず、ある日、さりげなく聞こえるといいと思いながら彼女は母親に尋ねた。「彼は電話をかけてくると思う？　わたしたちが、こちらに落ち着いたか確かめるために」

「ありそうもないわね」母親はきっぱりと言った。「彼のように忙しい男性ではね。要するに、できるだけのことをわたしたちにしたからといって、それ以上の面倒をかけられる義務はないわ。彼は、わたしたちを助けてくれた。それだけのことですよ」

自分もがっかりしていると認めたくなくて、ミセス・クロスビーはケイトの顔をちらりと見た。ミスター・テイト＝ブーヴァリは一時的なもの以上の関心を娘に寄せていると思ったけれど、すっかり間違っていたらしい。彼は親切心を示してくれたというだけだったのだわ。夫人は陽気に続けた。「地元の新聞を見ていたのだけれど、ミスター・テイト＝ブーヴァリが正しかったわ。ホテルが何軒かコックや家政婦を募集しているわ。ここをやめても、すぐに働き口が見つかるわ。それは、気に入らないでしょうね？　あなたは、ここにいるほうがずっと幸せよね？」

「いい仕事だし、ミセス・ブレイズウェイトはなかなかいいお年寄りよ。きびしいけれど、けちじゃないわ。レディ・カウダーに比べたら、小鳥みたいにちょっとしか食べないわ。ミスター・トゥームズの話だと、ときどき豪勢なもてなしをなさるそうだけど」

ケイトと母が移ってきて二週間たったばかりのときだった。午後の自由時間になり、ケイトがキッチンのドアを出ると、ミスター・テイト＝ブーヴァリが目に入った。とても気楽な様子でドアのそばの石壁に座っている。彼はそこから下りてそばにやってきた。「やあ、ケイト」この上なく気軽な挨拶を受け、彼を目にした喜びはたちまちしぼんだ。

ケイトは近寄りがたい態度で挨拶を返し、玉石を敷いた広い裏庭を横切り始めた。彼はケイトと歩調を合わせ、尋ねた。「ぼくに会えてうれしいかい？」

もちろんうれしかったが、彼女はそう言うつもりはなかった。そして質問に答えず、落ち着いた口調で言った。「ミセス・ブレイズウェイトに会いにいらしたんですね。知り合いだとおっしゃっていましたもの」

「知り合いのはずさ。伯母の一人なんだ。ぼくをコテージに招いてくれるかい？」

ケイトはぴたりと足をとめた。「とんでもない、ミスター・テイト＝ブーヴァリ。それが不可能なのは、よくおわかりのはずです」

「トゥームズが立腹するからかな？」彼はケイトが心穏やかではいられなくなるほど近づき、彼女を見下ろすように立った。「ぼくに初めて自転車の乗り方を教えたのが彼さ。小さなころ、よくここに泊ったものだ」

ケイトは一瞬気をそらされた。「まあ、彼が。ほんとうに？　あなたはいくつでした？」

超然としていなくてはいけない、と彼女は不意に思い出した。感謝の念は当然忘れず、気さくではあるけれど超然として……。「失礼してよろしいですか？　一時間ほどしか自由時間がないんです。二、三したいことがありますので」

彼はうなずいた。「髪を洗ったり、小物を洗濯したりね。口実を作るのはよさないか、ケイト。ぼくに会えてうれしいかと尋ねたんだ」

ケイトは、その場に立っていた。午前中の仕事のせいでかなり疲れ、髪には乱れが見える。ミスター・テイト＝ブーヴァリはそのカールしたほつれ毛を見つめ、ピンを抜き取って、輝く髪を肩にたらしたい気持をやっとのことで抑えた。

ケイトは彼のベストに目をすえ、静かに答えた。「ええ、会えてうれしいです、ミスター・テイト＝ブーヴァリ」

「そろそろ、ジェームズと呼べるかな？」

「無理です！　つまり……それは問題です」

「ぼくたちだけのときは、まったく問題ないさ」

「わかりました。お会いしたことを母に話します。わたしたちは――母は、あなたのことをときどき話していますから」

「お母さんとは楽しいおしゃべりをしたよ。きみの将来の計画でいっぱいだね」

ケイトはうなずいた。「おっしゃるとおりでした。バースには仕事の口がたくさんあります。ここを離れたら、わたしたちはバースで何か見つけます。できるだけ早く——可能になり次第、どこか住むところを探して、わたしはケータリングの仕事を……」

「それが、相変わらずきみの念願なの、ケイト？」

「そうすれば、自活できますでしょう？」

「男性がある日きみの前に現れ、心を奪って、きみと結婚したら？」

「そうなったらとてもうれしいけれど、そんなことは起きそうもないですから……」

「起きたときは、話すと約束してくれるかい？」

　軽い口調で言う彼にケイトはほほ笑みかけた。

「約束します」そして、ためらいがちにつけ加えた。

「レディ・カウダーは、あなたが結婚する予定だとおっしゃっていました」

「ほんとうに？　もちろん、伯母の言うとおりだ。ブリッグスと話をしてくる。きみがここで幸せに暮らしていてよかった。さようなら、ケイト」

　差し出された手に手をあずけ、ケイトは彼がその手を二度と放さずにいてくれたらと思った。だが、手は放され、静かにさようならと言うと、ケイトはコテージへ向かった。彼はさようならと言ったわ。ケイトは振り返った。わたしは二度と彼に会うことがないだろうし、どう考えても今は、彼に恋していると気づくときではないわ。

　母親はコテージの裏の小さな庭にいた。「遅かったのね」ケイトの顔を見て尋ねた。「どうしたの？何かあったの？」

「そこで、ミスター・テイト＝ブーヴァリに会ったの。みんなに話しかけてまわっていたわ。お母さんに会いに行ったと言ったわ」ケイトはゆっくり息を吸った。「そして、さようならって」

「午後、ロンドンに戻る予定なのよ。一緒にコーヒーを飲んだわ。なんていい人かしらね。わたしたちの計画に、それは興味を持ってくれて。数日中に、アメリカへ行くのよ。確かに、忙しい生活ね」

確かにそのとおりだわ、とケイトは無言で同意した。そこには、わたしの居場所などない。彼はますます成功をおさめ、クローディアと結婚するわ。クローディアは彼のために社交生活を取り仕切り、彼がふさわしい人々と会うようにする。彼女は夫の仕事になんの興味も持たず、社交に腕をふるうだろう。彼は不幸になるわ……。ケイトはため息をついた。あまりに深いため息を聞き、母親は考え込むような表情で娘を見た。

「ここで幸せよね、ケイト？　長く続かないのはわかっているけれど、万事うまくいけば、冬前に、独立して仕事が始められるわ。わたしはパートの職を探すつもりでいるのよ。あなたがケータリングの仕事をスタートさせるあいだ、二人の生活費がまかなえるようにね」

それを聞いて、ケイトは不幸せな物思いからわれに返った。「いいえ、お母さんは働きに出てはだめよ。その必要はないわ。銀行から借りるお金でなんとかなるわ。運がよければ、固定客がついて、わたしたちはやっていけるでしょう」

あの二人もね、とケイトは思った。わたしはケータリングの仕事を成功させ、これから一生、母と安楽に暮らすのよ。そして、ミスター・テイト＝ブーヴァリのことも忘れる……。

折よく、そうするのはむずかしくなかった。翌朝、たまにしか呼ばれないミセス・ブレイズウェイトの居間に呼ばれたからだ。

「くびになるんじゃないかしら」そんな思いを声に出し、ケイトは落ち着いた家政婦の顔を装ってドアを軽くノックした。

夫人はショールやスカーフで隙間風から身を守って窓のそばに座っていたが、お入りと気短に言った。そして、夫人に見える位置に立ち、おはようございますと言ってメモと鉛筆を取り出したケイトに、二週間後が八十三歳の誕生日なので、その祝いをするつもりだと告げた。ビュッフェ式のお昼を、六、七十人に出すという。そして、あれこれ料理の指示を出し、デザートも手作りするように言った。

　意見を求められ、ケイトは言った。「メインの料理にふさわしい添え物を加えてもよろしいですか？　メニューを作成して、お気に召すか決めていただくのはいかがでしょう？」

「そうして。今夜、そのメニューがほしいわ。キッチンに人手が必要なら、そう言いなさい。トゥームズが手配します」夫人は、突然せっかちになった。「行きなさい、ケイト。仕事があるでしょう」

　トゥームズは、キッチンでケイトを待っていた。

「これは盛大なものになる。夫人にはたくさんの親戚や友人がいらっしゃる。助けが必要だったら、知らせなさい。助言が必要なときは、わたしのところに来るように」ものものしい口調は、ケイトがそうすると確信していることを物語っていた。

　こうした大がかりなパーティー料理をまかなう彼女の能力にトゥームズが疑いを持っているのを承知で、ケイトは感じよく礼を言った。彼女自身は、なんの疑いも持っていなかった。そして、仕事に戻り、午後になるとコテージに行って母親にその話をし、適当なメニューの作成に取りかかった。

　夕方、ケイトはミセス・ブレイズウェイトの居間に参上し、メニューと二つの代案を示した。

夫人は柄つき眼鏡を当て、ケイトが作ったメニューを検討したあとで言った。「これでいいわ。トゥームズをよこすように頼んで」

　そんなわけで、続く二週間、ケイトはすることがありすぎるほどあり、忙しすぎて料理のこと以外何も考えられない日々が続いた。キッチンには巨大な冷凍庫があったので、多くの料理は前もって準備しておけた。そして、夫人はバースデーケーキについては何も言わなかったが、ケイトは賢明にも事前にミスター・トゥームズに相談し、賛成を取りつけた上で、ドライフルーツとシェリーと最上のバターを使ったこくのあるケーキを焼いた。

ケイトの毎日は充実していた。ミスター・テイト＝ブーヴァリのことを考えるのは、疲れた頭を枕に横たえるときにすぎなかった。イギリスに戻っていれば、彼は昼食会に来るだろう、でも、会う見込みはほとんどなさそうだ。

ミスター・テイト＝ブーヴァリは、イギリスに戻っていた。ケイトに会いに出かけるいい口実を考えるのに多くの時間を費やし、ボーシャムで週末を過ごして戻ってくると、伯母からの招待状が届いていた。今や、絶好の口実がそこにあった。

ミスター・テイト＝ブーヴァリは二つ返事で招待を受け、一方マッドは、主人がボーシャムで過ごすとき好んで着る、着古した実に不似合いな服をかたづけながら満足そうに思った。昼食会なら、ご主人さまはすばらしい仕立ての、ぴしっとしたスーツに身を固める必要があるだろう。

「昼食会だけですか？　それとも、お泊まりですか？」マッドは尋ねた。

「午後のうちに戻ってきて、日曜はボーシャムで過ごすつもりだ」

マッドは浮かない顔でうなずき、希望を込めて尋ねた。「グレーのスーツをお召しになるつもりですか、サー？」

ケイトのことを考えていたミスター・テイト＝ブーヴァリはうわの空でうなずいた。「明日は、早く出る必要がある。七時に朝食がとれるかな？」

立派な服装をした主人を昼食会に送り出せるという見込みになぐさめられ、マッドは七時きっかりに朝食をテーブルに並べておくと請け合った。

再びケイトに会えるという満足感にひたりつつ、ミスター・テイト＝ブーヴァリはディナーの用意ができるまでのあいだ、プリンスと庭をぶらぶらした。楽しい物思いは、レディ・カウダーから電話がかかっていると告げに来たマッドに妨げられた。誕生パーティーの件で、伯母は電話してきたのだった。パーティーに行くつもりだが、クローディアも同伴させてほしいと頼んだという。そして、二人を車で送り迎えしてくれないかと頼んできた。

ミスター・テイト＝ブーヴァリは正直な男性だったが、ときには嘘も必要だと判断した。まさに、今がそうだった。クローディアを相手に数時間過ごすのは、ごめんだ。

「無理ですね、残念ながら」彼はぶっきらぼうに断った。「行くつもりですが、仕事の調整がついた場合です。クローディアは、伯母さまの送り迎えができますよね。招待を受けたらのことですが。彼女は誰も知り合いがいないでしょう？」

「あなたを知っていますよ」レディ・カウダーは言ってくすりと笑い、彼が黙っているとつけ加えた。

「わかったわ。きいてみようかしらと思ったの。あなたがどれほど忙しい身か忘れていたわ。向こうで会って、おしゃべりできるといいけれど。クローディアは、いつもあなたのことを話しているのよ」

そうですかと冷ややかな声で言って、ミスター・テイト＝ブーヴァリは続けた。「すみませんが電話を切ります。マッドがディナーを並べたところなんです」

「まあ、気がきかなくて。それで、妹の様子は？」

「とても元気ですよ」彼がそれ以上何も言わなかったので、レディ・カウダーは自分から電話を切った。

翌朝、彼が朝食をとっていると、母親から電話がかかった。「ジェームズ、起こしてしまったのでないといいけれど。戻ったところよ。明日のはずだったのだけれど、席が取れたものだから、ロンドンで乗り換えようと思ったの。家に帰る前に、あなたのところへ寄って、疲れを取ってもいいかしら？」

「お母さん、そこにいてください。ぼくは仕事に出かけるところですが、マッドがすぐ迎えに行きます。好きなだけ、いつまでもいてください。ぼくは夕方戻ります。マッドが面倒を見ますから。トロントのみんなは元気でしたか？」

「とても元気だったわ。赤ちゃんはかわいい子よ。会ったときに何もかも話すわ」

「朝食をとるかコーヒーを飲むかしていてください。マッドが、できるだけ早く行きます」

彼が受話器を置くと、すぐわきにマッドが控えていた。母親が戻ったことを話し、空港まで迎えに行くよう頼むと、マッドは予期せぬ事態に動揺したところを見せまいと、万事手配し、すぐ空港に向かいますと、いつもの威厳のある口のきき方をした。

ミスター・テイト＝ブーヴァリはコーヒーを飲みほし、家を出ようとした。「すばらしい。それと、今晩のディナーに何か考えておいてくれないか？」

「すでにそのことは考えております、サー」

マッドの声にはかすかに非難の響きがあったので、彼は即座に言った。「おまえは執事の鑑だよ、マッド。おまえなしでは、どうしていいかわからない」

自分の値打ちを承知しているマッドは、重々しい表情でうなずいただけだった。

忙しい一日を終え、その晩ミスター・テイト＝ブーヴァリが疲れて帰宅すると、母親がプリンスと一緒にソファに座っていた。そして、息子のキスを求めて頬を差し出した。「お疲れさま、ジェームズ」

「でも、帰宅して、お母さんに迎えられるのはとてもうれしいですよ」

「あなたは、自分の妻に迎えられるべきですよ」

ミスター・テイト＝ブーヴァリは母親の向かいに腰を下ろし、マッドが椅子のわきのテーブルに置いておいたグラスを手にした。「そのつもりです」

ミセス・テイト＝ブーヴァリはグラスを置いた。

「まあ、ジェームズ、いい人を見つけたの？」

「ええ」そう答えて、彼は母親をちらりと見やった。背が高く多少太り気味だが相変わらず美しく、魅力的な笑顔の持ち主だ。自分の好みに美しく装っていて、いつも優雅に見える。

彼は言葉を続けた。「とてもきれいで、お母さんと同じくらい背の高い、豊かな赤褐色の髪と気持のいい声の持ち主です。エディス伯母さまのコック兼家政婦をしています」

「どういうこと？」

「父親が亡くなったあと、つらい目にあったんですよ。母親と二人暮らしです」

「生計を立てるふりをしている、ひょろっとした、モデルタイプの娘さんじゃないのね？」

「全然。彼女は文なしですよ」ミスター・テイト＝ブーヴァリは、不意に白い歯を見せた。「それに、いわゆる豊かな曲線の持ち主なんです」

母親は、シェリーのお代わりを受けた。「あなたにぴったりの人のようね。結婚に同意したの？」

「とんでもない。ぼくが恋していることさえ、彼女は気づいていないと思いますね。実に用心深いていねいさで応対するんですが、それには少し面くらいます」

「いつ、会えるかしら？」

「ぼくたちは、エディス伯母さまの誕生日の昼食会に招待されています。彼女は、もちろんキッチンにいるでしょう。なんとか会えるようにしなくては」

「その昼食会というのはいつなの？」

「十日後です。それまで滞在しますか？」

「いいえ、家に帰って、万事問題がないか確かめたいの。あなたは、あちらまで行ってくれた？」

「二回ほど。日帰りするには遠すぎますからね。週末に行きましたよ。万事問題なしです。安心してこちらに滞在できますよ。パーティーのあと、ぼくがノーサンバーランドまで送っていきます」

「まず、家に帰りたいの。ペギーに送ってきてもらうわ。あなたは、向こうにいるあいだにペギーに会った？」

「ええ。とても幸せそうですよ。ぼくはまた、伯父さんになるらしい」

「すばらしいことじゃない？　あなたの妹たちは、わたしに孫をさずけてくれたわ。ジェームズ、今度はあなたの番ですよ」

　彼は母親にほほ笑みかけた。「そのうちね。さあ、ディナーができたとマッドが言いに来ましたよ」

　ミセス・ブレイズウェイトが開くと言い張ったような昼食会の準備には、二週間は長くなかった。ケイトは、膨大なメモを書いたり必要なものをそろえたりして、夜遅くまで起きていた。当日のはるか前に、多くを準備しておけたが、七十人分の食事をまかなうのは挑戦だった。幸い、使用人たちはケイトを助けようと格別に努力し、ミスター・トゥームズもケイトが必要なものを自分で選び、必要になるまで巨大な冷凍庫にしまっておけるよう、バースまで車に乗せていきさえした。

　積極的な助けがそれほど多くあっても、やはりすることは山ほどあった。だが、ケイトはそれを楽しんだ。レディ・カウダーに料理を作るのは感謝されない苦役だったが、今やさまざまな料理を作りながら、彼女は満足感を感じていた。

　パーティー当日は晴天で明けた。もっとも、空気には秋の冷たさが感じられた。昼食は一時に出される予定になっていて、ケイトと手伝いたちは太陽が昇る前から起きて働いた。

彼らは急いで朝食をとり、ケイトはその晩のディナーに必要な材料を集めた。ミセス・ブレイズウェイトの近親者が十人、引き続き残ることになっていて、四コースの食事を出すように言われている。キッチンのスタッフのために、彼女は賢明にも巨大な牛肉と子牛のキドニーパイを作った。それらは切り分けられるし、必要なら、温かくしておくこともできるからだ。

ゲストは十二時をまわったころから到着し始め、ミスター・トゥームズ、デイジーとメグは、コートを受け取りシェリーを配って歩くために、二階へ行った。今や少々緊張してきたケイトはバースデーケーキに最後の手を加え、清潔なエプロンをした。料理のテーブルが並べられた客間までちょっと行って、すべてがきちんとしているか確かめる機会は今だ。

彼女は敷居のところで足をとめ、満足のため息をついた。テーブルには食べ物がぎっしり並べられているが、優雅に見える。花は完璧だし、さまざまなサラダの皿に囲まれたハムの大きな皿は、よだれが出そうだ。もちろん、バースデーケーキは昼食会の最後に運ばれることになっていて、ミセス・ブレイズウェイトによって切り分けられ、シャンペンと一緒に出されることになっている。ケイトは、すっかり満足してうなずいた。

ちょうどそのときミセス・テイト＝ブーヴァリが到着した。ジェームズが車を駐車するあいだに、玄関ホールをまわってやってきたミセス・テイト＝ブーヴァリは、足をとめてケイトを見た。後ろからでも、誰かわかった。彼女のような髪の女性は多くないし、ジェームズは正確に彼女の姿を描写していた。夫人はさらに少し近寄り、立ち去ろうとしてケイトが振り向いたとき、息子が彼女の顔についてもとても正しく描写していたのを見て取り、うれしくなった。とてもきれいな子だわ、体つきも豊かだし。そして、感じよく尋ねた。「ちょっとのぞいてもかまわないかしら？　それとも、一時にあっと驚かすことになっているの？」

　ケイトは夫人にほほ笑みかけた。「そういうことなんだと思います。ミスター・トゥームズは、それまでは誰も中に入れないことになっていると言いました。わたしはコックです。それで、すべてがちゃんとなっているか、確かめに来たんです」

　ミセス・テイト＝ブーヴァリは、彩り豊かに飾りつけられた料理の数々を眺めた。「すばらしいわ。ケータリング業者を頼んだのでしょうね？」

「いいえ」ケイトは事実だけを述べる口調で言った。

「すべて自家製です。全員が手伝いました」

「でも、誰が料理したの？」

「わたしです。ただ、みんなの手伝いなしにはできませんでしたけれど。ドアを閉めますが……」

ませんでしたけれど。そろそろ失礼しなくては。よろしかったら、ドアを閉めますが……」

　ケイトはドアを閉め、小さな声でていねいに挨拶すると、キッチンに戻っていった。ミセス・テイト＝ブーヴァリは玄関に引き返し、息子を迎えた。

「あなたのケイトと話をしていたのよ」夫人は言った。「あなたの説明どおりだったわ。しかも、さらにいいものを持っている気がするの。彼女はわたしが誰かわからなかったわ。わたしたちが帰る前に、あなたは行って、彼女を捜すわね？」

「その機会にはことかかないでしょう。家は人でぎっしりですからね。ぼくたちも、みんなと合流したほうがいいですよ」

8

ミスター・テイト＝ブーヴァリが母親に続いて客間に入っていくと、椅子に座った伯母が順番にゲストを迎えていた。そして、二人の番が来ると、伯母はミセス・テイト＝ブーヴァリの頬にキスして挨拶し、ジェームズのほうを向いた。

「では、来る時間があったのですね？」と言い、いたずらっぽくつけ加える。「カウダーさんが、あの娘を連れてきているわ。あなたの所在を知りたがっていましたよ」そして、頬にキスを受けると、あなたが結婚するところを見たいものだわと切望するような口調で言って、くすりと笑った。「もちろん、クローディアとではなくね」

「今日は、伯母さまの誕生日ですから、きっと願いがかなうと思いますよ」

彼はふさわしく包装しリボンをかけたプレゼントを差し出し、伯母のもとに母親を残したまま、親戚や友人に挨拶しにぶらぶらと離れていった。

レディ・カウダーは、すぐに彼を目にした。「ジェームズ、まあうれしい。来られたのね」夫人は彼の頬にキスし、抜け目なくつけ加えた。「クローディアは、あなたに会うのを待ちかねているわ」

クローディアはめかし込んでいた。巧みに化粧をほどこし、金髪をくしゃくしゃにしたスタイルにしている。最新流行の髪型かもしれないが、彼女には似合っていない。ミスター・テイト＝ブーヴァリは握手し、そつなく挨拶すると、いつ戻るのかという伯母の問いにあいまいな返事をし、失礼しますと断って二人のもとを去った。

最後のゲストが到着し、飲み物が手渡され、女主人への乾杯が行われたあと、トゥームズの言葉を合図に、ゲストたちはビュッフェテーブルに押し寄せた。食べたり飲んだり、女主人と言葉をかわしたり、誰もが手いっぱいだったので、ミスター・テイト＝ブーヴァリは、誰にも見られず容易に部屋を抜け出せた。

客間をいったんあとにすると、家は静かだった。彼は階段を下り、キッチンに向かった。そして、そっとドアを開けて立ちどまり、大型レンジのわきのみすぼらしい安楽椅子で、ぐっすり眠るケイトの姿を眺めた。ついで、静かにキッチンを横切り、ケイトの向かいの椅子に腰を下ろして、キスして彼女を起こしたいという強い願いをしりぞけ、疲れた寝顔を見守ることで満足した。

そうこうするうちにケイトは目を開け、一瞬信じられないというように彼の顔を見つめたが、いかにも彼女らしく尋ねた。「いびきをかいていました？」

彼は椅子に座ったまま、落ち着いて答えた。「いや。今朝は何時に起きたんだい、ケイト？」

「わたしですか？　四時です。ケーキの仕上げをしないといけなかったので。どうやって、ここへいらしたんですか？」

「階段を下りてきたのさ。お茶をいれようか？」

「それはすてき……」彼女は言葉を切り、座り直した。「すみません、伝言か、いるものがあっていらしたのですか？　眠り込んでしまってすみません」

ケイトに結婚を申し込もうというせっかちな考えを、当座は無視しなくてはならないだろう。めったに彼女に会えず、今、自分の気持を彼女に話せる時間がたっぷりあるのに、お茶をいれて、その時間を無駄にしなくてはならないなんて残念だ。そう考え、ミスター・テイト＝ブーヴァリはほほ笑んだ。「何もかも上首尾に運んでいるよ。きみが今もここで幸せに働いているか見に来たんだ」

　彼は立ち上がって大型レンジにやかんをかけ、静かに口笛を吹きながら、お茶をいれる支度をした。パーティーは大成功だと言い、昼食をとったかどうか尋ね、食べていないとケイトが答えると、朝食は、とさらに尋ねた。

「あの、時間がなくて……」

「小さなときに、卵のゆで方とバタートーストの作り方を教わったんだ。母は、その二つができれば飢え死にはしないという意見の持ち主でね」ミスター・テイト＝ブーヴァリはとても気持を落ち着ける声で言い、パンと卵を見つけて、レンジで忙しく働いた。「お母さんは、お元気かい？　ぼくたちが帰る前に、コテージにお邪魔しないといけないいな」

　ケイトの疲れた脳は、ぼくたちという言葉に執着した。「ああ、クローディアといらしたんですね」

　トーストのこうばしい香りに、ケイトは鼻をひくひくさせ、彼がちらりと投げた視線に気づかなかった。「いや、母と来たんだ。母はカナダから帰国して、ノーサンバーランドから出てきた。エディス伯母さんとは親友なんだ」

　ミスター・テイト＝ブーヴァリが出してくれた卵とトーストを平らげ、濃くいれたお茶にエネルギーを補給され、ケイトは立ち上がった。「とてもおいしかったです」礼を言って言葉を続けた。「お引きとめしては申し訳ありません」同じ文句を繰り返しそうになって、彼女は口をつぐんだ。

　彼は立ち去ろうとせず尋ねた。「将来の計画は立てたかい？　ミセス・ウィレットはあと数週間で戻ってくるそうだが、ビジネスを始める準備ができるまで、バースできっと何か仕事が見つかるよ」

「一、二週間のうちに、探し始めるつもりです。バースはとてもいいところのようですから。母は行ったことがあるんです……見物にですけど。きっと何か見つかると思います」

二人は向き合って立っていた。わたしにおかまいなく、せっかくのパーティーを楽しみそこなってしまいますと言っても彼が動かなかったので、パーティーは成功ですよねとケイトは尋ね、次々と思いつくままを口にした。そうしなかったら、彼に身を投げかけ、希望や恐怖や彼への愛のすべてをぶちまけていたかもしれなかったからだ。彼女はさらにつけ加えた。「かたづけを始めないと……」

「そうだね。きみが幸せに働いているとわかってよかった。ぼくは上に戻って、しばらく会っていない友人たちと言葉をかわさないといけない」

ケイトはうなずき、彼と同じくらい陽気な声で、さようならと挨拶した。わたしたちが再び会えたのは、まったくの偶然よ。そうした偶然が二度起きることはめったにないわ。彼がいなくなると、ケイトは自分に言い聞かせた。そして、かたづけを始め、使用人たちのお茶のためにカップとソーサーを並べた。

一方、ミスター・テイト＝ブーヴァリは、裏庭を横切ってケイトの母親を訪ねた。

ミセス・クロスビーは温かく彼を迎えた。「コーヒーを勧めていいものですかしら？　もう、お飲みになったのでは？　パーティーは成功でした？」

パーティーは成功だし、ケイトの働きもすばらしいとほめ、ミスター・テイト＝ブーヴァリはコーヒーのマグを受け取った。「ミセス・クロスビー、お疲れのご様子ですね、それとも、具合がよくないか……」

「元気ですよ」夫人は素早すぎる返事をした。そして、彼の視線をとらえて答えた。「ただ、ときどきちょっとした痛みがあって……」夫人はほほ笑んで言った。「ほんとうになんでもないんです」

「ケイトは知っているんですか？」

「もちろん知りません。この二週間、あの子はただでさえ考えることがたくさんあったんです。夜明けに起きて、夜遅くにベッドに入って。このお祝いの行事が終わったら、診てもらいに行きます」

「その痛みですが、どこが痛むか教えてください」

ミセス・クロスビーは教えた。彼が、落ち着いた声で質問する、やさしい医師になっていたからだ。

「不安にさせたくはないんですが、医者に診察してもらうべきだと思いますね」彼は不意ににっこりして言った。「重大な病気ではありませんが、盲腸の疑いがあります」

夫人にかかりつけの医者がいないと知ると、彼はバースの同僚に見てもらえるよう手配しましょうと言い、ケイトにも心配しないよう話しておくと請け合った。そして、助けを必要としたら知らせるようにと、自宅の電話番号をメモした紙を渡した。

ミスター・テイト＝ブーヴァリは時間を無駄にする男性ではなかった。その晩自宅で、彼はバースにいる同僚に電話をかけてミセス・クロスビーの診察の予約を取ると、ケイトに話すため受話器を取った。

電話が鳴ったとき、ケイトは最後の点検をすませて、キッチンをあとにしようとしていた。誰からだろうと思いながら電話に出た彼女は、ミスター・テイト＝ブーヴァリのひどく落ち着いた声を耳にして驚いたあまり一瞬息ができず、名前を二度呼ばれて、やっと返事をした。

「疲れているだろうが、とても重要なことなんだ。今日の午後、お母さんに会いに行ったが、話からして、お母さんは破裂しそうな盲腸を抱えていそうだ。早いうちに切ってしまえば、何も心配いらない。月曜の午後、バースのドクター・ブライトに診察してもらうよう手配した。必要だと彼が判断すれば、お母さんを入院させて手術する。単純な手術だから、数週間で元気になるよ」

彼が口をつぐむと、ケイトは怒って言った。「なぜ、わたしに話してくださらなかったんです？　母はどれぐらい具合が悪いんですか？　わたしが何も知らずにいたのに、あなたは風邪をひいたか手を切りでもしたようにこともなげに、今こんなふうに話をして……」

「悪かったよ、ケイト。きみはいつも分別があって実際的だから、ストレートに告げられると思ったんだ」

「あなたは間違っています。みんなと同じように、わたしにも感情があります。もちろん、あなたは別ですけれど。あなたは、骨を接ぐのとクローディアとダンスをすることにしか喜びを感じないんでしょう。あなたは愛することを知らない……」ケイトは大きくはなをすすり上げ、電話を切った。たった今、自分が口にした内容にぞっとし、あわてて受話器を取り上げて言った。「違います。今の言葉は本気じゃないんです」だが、もちろん電話は切れていた。

静かな片隅を見つけ、たっぷり泣くのは問題外だった。キッチンを出てドアに鍵(かぎ)をかけると、ケイトはコテージに帰った。入っていくと、母親が後ろめたそうな顔を見せた。「ミスター・テイト＝ブーヴァリがたった今電話してきたわ」即座に言い、ほほ笑んでみせる。「具合が悪いなんて知らなかったわ。わたしが気づくべきだったのに……」

「あなたは、ただでさえ考えることがたくさんあったわ。それに、わたしはほんとうに病気なわけじゃないの。ジェームズはなんですって？」

ケイトはミスター・テイト＝ブーヴァリに聞いた話をした。そして、母親に腕をまわして言った。「お母さんの健康が何より重要だわ。月曜には手紙が届いてもっと詳しい内容がわかるでしょう」

月曜の朝、ミセス・クロスビーの行き先と時間を指定した手紙が届いた。それればかりか、朝食後トゥームズ自身がケイトをかたわらに呼び、話を知ったミセス・ブレイズウェイトが、彼女と母親をバースまで車で送り迎えするよう、ブリッグスに指示したと告げた。

ケイトは目を見張り、彼を見た。「どうして夫人はご存じなんでしょう？　わたしは何も話していません。今朝、お話しするつもりでしたから……」

「それに関しては答えられないね」トゥームズはいかめしい顔でケイトに言った。伯母に話はついている、誰が手配したか秘密にしておかなくてはいけないとミスター・テイト＝ブーヴァリに言われ、黙っていると請け合っていたのだ。

そこで、ケイトと母親は車で楽々とドクター・ブライトに会いに出かけた。ミセス・クロスビーを診察した彼は、できるだけ早く入院して盲腸を取るべきだと感じのいい声で言った。地元の人間ではないので、どの病院に行けばいいかわからないとケイトは説明したが、話はとんとん拍子に運び、ベッドの手配をしてもらえることになった。二人が待合室で待っていると、十分ほどしてドクターは姿を現した。

「明日の午後二時に、ミセス・クロスビーをここに連れていらっしゃい。診察を受けて、それから入院になります」彼は二人と握手をし、すぐまたお会いしますとミセス・クロスビーに言うと、自分の診察室に戻って受話器を取り上げた。

ミスター・トゥームズにドクターに会いに行った結果を話したとき、多くの援助を申し出られて、ケイトは驚いた。彼が文句を言い、翌日母親と病院へ行きにくくさえするものと予想していたが、協力的だった。ケイトは昼食後すぐ、母親と病院へ行き、ミセス・クロスビーが外科医に診てもらったあと、病室に落ち着くまで一緒にいることになった。

「でも、ディナーが……。料理する時間までに、戻れないかもしれません」

「午前中があるじゃないかね」ミスター・トゥームズは言った。「デイジーかメグが温められる料理を用意するといい。二人とも、野菜をゆでたりはできる……」

ケイトは彼に礼を言い、その晩のディナーの料理にかかった。そして、スタッフたちの夕食に牛肉と子牛のキドニーパイを作った。二つ作ったから、ひとつは明日用になるだろう。

翌日、ブリッグスはケイトと母親をバースに連れていった。ケイトが朝食の支度をしていたとき、トゥームズが彼女をかたわらに呼び、ミセス・ブレイズウェイトがそうするように言ったと伝えた。「帰るときには、わたしに電話するようにとおっしゃっている。そうしたら、わたしはブリッグスに、病院に迎えに行くように指示をしよう」トゥームズは、最高にもったいぶって言った。

ミセス・クロスビーが婦人外科病棟の外の、出入り自由な小部屋に入れられたときも驚きだった。ケイトは心配そうに師長に言った。「何かの間違いではありませんか？　母は、国家医療制度の厄介になっているんです。わたしたちには、お金を払う余裕が……ここは個室ですよね？」

師長はにっこりして説明した。「空きベッドは、ここだけなんです。ですから、もちろん、その費用は払う必要ありません。一週間か長くても十日、お母さまは入院することになります。退院後、面倒を見る人が誰かいますか？」

「わたしが見ます。コックをしているのですが、働き先のそばの、小さなコテージに住んでいます。わたしが働いているあいだ、母をひとりにしておいても大丈夫なら、ちゃんと面倒を見られます」

「それでまったく問題ありませんよ」師長はケイト

の腕を軽くたたき、簡単な手術だから心配しないように、あとで自分のオフィスに来れば、担当の外科医のミスター・サミュエルズに会えると言った。

ミスター・サミュエルズはとても若い男性で、翌日、たぶん午後に手術をするとケイトに告げ、誰かに連絡させるようにする、面会したければできると言った。来られるかはっきりしないと話し、電話をしたら様子を教えてもらえるか心配そうに尋ねるケイトに、心配いらないと彼は請け合った。

そんなわけで、ケイトは母親に陽気に挨拶し、ミスター・トゥームズに電話した。彼はブリッグスが迎えに行くまで病院の入口で待つように言い、万事満足のいく運びだったか尋ねた。

ええと答えて、ケイトはもう一度彼に礼を言い、皆さんとても親切にしてくださいますと話した。

その言葉を聞いたら、ミスター・テイト＝ブーヴァリは喜んだだろう。同僚たちに好かれていたこととトゥームズの忠誠もあって、彼はミセス・クロスビーを早期に入院させるのに成功した。ミセス・ブレイズウェイトだけが、コックの母親にそれほど骨を折るわけを知りたがった。

「ケイトの母親はとても感じのいい人だとは思いますよ。でも、なんといっても、ケイトはコックですよ、ジェームズ」

「彼女は、ぼくの未来の妻です」彼は、伯母が息をのむのを耳にした。「ですから、頼んだとおりにしてくださいますか？」

ケイトは話を知らないと聞き、ミセス・ブレイズウェイトはくすくす笑った。「彼女はすばらしいコックだし、とてもきれいな娘だわ。それに、あなたも身を固めるころだし。時間のあるときに、会いに来なさい。賢い頭には、何か計画がつまっているに決まっていますからね」

手術は成功だった。ミセス・ブレイズウェイトの昼食をトレイにのせてデイジーに運ばせたとき、ケイトは電話に呼ばれた。師長は、心強いほど陽気だった。「お母さまはベッドに戻って、気持よく眠っていますよ」

「手術は午後だと思っていました」ケイトは懸命に声の震えを隠そうとした。すべてうまくいったと知った今になって、泣きたくなるのはばかげていた。ミスター・サミュエルズが母の手術を、今朝の予定の最後に入れることにしたという。会いに行くのは今晩では遅すぎるか尋ねると、来られるときに来ればいいとのことだった。

ケイトは受話器を下ろした。懸命に泣くまいとしたが泣いていた。万事問題ないと言われたが、母に会いたくてたまらなかった。ほんの数分でいい、この目で確かめるだけでいいから……。

ミスター・トゥームズが近づいてきて、無言のまま隣に立ち、ケイトははなをすすって涙をこらえた。

「病院からだったんです。母はベッドに戻って、すべて順調だそうです。師長さんがそうおっしゃいました」

「それはよかった。わたしから夫人にお話ししておこう。行って、ほかの者たちと食事をしなさい」

彼は威厳のある物腰で去っていき、ケイトはキッチンに戻った。デイジーやメグ、村からの通いの手伝いたちからやさしくあれこれ尋ねられて気分は晴れたが、食事は喉を通らず、デイジーがいれてくれた濃いお茶を飲んだだけだった。

ディナーを出したらタクシーを呼び、母親の見舞いに行こうと思いながら、ケイトが立ち上がって冷蔵庫のところへ行ったとき、トゥームズが戻ってきた。「奥さまに、母親の手術のことを話しておいた。わたしはブリッグスに、今晩七時半、あなたを病院に乗せていくよう言うことになっている」

ケイトは、手にしていたドーバー産の舌平目の皿を下に置いた。「乗せていってもらえるんですか？　奥さまはなんてご親切なんでしょう。ディナーを出してしまったら、タクシーを呼んでもかまわないか尋ねようと思っていたんです」ケイトは安堵のあまり泣きたくなってにっこりし、盛りつければいいだけにすべて料理しておくと言った。

ディナーの料理をすませると、あまり時間はなかった。そこで、ケイトはコテージまで飛んで戻って着替え、スカーフをかぶると、裏庭の反対側へ急いだ。

「遅くなってごめんなさい」ケイトは息を切らせてブリッグスに謝った。

「いいから座って、息をつきなさい。荒れ模様の夜だ。雨が降りそうだし、冷えるし。お母さんは、最高の病院に入っていると思うよ」

どの窓からも明かりが輝いていて、確かに陽気に見えるわ。ケイトは病院の入口で車を降りながら思った。そして、立ちどまり、車の窓から頭を突っ込んだ。「すぐ戻るわ、ミスター・ブリッグス。ここにいる？　それとも、別のところで待ち合わせましょうか？　駐車場とか？」

「ここに来ればいいよ、ケイト」

ケイトが病院の中に入ると、彼は走り去った。

ケイトは受付のデスクに行き、係の人が病棟に電話するあいだ、じりじりして待った。上がるように彼女は言われた。エレベーターを使ってもいい、玄関ホールの背後にある階段を上がってもいいという。

ケイトは二段ずつ階段を駆け上がり、立ちどまって落ち着いてから、病棟のドアを押し開けた。

迎えにやってきた看護師は、病棟を抜けた短い廊下に面した部屋へ彼女を案内した。「お母さまは元気ですが、手術後で疲れていらっしゃいます」そう言ってにっこりし、離れていった。

ミセス・クロスビーは枕(まくら)に具合よく支えられ、起き上がっていた。顔色はやや青白いものの、いつもの陽気さをほぼ取り戻していて、幸せそうに言った。「ケイト、まあうれしい。どうやって来たの？」

「ブリッグスが連れてきてくれたの。お母さん、無事に手術がすんでよかったわ。具合はどう？　傷は痛む？　よく面倒を見てもらっている？」

「映画スターにでもなったようよ。それに、少しひりひりするだけだし。明日は、ベッドから出ることになっているの」

ケイトは多少おっかなびっくり母親を抱きしめ、椅子を引き寄せた。「そんなにすぐ？　何かほしいものは？　明日はわからないけれど、金曜には来るわ。休みの日だし、バスに乗ってくればいいから。寝巻きがもっといる？　本とか果物は？　花は持ってこられなかったの。開いているお店がなかったから」彼女は母親の手を取った。「ひどくなる前に、あの人たちが盲腸を発見してくれて、とてもうれしいわ。外科の先生に会って、お礼が言えるかきいてみるわ」

「ええ、とてもいい先生なの。でも、わたしたちがお礼を言わなくてはいけないのは、ジェームズですよ」

「もちろんだわ。お礼状を書くわ」

電話で彼になんと言ったか思い出し、ケイトは真っ赤になった。書きにくい手紙になるだろう。彼が読まずに破り捨てたとしても、自業自得だ。

ケイトは長居しなかった。母親はすでに半分眠りかけている。彼女はかがんで母親にキスすると、来たとおり病棟を引き返し、師長のオフィスのドアをノックした。

師長はデスクについていて、ミスター・サミュエルズもいた。ミスター・テイト＝ブーヴァリもまた窓枠に寄りかかってその場にいた。

ケイトは戸口でぴたりと足をとめた。「まあ」あやふやに言って、邪魔をしたことをわびる。

「お入りなさい、ミス・クロスビー」師長はきびきび言った。「お母さまを見舞ったところですか？」

ケイトがうなずくと、彼女は続けた。「ミスター・サミュエルズがここにいらっしゃることですし、手術の経過をお話しすると思いますよ」

最初に驚いてちらっと見てからは、ミスター・テイト＝ブーヴァリのほうを見ないように気をつけ、ケイトは外科医のほうに視線を向けた。

「盲腸は破裂寸前でしたが、ぎりぎり間に合いました。順調に回復していますから、何も心配いりません。すぐに起きて、動きまわれるようになります」

外科医は感じよくほほ笑んだ。「もちろん、ミスター・テイト＝ブーヴァリはご存じですね？　彼が早く気づいたのは幸運でした」

ケイトは、ミスター・テイト＝ブーヴァリのベストをじっと見た。「ええ、とても感謝しています。ミスター・サミュエルズ、どうもありがとうございました。それから、師長さんも。迎えが来ているので──人が待っていますので、失礼します。できるだけ早く、また来ます」

ミスター・テイト＝ブーヴァリはひと言も口をきいていなかったが、今や静かに言った。「ぼくが送っていくよ、ケイト」

「結構です」自分を抑えられないうちに、彼女は大きな声で、あまりにも素早く断っていた。そして、顔が赤らむのを感じ、ぎこちなくつけ加えた。「ミスター・ブリッグスが待っていてくれますので」

「彼は、まっすぐ帰った。用意はいいかい？」

ミスター・テイト＝ブーヴァリは体をすっくと起こすとドアに向かい、ケイトは彼と一緒に行くほかはないと見て取った。ミスター・サミュエルズはにこにこしていて、師長も笑顔を見せている……。

ケイトは二人にもう一度礼を言って握手すると、ドアを開けて待っていたミスター・テイト＝ブーヴァリのわきを通った。

階段を半ば下りたところで、彼女は足をとめた。「あなたが、すべて手配してくださったんですね。母がこんなに早く手術を受けられたのも、個室に入れたのも、ミスター・ブリッグスが送り迎えしてくれたのも」

「そうだ」彼は無表情な顔をして言い、ケイトの横で足をとめた。

彼女は突然口を開いた。「本気で言ったんじゃないんです。あなたに感情がないとか……。わたし……驚いて、母のことを思っておびえてしまったんです。でも、それは理由にはなりません」二、三段階段を下りて言った。「送らなくて結構です。あなたに合わせる顔がありません」再び足をとめ、ケイトは激しい勢いでつけ加えた。「あんなひどい口をきいて、わたしがどんな気持かおわかりのはずです。それでも、あなたは母を助けてくださった。二度とわたしと口をききたがらなくても、わかります」

ミスター・テイト＝ブーヴァリは落ち着いて言った。「きみはなんてばかな子なんだ」だが、それは愛の言葉のような言い方だった。「きみが表現したように、確かにぼくは骨を接ぐことに満足感――喜びじゃないよ――を覚える。ダンスも楽しむが、クローディアとじゃない。それに、きみの意見に反して、人を愛することを知っている」

二人は階段を下りきった。ケイトの口から、勝手にばかな言葉が飛び出した。「クローディアと結婚なさるなら、彼女とのダンスを楽しむべきです」

「そうだね。そうすべきだと思うね。さあ、こっちだ。車は、顧問医師専用の駐車場にとめてある」

無言のまま、ケイトは彼についていった。ばかな子だと言われたが、たぶんわたしはそうなのだろう。

そして、彼がそう思っているとしたら、彼に恋をするなんて、実に愚かなことだ。ケイトは車に乗り込み、母親についてさりげなく尋ねる彼に、こわばった小さな声で答えた。

家に着くと、ミスター・テイト＝ブーヴァリはケイトと一緒に車を降りた。キッチンのドアまで彼女を送っていってドアを開け、おやすみと陽気に挨拶して、彼女が中に入っていくまで待ってから、表の玄関にまわった。

車を見張っていたトゥームズは、ドアを開けようと待っていた。ミスター・テイト＝ブーヴァリは彼の背中を軽くたたいて挨拶した。「ケイトをキッチンに送り届けてきたよ。ミセス・クロスビーはとても順調だ。伯母さんは客間かい？」

「はい、ミスター・ジェームズ。コーヒーとサンドイッチも用意してございます。きっとおなかがおすきでしょう……」

ショールにくるまってスツールに足を乗せ、ミセス・ブレイズウェイトは暖炉のそばに座っていた。その姿はいかにも年老いて見えたが、声に年寄りめいたところは少しもなかった。

「お入り。たいした時間に訪ねておいでだね。わたしはベッドに入っているはずなのに……」

ミスター・テイト＝ブーヴァリは背をかがめ、エディス伯母の頬にキスをした。「伯母さまは、十二時前にベッドに入ったことがないんですね」

「わたしのような年寄りは……」夫人は言いかけ、ついで、言葉を続けた。「まあいいわ、起きているのだから。ウイスキーでも飲みなさい。わたしにも一杯ついでおくれ」

彼は伯母のためにウイスキーを小量ついで氷を足し、自分にはもう少したっぷりついだ。「伯母さまの年では、アルコールは飲むべきじゃないですよ」

「わたしの年になれば、好きなものをなんでも飲みますよ！　かけなさい。ケイトはどこなの？」

「自分のコテージに帰ったと思います」

ミセス・ブレイズウェイトは、くすくす笑った。

「あなたを見て驚いた？　彼女にプロポーズしたのかい？」

「驚きはしましたよ。でも、最高に慎重にふるまう以外、愛の告白にふさわしい瞬間とはとうてい思えませんでした」

「まあ、あなたがいちばんよくわかっているでしょう。お母さんはいかが？」

「とても元気にしていますよ。エディス伯母さま、ミセス・ウィレットはいつ戻ってくるんです？」

「ははあ、あなたが何か計画を隠しているとわかっているべきだったわ。二週間のうちですよ。めざましい回復をしたようだわ。もちろんここに戻ってきますから、あなたのケイトは出ていかなくてはなりませんよ」

「すばらしい。母のところは遠すぎるでしょう。ミセス・クロスビーには、ボーシャムのコテージを提供するつもりです。ここをあとにするとき、ケイトもあちらに合流して……」

「そう？　ケイトはそれを望まないかもしれませんよ。あなたは多くのことを、当然だと思っていやしない？」

「そうかもしれません。予測される危険です。でも、彼女はほかにどこにも行くところがないでしょう」

「あなたは、すばらしい結婚相手ですよ。ハンサムだし、お金があって人に好かれていて、職業上も有名、北部にあるとはいえ、先祖伝来の快適な家があって、ロンドンにはしゃれた家、ボーシャムにはコテージまで持っているんですからね。ケイトがあなたの腕に飛び込んでいないのが驚きだわ」

「ケイトは、どれも少しも気にかけていません。プライドが高くて――正しいプライドですがね――ぼくに恋しているのに、認めようとしないんです。それというのも、クローディアのことで、おかしな考えに取りつかれているためです。ぼくが、今にも彼女と結婚すると思い込んでいるんですよ。それだけは、死んでもしたくないことです。ぼくとクローディアが結婚する予定だと頭に吹き込んだレディ・カウダーの言葉を、ケイトは信じているんです」

「でも、あなたはケイトに話したんじゃないの？」

彼はかぶりを振った。「ケイトに話さないといけないことはたくさんありますが、ふさわしいときに限ります」そして、椅子に深くかけなおし、話題を変えた。「さて、気分はいかがです？　誕生パーティーの興奮で、少しはしゃきっとされたでしょう」

やがて、彼はロンドンへと車を走らせ、その道中ずっとケイトのことを考え続けた。

9

ミセス・クロスビーは順調に回復し、ケイトは仕事を終えた夕方、ブリッグスに車に乗せてもらい、翌週二回ほど見舞いに行った。休みの日は、母を午前と午後に見舞ってバースで過ごした。ミセス・クロスビーは今ではベッドを出て歩きまわっていて、ここ数週間よりずっと元気そうな様子だった。そして、見るからに興味を持って、ケイトの計画に耳を傾けた。

「ミセス・ウィレットが、あと一週間で戻ってくるの。だから、わたしはもうすぐあそこを出るわ。地元紙に、これはと思う勤め口がいくつかのっているの。運よく勤められたら、みんな一緒に住めるところばかりよ。落ち着いたら、銀行へ行くつもり。ローンを頼めるだけの、充分なたくわえができたわ。それってわくわくしない？」

ケイトは少しもわくわくしているように見えないし、幸せそうでもないと思いながら、ミセス・クロスビーは同意した。ミスター・テイト＝ブーヴァリが訪れたことを娘に話したい気持は強かったが、それに逆らった。彼は多くを口にしたわけでなく、あなたもケイトも将来の心配はしなくていいと言っただけだったが。自分たちに親切にしてくれる理由がわからないと言うと、彼はかすかにほほ笑んだ。そして、わかっていると思いますね、ミセス・クロスビー、すべてまかせてくだされば と答え、こちらがうなずくと、かがみ込んで頬にキスして帰っていったのだ。

病院から遅く帰宅したミスター・テイト＝ブーヴァリは、マッドに迎えられた。「三十分でディナーができます。ミス・クローディアから電話がありました。明日の晩の観劇に、友人と一緒に行ってほしい。帰宅次第、電話をほしいとのことでした、サー」快く思っていないことを、マッドは巧みに声に出していた。「主人の帰宅はたぶん遅れるでしょうと申し上げておきました」

「でかしたぞ、マッド。書斎まで来てくれないか」

デスクをはさんでマッドが向かいに座ると、ミスター・テイト＝ブーヴァリは言った。「実は、ぼくが結婚を考えている若い女性の母親が病気から回復中なんだ。ボーシャムのコテージで静養するのがいいと思っている」そして、コテージの面倒を見てくれているミセス・スクワイヤズに、ミセス・クロスビーがいるあいだ毎日通って料理や掃除をしてくれるか尋ねたり、万事手配してほしいと頼んだ。

「結婚なさるつもりだとおっしゃっていませんでし

たか？」尋ねたマッドは、ミス・クロスビーを説得でき次第ねという主人の返事にあっけにとられた。もう何年も若い女性たちの結婚の標的になっていて、ちょっと合図するだけで全員が手に入るというのに、説得の必要な若い女性がいるとは……。手配の都合もあるので日にちを尋ねると、来週の木曜日、八日後だという。

「一日休みが取れれば、朝早くおまえをボーシャムに送っていってから、バースにミセス・クロスビーを迎えに行って、おまえを乗せてロンドンに戻ってこよう」

「ミス・クロスビーは？」

「あと一日二日、バースを離れられない。そのときになったら、ぼくが彼女を連れてくる」

マッドはディナーを支度しに書斎を出ていき、残されたミスター・テイト＝ブーヴァリは物思いにふけった。電話のベルが鳴って受話器を取ると、クローディアの甲高い声がした。「ジェームズ、伝言を聞かなかった？　なぜ電話をくれなかったの？」

彼は如才なく言った。「伝言は聞いたよ、クローディア。残念だが、きみの社交生活に――実際、きみの生活のどんな部分にもだが、ぼくをふくめるのは時間の浪費だ。ぼくたちの生活は、とうてい相入れない。きっときみも同感だと思う」やさしい男性だったので、彼はさらにつけ加えた。「きみはもてもてだと思うよ」

「そのとおりよ。それも、若い男性にね」クローディアはかみつくように言って、がしゃんと電話を切った。

ミセス・クロスビーは翌日退院することになり、ケイトは母親の服をスーツケースにつめた。夜のうちに病院にスーツケースを持っていってもいいが、遅くならずに戻るようにとミスター・トゥームズに言われ、ケイトはスーツケースを手に病院に向かった。病院に着き、時間を心配する彼女に、ブリッグスは心配いらないと請け合った。

母親は小さな肘掛け椅子に座っていて、ケイトには後ろめたそうに見えた。だが、興奮しているようにも見える。彼女は母親にキスして尋ねた。「メモと鉛筆はなんのため？　何かのリストを作っているの？」それからスーツケースを開け、説明しながら中身を出し始めた。

顔を上げた彼女は、背後の誰かに母親がほほ笑みかけているのを目にして、ぱっと振り返った。非の打ちどころのない服装、感じよく距離を置いた態度で、ドアのすぐ内側にミスター・テイト＝ブーヴァリが立っていた。そして、静かにドアを閉めて言った。「やあ、ケイト」

彼女は挨拶を返して尋ねた。「なぜ、またここにいらっしゃるんですか？」

彼は両手をズボンのポケットに突っ込み、ドアに寄りかかった。「お母さんは、ボーシャムのぼくのコテージで静養することになっている。そこの面倒を見てくれているミセス・スクワイヤズに、よく世話してもらえるだろう。きみは、ミセス・ブレイズウェイトの家を離れ次第、お母さんと合流できる」

ケイトはまじまじと彼を見つめた。「独断的だわ」彼女はついに言った。「それがあなたよ。わたしに隠れて何もかも手配するなんて」そして、母親のほうを振り返った。「お母さんはこのことを知っていたのね。でも、わたしに黙っていた……」

「ダーリン、話さないのが最善に思えたのよ。あなたが反対すると思ったから」

「もちろん反対するわ。わたしはコテージで、お母さんの面倒を見られ……」

「数日中に、そこを出るはずになっていると思うんだが、どこか行き先を見つけたかい？」

ケイトが答えずにいると、彼は続けた。「お母さんは完全に回復するのに少し時間が必要だ。コテージは空いていて、誰もきみをわずらわせない。少しのあいだそこにいれば、きみはお母さんの心配をせずに安心して職探しに出かけられる。言い出したのがぼくだからというだけで、きみがこの案を嫌うとわかっていたが、ぼくは姿を見せない。気に入った職が見つかるまでいて、好きなときに出ればいい。自分の個人的な感情より、お母さんの健康のほうがずっと大事だと、きみも思うだろう？」

感じのいい態度の裏に、固い決意が感じられる。彼はわたしをわがままに見せるのに成功したわ。ケイトは不愉快に思い、堅苦しい声で言った。「わかりました。それが、母にとって最善だとお思いなら、お申し出を受けます。ご親切に感謝しますが、ほんとうによろしいんですか？　お休みを願い出て、母をボーシャムに連れていきます。でも、ミスター・トゥームズに一日前に話さないといけないので、母はあと一日ここにいられないでしょうか？」

「その必要はない。ぼくが明日の朝、お母さんを無事にコテージに送り届けて、ロンドンに戻る。きみはもうすぐ、職を離れるんだよね？」

「ええ」ケイトは答えたが、それでは不充分だと見て取ってつけ加えた。「ミセス・ウィレットは二日後に戻ってきます。そして、わたしは三日後に出ていくことになっています」

そうしたすべてをすでに知っていたミスター・テイト＝ブーヴァリは、すばらしいとうなずいた。そして、ミセス・クロスビーのところへ行き、手を取った。「明日の午前十時ごろ、迎えに来ます。あなたは模範的な患者さんでしたよ」

ケイトに短くうなずいて彼は静かに去っていき、その後ろ姿をケイトはがっかりして見送った。わたしへの彼の態度は、これ以上ないほどていねいで思いやりがあり、これ以上ないほど無関心だったわ。彼女は苦々しく振り返った。そして、一瞬、ノルウェーのことを思った。あのとき、わたしたちは友人だった。彼を愛しているから、彼がわたしのことを少しも気にかけていないと知っているから、その親切を受け入れるのがむずかしいのだと、彼はもちろん決してわからないだろう。

母親の声に、ケイトは物思いからわれに返った。

「すばらしい話じゃないこと？　これで、わたしたちには、息をつく暇ができるわね？　ひとつお願いなんだけれど、服をあと少し持ってこられる？」

「乗せてきてもらえるかどうか、ミスター・ブリッグスにきいてみるわ。これから帰れば、何枚かつめて、すぐ持ってこられると思うの。残りは、ミセス・ブレイズウェイトのところを出るときにわたしが持っていくわ。お母さん、ホレースとモガティーはどうしようかしら？」

「ジェームズが、それは手配すると言ったわ……」

「どうやって、お母さん？」

「さあ。でも、何かすると言ったときは、彼は必ずするでしょう？」

それでも、確かめないわけにいかないわ、とケイトは思った。「できるだけ早く戻ってくるわ」スーツケースを空にすると母に言い、病院の入口まで駆け下りた。ミスター・ブリッグスの姿はどこにもなかったが、ミスター・テイト＝ブーヴァリの姿はあった。彼はケイトの手からスーツケースを取り、彼女が口をきくまもないうちに腕をつかみ、車に押し込んだ。そして、ミスター・ブリッグスに会わないと、としどろもどろに言うケイトに告げた。

「ブリッグスは家に帰った。ぼくが送っていって、お母さんの必要なものをつめるあいだ待っている。きみはまた病院に戻る必要はない。ぼくが、お母さんの手に渡るようにする」

ひどい口をきいてしまったことを、ミスター・テイト＝ブーヴァリに謝らなくてはいけない。だが、彼に送られて戻るあいだ、ケイトは謝罪の言葉が何も思いつかなかった。頭のなかで、適当な台詞をひとつ二つ考えたが、どれもぴったりこない。だが、申し訳なかったと謝るまで、彼が示してきたような親しみを込めてふるまうのはむずかしい。彼をこれほど愛していなければ、ずっと容易だろうに……。

コテージまでついてきた彼は、ケイトがスーツケースにものを放り込むあいだ、猫を膝にのせて辛抱強く座っていた。彼女がつめ終えたスーツケースを居間に持っていくと、彼は眠っていた。なぜか、その姿がことを容易にした。演説をぶつ必要はない。

「ごめんなさい」ケイトは謝った。「わたしはずっと失礼な態度をとっていたのに、あなたはひたすら親切にしてくださいました。そのことで、いたたまれない思いです。許してくださるといいのですが」

ミスター・テイト＝ブーヴァリは目を開け、彼女を見つめていた。笑みも浮かべておらず、礼儀正しくも無関心な様子だ。そして、そっけなく言った。

「きみはもぐらの塚に山を見ているものだから、木を見て森を見ずなんだ。入りまじった比喩だが、実際ほんとうだ」彼は立ち上がった。「お母さんの必要なものは、これで全部かい？　何か伝言は？」

「ありません。中にメモが入っています」

ケイトは彼がドアに向かうのを見守った。母とわたしがコテージにいるあいだ、ボーシャムには行かないと彼は言ったわ。わたしは二度と彼に会うことはないし、彼はわたしを許したと言わなかったわよね？　ケイトは涙をこらえ、さようならとていねいな声で挨拶した。

ミスター・テイト＝ブーヴァリはそれには答えなかったが、こう言った。「何か考えるから、猫たちのことは心配いらない」そして、出ていくときに、わたしが連れていきますとケイトが請け合えないうちに、行ってしまった。

疲れていたが、ケイトはよく眠れなかった。しかし、一日が始まると、いつもの静かで落ち着いたやり方で働き通した。昼の食事を終えたとき、電話に呼ばれていたトゥームズが戻ってきて、ミセス・クロスビーはボーシャムのコテージに着いて元気にしていると言うよう、ミスター・テイト＝ブーヴァリから電話があったとケイトに告げた。

教えられた番号に電話する時間を見つけたときには八時近くなっていたが、母親の陽気な声を耳にしてケイトはにっこりした。ボーシャムへのドライブやコテージの様子、手伝いのミセス・スクワイヤズやジェームズの使用人のマッドのことなど、ミセス・クロスビーの話はつきなかった。

「ジェームズは何もかも考慮してくれているの。地元のお医者さまが、わたしの具合を確かめに来てくれることになっているし、彼は自分の電話番号を残していってくれたわ」

「すべて快適でよかったわ、お母さん。無理はしないでね。四日後には、そちらへ行くわ。いちばんいい行き方を探すつもり。チチェスターまで電車で行って、それから、バスかしら……」

「そうでしょうね」ミセス・クロスビーは気軽に返事をした。ケイトはずっとあとになって、母が彼女の旅にほとんど関心を示さなかったように思った。スーツケースと二匹の猫をかかえ、厄介な旅になるだろう……。

再び元気になり、屋敷での地位を取り戻したがっていたミセス・ウィレットは、すぐにケイトからコックの役目を引き継いだ。「あなたは荷造りする必要があるでしょうから」彼女は言った。「とてもきれいに住んでくれたし、夫人はあなたの働きにたいそう満足しているとミスター・トゥームズが話してくれたわ」

ケイトはふさわしい返事をし、自由な午後ができて、スーツケースに荷物をつめる作業を始めた。深い疑いの目で作業を見守っていたホレースとモガティーは、彼女がスーツケースを開けるたびに中に入り込む。「おまえたちは一緒に来るのよ」彼女は二匹に請け合い、自分たち全員はどこに落ち着くのだろうと思いめぐらした。

ミセス・ブレイズウェイトのところで働く最後の日がやってきた。ケイトは午後早く家を出て、バースから電車に乗ることにしていた。厄介な旅だったが、慎重に計画を立ててある。彼女は朝食をとり、コテージがきちんとしているか確かめると、トゥームズに呼ばれて、ミセス・ブレイズウェイトに別れの挨拶をしに行った。

「あなたはいいコックだったわ。男性の心をとらえる道は、胃袋からだと言いますからね」夫人はくすくす笑った。「幸運を祈っていますよ、ケイト」

ケイトは夫人にお礼を言い、物静かな態度で別れの挨拶をすると、キッチンに下りていった。スタッフたちは朝のコーヒーを飲んでいるだろう。彼女も一杯飲みたかった。

ミスター・テイト＝ブーヴァリも、そうらしかった。片手にマグ、もう片手にケーキを持って、彼はキッチンに座っていた。そして、ケイトが入っていくと両方を下に置き、驚いた彼女の顔に喜びが浮かぶのを深い満足感とともに見つめ、立ち上がった。

「おはよう、ケイト。ボーシャムへ送っていくよ。これから、向こうへ行くところなんだ」

ケイトは喜びの表情をぬぐい去って答えた。「タクシーを予約しましたから」

「トゥームズがキャンセルした。きみがコーヒーを飲んでいるあいだ、ぼくは伯母に挨拶してくる。そのあと、きみの荷物と猫たちをコテージから引き取ってこよう」

ミセス・ウィレットが口をはさんだ。「そうですよ。五分ほどおかけなさい。用意ができれば、ミスター・ジェームズが知らせてくれます」

ケイトは腰を下ろした。騒ぎを起こさずに彼女にできることは、ほかにあまりなかった。いったん車に乗れば、彼の独断的な行動をどう思っているか口にする時間はたっぷりあるだろう。

猫たちを後部座席に乗せ、荷物をトランクにおさめていざ出発すると、ケイトは話を切り出すのがむずかしいとわかった。彼の行動について辛辣（しんらつ）なコメントをいくつか考えたが、どれもぴんとこなかったし、実際に口にした場合、すっかり違ったものになるだろう。「まだかい？」

「まだかって、何がです？」

「舌の先まで出かかっている、辛辣な非難だよ。それは、しごく当然でもある。ぼくはきみの人生に介入する権利はないし、ぼくはきみの計画を勝手にふみにじり、予告もなしに現れてきみに指図する。ひと言で言えば、ぼくはいやな男だ」

それは、まさにケイト自身が言おうと思っていたことだった。「確かに、あなたは万事手配するでしょう？　人に無断で。でも、それは病院でそうしつけているからなんでしょうね。わたしは恩知らずで、生意気な口をきいてばかりでした。ごめんなさい」

「いいんだ。これで、わかり合えた。ぼくをジェームズと呼んでごらん」

「あなたにディナーを料理する身で、どうしてそんなことができます？」

「妻でも、ディナーを料理するときはぼくを名前で呼ばないって言うのかい？」

「もちろん違います。ばかげた質問ですが、クローディアは料理ができます？」

「とても無理だね。だが、使用人のマッドはできる」

ケイトはミスター・テイト＝ブーヴァリに腹を立てて続けていられなかった。彼は何に対しても答えを用意しているのだから、いずれにせよ、それは時間の浪費だ。気がつくと、ケイトは彼に計画を打ち明けていた。彼がちゃんと耳を傾け、役に立つアドバイスをしてくれていると心地よく意識しながら。

幸せは長続きしないとわかっていたが、内心ケイトは幸せだった。会うたびに、二度と彼と会うことはないと自分に言い聞かせたが、いつも次の機会があった。この数時間が、ほんとうに最後だろう。きみたちがコテージにいるあいだ、ぼくはそこに行かないと彼は言った。それに、なぜ行く必要があるだろう？　彼には彼の忙しい生活があり、結婚の計画がある。そのことを思ったとき、ケイトの心は苦痛に押しつぶされた。

目的地に着いたとき、ケイトはボーシャムに魅了された。そして、彼がコテージの外に車をとめたとき、もっとよく見ようと窓から頭を出した。

「あなたのコテージ？　美しいわ。ここにいつも住めないんですか？　ロンドンから、あまり遠くないでしょう？」

「だが、通勤するには遠すぎる。それに、とても快適な家がロンドンにあるんだ」

ミスター・テイト＝ブーヴァリは車を降り、ケイトのためにドアを開けた。周囲を見まわしながら、ケイトは彼の隣に立った。それはコテージにしてはとても大きいが、かやぶき屋根で、小窓がたくさんあり、ポーチには頑丈なドアがついている。

ドアが開いており、ミスター・テイト＝ブーヴァリは彼女の腕を取って短い小道を進んだ。待ち構えていたマッドは二人に挨拶し、ケイトに鋭い目をそそいだ。やはりとても感じがいい女性だと彼は思い、二人を狭い玄関ホールに招き入れた。

ミスター・テイト＝ブーヴァリは、ケイトを軽く押した。「居間はそこの左側だよ。入っていくといい。ぼくはあとから行く。マッドに話があるんだ」

ケイトが半開きのドアを入ると、母親が彼女を待っていた。そして、顔を見るや、コテージでの暮らしぶりを話し、前の家のみんなの様子や、ケイトの旅の具合を矢継ぎ早に尋ねた。

ケイトは母親を抱きしめた。「とても元気そうね。具合はどう？　お医者さまは、お母さんの回復ぶりに喜んでいる？　食欲はあるの？　眠れている？」

「どれもイエスよ。こんなに体調のよかったことはないわ。まだ、少し疲れやすいけれど、それは普通ですよ。あと二週間すれば、これまでよりずっと体調がよくなるわ」

「完璧（かんぺき）だわ」ケイトが部屋を見まわしながらコートを脱ぎ、インテリアをほめていると、猫たちの入ったかごを手にし、そばではねるプリンスを従えてミスター・テイト＝ブーヴァリが入ってきた。

三人はシェリーを飲み、ミセス・クロスビーとミスター・テイト＝ブーヴァリはとりとめのない、気持のいい会話をかわした。二人ともケイトがほとんど口をきかないことに気づいたとしても、それについては何も言わなかった。

やがて三人は昼食をとったが、時間はかけなかった。ミスター・テイト＝ブーヴァリはマッドとプリンスを連れてロンドンに戻らなくてはならなかったからだ。彼らが帰るとコテージは急にひどくがらんとして見えた。ケイトは小道を走り去っていく車を見送りながら、彼は再会することについて何も言わなかったと思い返した。彼は母に陽気に別れの挨拶をし、乗せてきてもらったお礼をわたしが言いかけると、さようならと短く言ってお礼をしりぞけ、わたしを落ち込ませた。もちろん、そうされて当然なのだ。わたしは彼にいろいろひどいことを言ったのだから。思い出しただけで、ケイトは顔を赤くした。

コテージのほかの部屋は、居間と同じくらい完璧だった。彼女のベッドルームはあまり大きくなかったが、ベッドと化粧テーブルは摂政時代の優美なもので、カーテンとベッドカバーは薄いピンクとクリーム色だ。窓際の小さな肘掛け椅子や、ベッドの両わきのスタンドにもピンクが使われている。母親の部屋は彼女の部屋より大きく、同じようにきれいだった。

「いちばん美しいのは裏手にある部屋よ」ミセス・クロスビーは言った。「専用のバスルームがついていて大きいわ。のぞいてみたことがあるの」

母は幸せそうだ。これまでわたしたちはさまざまな場所で暮らしてきたが、ここは父が生きていたときに住んでいた家を、母に思い出させるに違いない。わたしは急いで職を探し、ケータリングの仕事は再び延期しなくてはならないだろう。ちゃんとした職につけば、わたしたちはもっとましな家に住める。たくわえたお金があるから、家賃を払うのにいくらか使ってもいいし……。

「明日、チチェスターに行って、職業紹介所を探すわ」ケイトは言った。

「まあ、来たばかりじゃないの。急いで出なくていいとジェームズが請け合ってくれたわ。季節的にヨットには遅すぎるし、仕事をたくさん抱えているからって」

「いつ結婚する予定か言っていた？」さりげなく尋ねると、母親がためらい、口をにごしたので、ケイトは急いで言った。「猫たちに餌をやってくるわ。二匹とも、うまく落ち着いたみたい。ミセス・スクワイヤズは、わたしがキッチンに入っても気にしないかしら？」

「気にしませんとも。あなたが来たから、朝のうちに二時間と、昼食のあとの皿を洗いに一時間だけ来ますって。今では日の暮れるのが早くなってきたから、夕方来なくてすんで喜んでいるでしょう」

それは、申し分のない取り決めのようだった。

「頼まれればいつでも来ますよ」ミセス・スクワイヤズは次の日ケイトに言った。「お母さんを残して出かけたくないときは、ちょっと言ってください」

「ありがとう、お言葉に甘えるかもしれません。職探しに行かなくてはならないので。チチェスターはどうかと思ったんですけど……」

「どこにも負けず劣らずいいところですよ。ハイストリートに、いい職業紹介所がありますし、町中や周囲にはホテルやお屋敷がたくさんあります」

結局、ケイトはチチェスターに行かなかった。天気は快晴だったが涼しく、母親がボーシャムを歩きたがったのだ。「わたしは充分歩けるし、ここはとても魅力的な小さな村だわ。あなたの計画も聞きたいし……」

度が過ぎるほど陽気に話す母を、ケイトは考え込むような顔をして見た。昨夜、彼女は寝つかれない夜を過ごしていた。父が生きていたころ送っていたような暮らしをし、母が魅力的な小さなコテージでとても幸せにしているのを目にして、ケータリングの仕事をスタートするのとは別の将来を計画し、決めなくてはならないと気づいたのだ。「計画を立てる時間はたっぷりあるわ。それに、今日は散歩には絶好の天気だわ。港まで歩いていきましょうか？」と言うと、母親の顔はぱっと輝いた。

二人はゆっくり気ままに小さな村を歩きまわり、とても幸せな一日を過ごした。人出は少なく、自分たちしか客のいない小さな喫茶店でコーヒーを飲みながら、二人は気持のいい半時間を過ごした。

その夜、まんじりともせずベッドに横になったたまま、ケイトは自分たちの将来について考えた。そして、チチェスターで職を探す考えを捨てた。コテージとボーシャムに近すぎるし、ジェームズが週末をボーシャムで過ごしたとき、会う危険がある。彼はクローディアを連れているだろう……わたしは、二人が一緒にいるところを目にするのは耐えられないだろう。二度と彼に会うことのない土地へ引っ越す、いい理由を考えなくては。

明日になったら、『ザ・レディ』誌を手に入れて、職を探そう。北部か東海岸沿いが望ましい。そのためにはまた、母に何かいい理由を示さなくてはならない。今や、自分でビジネスを始める機会はほとんどないとわかった。ともかく、何年かは。

もはや、それは――目の前に広がった、ジェームズのいない未来は、重要というわけではなかったけれど。ケイトはその考えをわきに押しやり、ふさわしいどんな職に移れるかに専念した。考えなくてはいけない、母や猫たちのことがある。わたしたちには、住む家とまずまずの給料がいる。わたしがケータリングの計画をあきらめれば、切りつめる必要はなくなる。わたしたちはもっと出かけ、新しい服を買い、生活を楽しむのよ！

こうしたふさわしい計画を立ててしまうと、ケイトはたっぷり泣き、ついに眠りに落ちた。

ケイトはとても朝早く目を覚ました。そして、ベッドに横になったたまま、ずっと不幸せなことを考えているよりはと、起き出して窓の外を見た。灰色の朝で、まだ日は差していない。お茶を飲むのも悪くない。飲んだあと、また眠ってもいいし……。彼女は化粧着もはおらずに素足のまま階段を下り、キッチンに入っていった。

お茶のポットをかたわらに、バタートーストを手にして、ミスター・テイト＝ブーヴァリがテーブルに座っていた。ケイトが戸口で立ちどまったとき、彼は顔を上げて笑いかけた。「おはよう、ケイト」

心臓が早鐘のように打っていたので、きっと相手に聞こえたに違いないとケイトは思った。そして、やっとのことで息をついた。「どうやって、入ったんですか？」

彼は驚いた様子だった。「ぼくは鍵を持っている」

「どうかしたんですか？　何かほしいものでも？」

「どうもしないよ。確かにほしいものがあるが、それは当座は待てる。お茶はどう？」

ケイトはうなずいた。「ええ、いただきます」

彼は立ち上がり、食器棚から別のマグを持ってきた。「二階に行って部屋着を着て、スリッパをはいておいで。その格好は魅力的だが、気が散るよ」

「まあ」そう言ってケイトは部屋に逃げ戻り、何年も着ている実用本位な部屋着にしっかり身を包んだ。

気恥ずかしさを覚えながら階下に戻っていくと、昨日の新聞を見るような無関心さでミスター・テイト＝ブーヴァリが全身を一瞥したので、ケイトはたちまち気が楽になった。そして、大型レンジのそばに腰を下ろし、彼の顔が見たくてたまらなかったから、モガティーとホレースにはさまれて気持よさそうに居眠りしているプリンスに目をそそぎ続けた。

やがて彼女は、ずっと舌の先まで出かかっていた質問をした。「クローディアは一緒なんですか？」

彼はおもしろがっている様子だった。「いや」

「あなたがここにいるのを知っているんですか？」

「どうして知らなくてはいけない？」

「もし、それがわたしなら」文法を無視して、ケイトは言った。「知りたがります」

「じゃあ、比喩的に言って、クローディアを窓から放り出してしまおうか？　彼女はぼくの知ったことじゃない。きみが彼女を会話に引っ張り込む理由がわからないね」

「会話に引っ張り込んでなんかいません。それに、よくそんな言い方ができますね。彼女と結婚なさろうというのに」ケイトは、むきになってつけ加えた。「レディ・カウダーが、そうおっしゃいました」

「いちばん好かない伯母のひとりだ。クローディアと結婚するつもりはさらさらない。ぼくは彼女が好きじゃないし、マッドも、プリンスもそうだ」

「じゃあ、なぜここにいらっしゃるんです？」

「きみに話があるからだ。何度かそうしようとしたが、毎度出ばなをくじかれた。きみがぼくの家、ぼくのキッチンにいる今、自分の気持を話すつもりだ」

　ケイトは立ち上がった。「わたし、すみませんと謝りました。ほんとうにそう思っています。いろいろ言いましたが、どれひとつ本気では……」

「もちろん、そうだとも」ミスター・テイト＝ブーヴァリは近づいてきて、すぐ目の前に立った。そして、ケイトが用心深く後ろに下がろうとしたとき、両腕をまわしてぴったり抱きしめたので、ケイトは彼の心臓の鼓動が感じ取れるほどだった。「もう、長いことときみに恋しているんだよ、マイ・ダーリン。そして、きみもぼくを愛していると気づくのを待っていたんだ。それは、容易なことじゃなかった。コックのエプロンの陰に隠れた、とても怒りっぽいお嬢さんだから……」

「実際、コックですもの」ケイトは彼の胸に向かって言い、ついで、正直な娘だったから認めた。「でも、確かにあなたを愛しています、ジェームズ」

　ミスター・テイト＝ブーヴァリは、ケイトの顎の下にやさしく指をかけてあお向かせ、ほほ笑みかけた。そして、ゆっくりと、最大の喜びを持ってキスした。これこそが、彼の待ち望んでいた瞬間だったからだ。ケイトはキスを返し、キスを中断して尋ねた。「お母さん！　母のことはどうしたら……？」

「静かに、マイ・ラブ。お母さんとぼくは、ちょっとした話し合いをしたんだ。お母さんは喜んでここで生活に面倒を見てもらい、お母さんは喜んでここで生活する気でいる。ぼくの体が空いているときはいつでも、二人でこちらに来よう。きみは、ロンドンで暮らしてもかまわないね？　ぼくはロンドンに家があるんだ。快適な家だよ」

ジェームズと一緒にいるかぎり、自分はうさぎ小屋でも住むだろうとケイトは思った。「とてもすてきそうだわ」

「そのとおりだよ」

彼の声にふくまれた何かを聞きつけ、ケイトは尋ねた。「ジェームズ、あなたはお金持なの？」

「残念ながらね。そんなことで心配することはないよ、マイ・ラブ」

ケイトは、じっと彼を見上げた。「ええ、心配しないわ。それは少しも重要ではないわよね？」

「ああ」

「ただ、もちろん……」ケイトは口を開いた。

ミスター・テイト＝ブーヴァリは彼女にキスして黙らせた。「結婚してくれるかい、ケイト？」

「ええ、もちろん結婚するわ、ジェームズ」ケイトは彼にほほ笑みかけた。「腰かけて、打ち合わせをするべきじゃない？　結婚式とかいろいろと」

「もちろんだとも、いとしい人、だが、まず……」

ミスター・テイト＝ブーヴァリは頭を下げてケイトにキスし、ケイトは幸せに包まれて、彼にキスを返した。

独りぼっちのシンデレラ

The Millionaire's Pregnant Wife

サンドラ・フィールド

吉本ミキ 訳

サンドラ・フィールド

イギリス生まれ。人生の大半をカナダで過ごす。カナダ北部の静寂と広大さを愛し、現在住む町を作品の舞台に選ぶことも多い。自身の喜びと痛みをもって、愛がなにより大切だと学び、小説はみずからの経験をもとに書く。それが物語を豊かにしていること、そして読み手の心に届いていることを願っている。

主要登場人物

ケルシー・ノース…………家事代行業者。
ドウェイン、グレン、カーク………ケルシーの弟たち。
ルーク・グリフィン…………実業家。
クラリッセ・アンドーヴァー………ルークの元ガールフレンド。
リコ・アルベニス……………ルークの親友。画家。

1

ルーク・グリフィンが相続したのは、目をおおいたくなるほど荒れた屋敷だった。愛憎を抱いてきた母親についてなにか知りたければ、その屋敷の一室に積まれた箱をすべて調べるしかないだろう。

しかし、それでは、いつまでかかるかわからない。あいにくそんな時間はなかった。一大金融帝国を支配する彼には、手助けが必要だった。

ルークは電話帳の職業欄を当たってみた。家事代行業者なら、箱の中身を調べる手伝いぐらいしてくれるかもしれない。だめならごみとして捨てるしかないが、自分の過去について少しでも知る唯一のチャンスをみすみす逃したくはなかった。

ルークは番号を押して待った。

「もしもし」

電話に出たのは女性だった。深みのあるコントラルトの声だ。そのハスキーな低音のせいで、ありふれた一言がなにか心をそそる言葉のように聞こえた。

「家事代行業者かい？」ルークは手短に尋ねた。

「そうですが」女性は言った。「でも、もう仕事はしていないんです。すみません」

すまなそうな口調ではない。むしろうれしそうだと、ルークは思った。「ルーク・グリフィンだ。今グリフィン邸に滞在しているんだが、三日ほどかかる仕事を頼みたい」

「ですから仕事はやめたんです。先週で」

ルークはくいさがった。「君の時給はいくらだ？」

「そんなことは……」

「質問に答えてくれ。それから君の名前を教えてほしい」

彼女の声にいらだちがにじんだ。「ケルシー・ノース。時給四十ドル。仕事はお断りです」

「時給二百五十ドル払おう。それで三日分だ。君、計算はできるね？」

ケルシー・ノースは押し黙り、そのあと、つっけんどんに言った。「どんな仕事？」

「僕の祖母、シルヴィア・グリフィンが残した書類の中に目を通したいものがあるんだが、まずいことに、資産関係の記録と交じってしまっているんだ。何箱もあって、一つ一つ見ていかなければならない。ただ僕は忙しい身で、そんな暇がなくてね」

「わかりました」ケルシー・ノースは言った。「電話番号を教えてください。夜にでも連絡します」

ルークが番号を伝えると、彼女は乱暴に受話器を置いた。とてもプロとは言えない。うちの社員なら顧客の扱いについて講習を受けさせるところだ。それにしても、彼女はなぜ仕事をやめたのだろう？　他人のクローゼットを片づけるのにいやけが差したのだろうか？

彼女に断られたら困ったことになる。いや、そうしたら、時給を五百ドルに上げればいい。そうすれば承知するだろう。

ルークは皮肉っぽく考えながら、屋敷の古ぼけたキッチンでコーヒーをいれられるかどうか見に行った。

ケルシーは受話器をにらみつけた。なんてずうずうしくて傲慢（ごうまん）な男。自分が飛べと言ったら、相手が飛ぶものとでも思っているの？　仕事はやめたと言ったのに。私はもう自由の身なのよ！

ケルシーはまたテーブルの前に座った。そこでリストを作っている最中に電話がかかってきたのだ。人生を自分の手に取り戻した今、やりたいことを全部、赤いマーカーで書き出しているところだった。

美術学校へ行く。旅をする。絵を描く。紫色のペディキュアをほどこす。熱烈なセックスをする。

ケルシーは眉を寄せ、〝熱烈な〟に線を引いて消した。どんなセックスでもいいんじゃない？　顔をしかめたまま〝セックスをする〟を消し、〝情事を持つ〟に変える。このほうがロマンチックだ。とくに、背が高くて、髪が黒くて、ハンサムで、私を繊細な陶器のように扱い、薔薇を贈ってくれて、ベッドに朝食を運んできてくれる男性なら申し分ない。

これまでデートをした相手に、背が高くて髪が黒くてハンサムな男性は一人もいなかった。今住んでいるハドリーの村でそんな男性を見つけるのは無理だ。ケルシーはため息をつき、リストに〝バカンス〟をつけ加えた。

でも、この家を売るまではバカンスどころではない。貯金のほとんどは、マンハッタンの美術学校に願書を出すときに保証金として払ってしまった。

時給二百五十ドルで三日間。六千ドルになる。

ええ、計算はできるわ。

彼は私をお金で釣ろうとしているのよ。あの有名な、いえ、悪名高いルーク・グリフィンは、私をお金で買えると思っているんだわ。

そう、買えるのよ。買えるんじゃない？

六千ドルあれば、二学期分の授業料を払えるし、旅費にもまわせる。南の暖かなところへ行くための。

ルーク・グリフィンなら、そのくらいなんでもないはずだ。彼は数年前に百万長者から億万長者になった。郵便局で働くアリスがそう言っていた。

亡くなった女性の書類の整理なんて、私のリストのどこにもないけれど。

だから、なんなの？　グリフィン邸へ行き、三日間せっせと働いて、お金を受け取り、さようならすればいいのよ。そして、その間に熱帯の島へ行く格安ツアーをインターネットで調べるの。

ケルシーは気が変わらないうちに受話器を取った。

「ケルシー・ノースです。いつから始めます？」

「明日の朝八時から」ルークは答えた。「食料貯蔵庫には鼠の糞しか見つからないから、もしカフェインが必要なら持参したほうがいい。古い服を着てきてくれ。ここは何か月も掃除していないんだ。会うのを楽しみにしているよ、ミズ・ノース」彼は静かに受話器を置いた。

金で買える女がここにもいる。声に負けないほど外見も美しい女だろうか？

翌朝、ケルシーは慎重に服を選び、コロンビアブレンドのコーヒー豆とコーヒー用クリームを持って家を出た。屋敷まで車で十分だ。その間、考え事ができる。

数日前にシルヴィアが亡くなってから、ハドリーじゅうをさまざまな噂が駆けめぐった。シルヴィアは孫のルークになにも遺さなかったという話もあれば、ルークがすべてを相続したという話もあった。彼は祖母の葬儀に高級リムジンで乗りつけてくるとか、彼は香港にいてヘリコプターで飛んでくるとかいう憶測も飛び交った。彼の財産は十億とも百億とも一千億とも言われている。

ただ一つだけ一致した意見があった。女性はみんな、彼に言い寄られると蠅のように簡単に落ちるというのだ。しかも、彼の恋人たちの美貌と優雅さは伝説になるほど抜群らしい。

結局、ルークは祖母の葬儀に顔を出さなかった。先週の雪がまだ溝に残っているわき道に車を走らせながら、ケルシーは物思いにふけった。私が知る限り、シルヴィアの生存中、彼は一度も訪ねてこなかったし、病の床に臥していたときも見舞いに来なかった。財産を築くのと、目についた美女と片っ端からベッドをともにするのに忙しかったのだろう。

　ケルシーはグリフィン邸の敷地内に車を入れた。玄関のベルを鳴らすと、階段を下りる足音が聞こえ、いきなりドアが開いた。

　ルーク・グリフィンは薄手の白いTシャツとジーンズ姿だった。Tシャツはたくましい胸の筋肉を浮かびあがらせ、ジーンズのボタンははずれている。ケルシーはなんとか視線を上に向けた。彼はかなり背が高い。くしゃくしゃの髪は漆黒だ。

　それで、彼はハンサム？　髪と同じく黒い眉の下の瞳は、びっくりするほど青い。鼻筋はまっすぐ通り、頬骨は高く、口元は見ているだけで脚から力が抜けそうなほどきりりとしている。そして顔には、やさしさのみじんもない性格がにじみ出ていた。強引、断固、冷酷――そんな形容がケルシーの脳裏をよぎった。でも、確かにハンサムではある。

「ルーク・グリフィンだ」彼は長い指で乱れた髪をかきあげ、あくびを噛(か)み殺した。「失礼。起きたばかりなんだ。時差ぼけでね。まだ午前三時って感じだよ」

「あなたが八時半に来いと言ったんですよ」

「確かに」ルークがほほえんだ。ケルシーには雲間から太陽の光が差したように思えた。「中に入ってくれ。やってもらいたいことを教えるから」彼の視線がケルシーの持っている袋に向けられる。「それ、もしかして本物のコーヒー？」

「コロンビアブレンドよ」

「君は最高の女性だ」ルークは熱っぽく言うと、彼女の肘をつかんで家の中へ引っぱりこみ、ドアを閉めた。

　ケルシーは彼の筋肉質の胸に触れそうになった。温かな男のにおいがした。ベッドから出たばかりの男のにおいだ。

　ベッド……。ケルシーはぼんやりと考えた。熱烈なセックス。

「どうかした？」ルークが尋ねた。

「いいえ、別に！」彼は裸で寝ているのかしら。

ルークがまたほほえんだ。ケルシーはますます頭がぼうっとしそうになった。「君が来たのは書類を整理するためだということはわかっているけど、あのひどいキッチンでまともなコーヒーを一杯いれてもらえたら、僕は一生感謝するんだがな」

ルークは魅力的だった。噂では、彼の魅力で鳥も木から落ちるんじゃなかった？　彼なんか決して好きにならないと心に決めている女もとりこにしてしまうのよね？

「やってみます」ケルシーは言った。

「シャワーを浴びてくる。下りてきたときには、しゃっきりしていると約束するよ、ミズ・ノース」

「ケルシーです。そう呼ばれたほうがいいわ」

「それなら、君もルークと呼んでくれ」彼は左の方を顎で示した。「箱は、この廊下の先の三つ目の部屋にある」

「はい」

はい？　それしか言えないの？　口がからからだ。ケルシーは、階段を二段ずつ上がっていくルークを見つめた。

キッチンよ。分厚い埃（ほこり）の上に足跡が残った。コーヒーをいれるの。しっかりして、ケルシー。

廊下を進んでいくとキッチンに行き着いた。設備は時代遅れで、調理台と床はかびくさい脂汚れでおおわれている。一瞬、ケルシーはルークの魅力を忘れた。大金持ちだったのに、こんなひどい家で暮らしていた女性が哀れで胸が痛んだ。

ルークが訪ねてきていれば、家政婦を雇うこともできただろうに。戸棚から古いコーヒーメーカーをさがし出し、汚れた流しで洗いながら、ケルシーは思った。生きている間はほったらかしにしておいたくせに、亡くなった今になって書類に目を通そうとなんて許せない。いらだちまぎれにコーヒーメーカーをセットした彼女は、箱が置いてある部屋へ向かった。

たくさんの箱が窓から差す光をさえぎって乱雑に積まれていた。全部目を通すには大変な時間がかかりそうだ。

ケルシーは唇を噛み、キッチンに戻ってマグカップを二つ洗った。

ルークはジーンズのボタンをとめ、ダークブルーのセーターを頭からかぶって着た。東部時間に慣れて、少しは頭がはっきりするといいのだが。

ケルシー・ノースは、セクシーな声から想像していた女性とはまるで違う。板塀みたいに地味ではないか。

彼女が着ているツイードのスーツときたら、泥のような茶色だ。上着は直線的なカット、スカートはだぶだぶで長い。シャツは男仕立ての飾りけがない白のコットンで、いちばん上までボタンをとめている。それに鼈甲風の眼鏡。きわめつけは、やぼったい茶色の紐靴だ。

彼女のように若くてセクシーな声の女性が自分を最も不格好に見せる服を選ぶとは。そこらじゅうあさって、わざわざ自分に似合わないものを引っぱり出してきたとしか思えない。

口紅までがぱっとしない淡いピンクだ。

ルークは髪を櫛でとかした。彼女の髪は栗色で悪い色ではないが、引っつめていたのでは、どうして男の目を引きつけられる？　もっとも、彼女の足首は悪くない。

自分が細かいところまで観察していたのに気づき、ルークは苦笑した。だが、声と同じくらい彼女自身が魅力的だったらいいと無意識に期待していたのかもしれない。このうんざりするような場所に縛りつけられる三日間を、彼女がまぎらしてくれるのではないかと。

望みはないな。

靴をはいて階下に駆けおり、香りにつられてキッチンに入った。「コーヒーだ」ルークは言った。「僕と結婚してくれるかい？」

「先に味を見たほうがいいわ」

「その必要はないよ。日取りを決めてくれ」

ケルシーは真顔で言った。「私のリストに結婚は入っていないんです、ミスター・グリフィン」

「リスト？　ああ、なるほど。家事代行業だものな、リストを作るのは当然だ。それはアルファベットで分類してあるのかい？」ルークは自分でコーヒーをつぎ、クリームをたっぷり入れて口に運んだ。「これは天国（ヘブン）のHに分類するといい」

「あなたを魅力（チャーム）のCに入れておくわ」ケルシーは思わず辛辣（しんらつ）な口調で言い返した。

「ほめられた気がしないのはなぜかな？」

「ほめたんじゃないからよ。魅力的だからって信頼できるわけじゃないもの」ケルシーも自分のコーヒーをついだ。「箱を二つ開けたわ。はっきり言って、なにが見つかればいいと思っているの？」

ルークはじっくりと彼女を上から下まで眺めた。髪に差した鉛筆から、だらんとしたスカートの裾（すそ）まで。「ビジネスのBか……そう言いたいんだろう？」

「時給二百五十ドルですもの」

「見かけによらず、君は鋭いな。頭がいいのに、なぜそんな格好をしているんだい？」

ケルシーは赤くなった。ルークは初めて、眼鏡に隠れた魅力的な頬骨の線に気がついた。「私がどんな服を着ていようと、あなたには関係ないわ」

「別に、僕にかかわる女性みんなが美人でなければだめだというわけじゃない」ルークは考えこむような顔で言った。「ただ、自信に満ちていてセンスがあるほうがいい」

「女性みんな？」ケルシーは皮肉っぽく混ぜっ返した。「あなたにはさぞかしおおぜいの女性が群がってくるんでしょうね」

「金は強力な媚薬だからね」

「私がここへ来たのもお金のためよ。あの箱の中からなにをさがし出せばいいの？　教えていただけない？」

当然の質問だ。予想しておくべきだった。その答えがわかっていればいいのだが。ルークはコーヒーをまたごくりと飲んだ。「僕の母のローズマリーはシルヴィア・グリフィンの娘だ。母に関するものはなんでもさがし出したい。ローズマリーの名前が書いてある書類があったら、全部抜き出してほしいんだ。ただし、中は読まずにね」

ケルシーの顔がさらに赤くなった。「私が勝手に読むとでも？　侮辱だわ」

「僕はただ仕事について説明しているだけだ」

この仕事は断るべきだと、ケルシーは思った。今すぐに。でも、六千ドルのためなら、侮辱にも耐えられるんじゃない？

「わかりました」ケルシーは慇懃に言った。「よろしければ、すぐに取りかかりたいんですけど」

キッチンから出ていくケルシーを見送りながら、ルークはため息をついた。前もって考えておくべきだった。協力を頼めば、母に関する書類を赤の他人の目にさらすことになる。中をまったく読まずに分類するなんてできるだろうか？

ルークがプライバシーを大事にしていることは有名だった。そのせいでマスコミはかえって躍起になって彼を追いまわす。それなのに、極秘にするべきかもしれない資料をおしゃべりな女に調べさせることにしてしまったのだ。

ルークは顔をしかめ、コーヒーの入ったマグカップを持ってキッチンを出た。ケルシーはすでに窓際にテーブルを動かして最初の箱を開け、書類をきちんと積みあげている。ルークも居間からもう一つテーブルを運んできた。それから三時間、二人は黙々と作業をこなした。

先に手をとめたのはケルシーだった。彼女は立ちあがり、凝った首を伸ばした。疲れを覚えたのは、成果のないむなしい作業のせいではなく、近くにルークがいるせいだ。彼の集中力はすさまじく、怖い顔をしていて、とても話しかけられる雰囲気ではなかった。

「まだなにも見つからないわ。あなたのほうは？」

「家具の目録と株券と食料品のリストがあった」

ケルシーは積みあげた箱の方を見た。「大仕事ね」

祖母の生活を垣間見ても、少しも楽しくはなかった。ルークは立ちあがり、ぶっきらぼうに言った。

「君の報酬を二倍にするよ」

ケルシーはさっと顎を上げた。「その必要はないわ」

「そう提案すると、たいていの人は〝ありがとうございます、ミスター・グリフィン〟と言うけどな」

「私は〝たいていの人〟とは違うのよ」

「僕は自分が払いたいと思うだけ君に払う」

「いいわ。多くもらった分は捨て犬の保護施設に寄付するから。あるいは、孤独で、孫が一度も訪ねてきてくれない老婦人のための基金に」

ルークはケルシーに近づいた。彼女は少しも動じない。かすかな怯えが目の中にうかがえるだけだ。

「香港で三日前に死亡通知を受け取るまで、自分に祖母がいることさえ知らなかったんだ。だから、僕に罪悪感を抱かせようとしてもだめだよ」

「祖母がいることさえ知らなかった？」

「そうだ」

なぜかケルシーはあっさり彼の言葉を信じた。

「それで一度も訪ねてこなかったのね。そして連絡を受けたときには、葬儀にはもう間に合わなかった」

「埋葬の日、僕はカンボジアの奥地にいた」

「どうしてあなたのお祖母(ばあ)さんのことを教えなかったの？」

ルークはひるんだ。それこそ、この数日、彼を悩ませてきた疑問だった。「母は、僕が生まれる前にこの家を出ていったからかな。祖母が死んだあと、村じゅうが噂話でもちきりだったんじゃないのか？君のほうが詳しいことを知っているだろう」

「私が知っているのは、あなたのお母様が家を出たのは十七歳のときだったということだけよ」

「母は妊娠していたんだね？」ルークはよく考えもせずに尋ねた。

「みんなはそう思っているわ。でも、ただの憶測よ」

「昼休みにしよう。一時間後に戻ってきてくれ」

ルークの青い瞳は氷のように冷たく、口元は真一文字に結ばれていた。ケルシーは、母親がまだ健在かどうか彼にきく勇気がなかった。頭が混乱している。どうやら彼は冷血漢ではないらしい。そもそも祖母の存在を知らなかったのだ。

明日はサンドイッチを持ってきて、食べながら仕事をしよう。そして、今日は箱を二つほど持ち帰って、家で調べよう。この仕事はさっさと片づけたほうがいい。彼はハンサムのHやセクシーのSに分類されるだけではない。危険(デンジャー)のDにも入る。

2

翌日、夕闇(ゆうやみ)が迫るころ、ルークとケルシーは箱を二つ彼女の車に運んだ。風でちぎれた雲の間から青白い月がのぞいている。ルークは箱をトランクに入れると、ケルシーのために車のドアを開けた。

「ありがとう」ケルシーは車に乗りこんだ。

ケルシーが靴についた雪を落としたとき、スカートがめくれて脚が見えた。形のいい脚だった。ルークは急に興味を覚えた。ケルシーはあわててスカートを引っぱりおろしている。赤くなった彼女の頬を見るのは初めてではないが、それも好ましかった。

ケルシーの眼鏡をはずしたい衝動に駆られたルークは、両手を拳(こぶし)に握った。「それじゃ、また明日」

ケルシーは乱暴にギアを入れて走り去った。

ルークは我ながらあきれた。あのやぼったいミズ・ノースとの情事を夢想するようでは、そろそろ街へ戻ったほうがいい。箱はペントハウスに運びこみ、暇をみて調べよう。マンハッタンにいれば、クラリッセかリンジーとディナーをとることもできる。あの二人なら、ケルシーと違って僕の言いなりだ。いや、彼女たちはただ億万長者のご機嫌をそこねたくないだけだろう。

ルークはのろのろと石段をのぼった。今までにケルシーは母親の出生証明書を、ルークは母親が生まれた病院の請求書を見つけた。それだけだ。

ただ、わかったことが一つある。ケルシーはワーストドレッサーで表彰されてもおかしくないが、仕事の仕方は心得ているということだ。丁寧で、愚痴一つこぼさず、根気がある。彼女のために推薦状を書くとしたら、この三つの形容をもれなく使うだろう。

〝愛想がない〟もつけ加えようか。彼女について知っているのは、生まれてからずっとハドリーで暮らしてきたことだけだ。それも、こちらから聞き出してようやくわかった。ふだん、くだらないおしゃべりなどしないのに、彼女が身の上話をしないからといって、なぜこんなにいらだつのだろう？

風が雨樋の中でうなり、ゆるんだ屋根板を鳴らしている。突然、一人でこの祖母の家にいることに一分でも耐えられなくなった。ルークは二階に駆けあがり、清潔な服に着替えると、車のキーをつかんだ。

四十五分後、ルークはずっしりと重い茶色の紙袋をかかえて車から降りた。ケルシーの小さな家は、ライラックの茂みと櫟の木立に囲まれていた。ほとんどの部屋に明かりがついている。彼は玄関の石段をのぼってベルを鳴らした。ジャニス・ジョップリンの大きな歌声が聞こえる。ルークはもう一度ベルを鳴らしてからドアのノブをまわした。鍵はかかっていない。ドアを押して中に入ったところで歌が終わった。蝶番が動物の悲鳴のような音をたてた。

女性が一人、階段を駆けおりてきた。ルークを見ると、途中で棒立ちになった。くしゃくしゃの髪は栗色で、瞳は深い茶色だ。ほっそりしたウエストに、どこまでも続くかのような長い脚。胸元が大きく開いたオレンジ色のシャツが体に張りついている。それに、スリムなジーンズ。足の爪は紫色に塗られている。光沢のあるオレンジ色の口紅が、柔らかそうな唇を悩ましく彩っていた。

「ケルシー・ノースを訪ねたつもりが間違えたらしい。失礼しました」ルークはどぎまぎして言った。

「おもしろい冗談ね」あのコントラルトの声だ。

「ケルシー？」

「だれだと思ったの？」

「いや、その、服を着替えたんだね」これまでマンハッタンからミラノまで、世界に名だたる美女たちとデートをしてきた僕はどうなったのだろう？

ケルシーは階段を下りきると、両手を腰に当てて冷ややかに言った。「これ以上の箱はお断りよ」

彼女は甘い香りがした。ルークはごくりと唾をのみこんで言った。「夕食はすんだかい？」

「いいえ。持ち帰った箱を調べていたの」

「よかった」ルークは腕にかかえている袋を見せた。「十キロも離れたビストロで買ってきたんだ」

「夕食を買ってきた？　ここで食べるために？」

「そう」ルークはにっこりした。「あの家に一人でいるのは、もう我慢できない」

ケルシーは用心深く言った。「私、なにか聞き逃したのかしら？　私はハドリー生まれの田舎者だけど、女性と一緒に夕食をとりたいのなら、その気があるかどうか前もってきくのが礼儀だと思うわ」

「もし電話したら、君はイエスと言ったかい？」

「いいえ、もちろん言わないわ」

どうして〝もちろん〟なんだ？「僕は断られるのが好きじゃない。だからいきなり来たんだ」

「きっと、断られた経験がないのね」

ルークは自分でも驚くほど鋭い口調で言った。「百万ドルを手にしてからは一度もない」

「哀れなお金持ちね」

「ああ。君は夕食になにを食べるつもりだった？」

「スクランブルエッグよ」

「僕が買ってきたのは、ボルシチと、ワイルドライスを詰めた鶏と、ブラックベリーのムースだ。それに、そう悪くないメルローのワインも」

ケルシーはよだれが出そうだった。食べ物のせいだと、あわてて自分に言い聞かせる。そう、青い瞳がいっそう鮮やかに見えるダークブルーのセーターを着てドアにもたれている男性のせいではない。

彼女はあっけなく折れた。「どうぞお入りくださいと言うのは変ね。あなたはもう中に入っているもの。廊下をまっすぐ行くとダイニングルームよ。私はキッチンからテーブルマットを取ってくるわ」

ルークは廊下を進んでダイニングルームに入った。傷だらけのオークのテーブルと椅子が四脚、それに古いサイドボードが置かれている。その向こうに、雑然としたリビングルームがあった。段ボール箱と積みあげた本、衣類……男物の服だ。それからホッケーとサッカーの用具。どうなっているんだ？　まるで夫を追い出したばかりのように見える。

ルークは傷だらけのスケート靴を見た。ケルシーは結婚指輪をはめていなかった。その点はいつも気をつけている。既婚女性は一度も相手にしたことがない。その気になっている独身女性がいくらでもいるのに、わざわざ面倒を起こすことはないからだ。

そこへケルシーが入ってきて、テーブルにテーブルマットを二枚敷いた。「ナイフやなにかは引き出しの中よ。私はワイングラスを取ってくるわ」

引き出しにはナイフとフォークとスプーンがごちゃまぜに入っていた。どれも本物の銀だが、まったく磨かれていない。ケルシーがグラスとコルク抜きを持って戻ってきたので、ルークは軽い口調で言った。「君は他人の家の片づけに時間をとられていて、自分の家には手がまわらないのかい？」

「私にはほかに気をとられていることがあったのよ。取り分け用のスプーンを持ってくるわね」

横をすり抜けていくとき、ケルシーの髪が頭上の照明でブロンズ色に光った。デニムに包まれたヒップの動きが魅惑的だ。ルークは思わず、自分でもうろたえるほどぶしつけな質問をしていた。「なぜ茶色のツイードなんか着ていたんだ？　あんなものはごみ箱に捨てたほうがいい」

「袋を開けて、ルーク。いただきましょうよ」

向かい合って座ると、ルークはさりげなく言った。

「君の思考方法がわかったよ。一度に一つずつなんだ」

ケルシーの唇に微笑が浮かんだ。「あのスーツは母のものだったの」ルークが容器の蓋を取っているのを見ながら、ケルシーは言った。「母はとても美人で、着るものはいわば身を守るための防護服だったのよ。あら、おいしそうなにおいね」

「そこにサワークリームを入れて。君は仕事に行くとき、いつもあのスーツを着るのかい？」

「噂の独身男性がお客の場合だけね」

「この村では、母だけでなく僕のゴシップも流れているというわけか」

ケルシーはボルシチを一口のみ、うっとりしたような顔で目を閉じた。「あなたの場合は事実無根とは言えないわ」

「僕は女たちが好きだ。それがどうした？」

「複数形ね」

「でも、一度に一人ずつだよ」

「そのときの相手には誠実ってわけね？」

「それのどこが悪い？」

ケルシーが肩をすくめると、鎖骨のくぼみに陰ができた。ルークはそこに唇を押し当てたくなった。なんてことだ。やはりクラリッセかリンジーのような女が必要だ。厄介な感情など抜きのセックスが。この一年、あの二人から遠ざかっていたのがまずかった。早い話が、飽きたから捨てたのだが。

いつだってかわりは見つかる。

「さぞかし都合がいいでしょうね」ケルシーが言った。「あなたにとっては」

ルークは自分を現実に引き戻した。「僕がデートをする女性はその点を心得ている。あらかじめちゃんと申し渡すからね。そのルールが気に入らなければ、最初からゲームをしなければいいんだ」

「ずいぶん割り切っているのね。話題を変えましょう。あなたの女性関係の話なんてしたくないわ。このボルシチの味をだいなしにするような話はね」

ケルシーの頬はピンクに染まっている。ルークは彼女の方を見ないようにして話題を変えた。「それで、明日はなにを着てくるつもりだい？　僕はもう君の本当の姿を見てしまったんだが」

濃いまつげで瞳を隠しながら、ケルシーは言った。「ジーンズかしら。あなたは先週、香港でなにをしていたの？」

ルークは太平洋地域での不動産取り引きについて話した。カンボジアに寄った話は詳しくしなかった。

ケルシーがボルシチの容器を片づけて皿を取ってくる間、ルークは席を立ち、壁にかかっている絵を眺めた。すばらしい抽象画だった。抑制されたエネルギーが渦巻き、暗黒の背景から色彩がいくつもの喜びの爆発となってほとばしり出ている。

ケルシーが戻ってきた音を聞いて、彼は尋ねた。

「これはだれが描(か)いたんだい？」

「私よ」ケルシーはためらいがちに答えた。

「君が？」

ケルシーは眉を上げた。「料理が冷めるわ」

「最近のことかい？」ルークは無視して続けた。

「六カ月前よ」

ますます夫は本当に追い出されたのではないかという気がしてきた。「もっとある？」

「少しね。ああ、見て、アスパラガスよ。私、大好きなの。それに、ワイルドライスってとってもおいしそう」

クラリッセの食欲は雀(すずめ)並みだったし、リンジーはなんにでもアレルギーがあった。大喜びで食べる女性と食事をするのは楽しいものだと、ルークは驚きとともに気づいた。そしていつのまにか、グッゲンハイム美術館へ行ったときのことを話していた。

ケルシーはムースを食べおえると、椅子の背にもたれて心から言った。「おいしかったわ。このビストロは去年の夏オープンしたばかりで、一度も食べに行ったことがなかったの。ありがとう、ルーク」

ケルシーはまっすぐにルークを見ていた。彼女の瞳は溶けたチョコレートのように深みのある茶色だ。その温かさに、ルークは息をのんだ。

「喜んでもらえてよかった」彼女は僕のタイプじゃない。テイクアウトの料理に大喜びする田舎者だ。しっかりするんだ、ルーク。自分にそう言い聞かせながら、彼はさりげなく続けた。「もっと絵を見せてもらえないかな?」

ケルシーはしぶしぶ言った。「リビングルームにあと三点あるわ。私はコーヒーをいれてくるわね」

サッカーボールとくたびれたスパイクシューズの横をすり抜けてほかの絵を見に行ったルークは、その本物の創造性に再び心を揺さぶられた。三点とも、束縛を断ち切ろうという必死のあがきが感じられる。正式な教育を受けていないのは確かだが、荒削りの才能に満ちている。

足元を見るのを忘れて、ルークは積みあげた教科書にぶつかった。乱暴な男の字が目に飛びこんできた。ドウェイン・ノース。ケルシーの夫か。それで彼女は解放を求め、必死に絵を描いているのか。落ち着いて考えもせずにルークはキッチンへ飛びこんだ。「ご主人とはどうなったんだ?」

「ご主人?」ケルシーはぽかんとしている。「だれのご主人?」

「君のだよ。サッカー用具の持ち主さ」

ケルシーは噴き出した。「私に夫はいないわ。今まで一度もね。フィアンセや同棲中の恋人も」

ルークはいぶかしげに目を細めた。「君は何歳だ?」

「二十八よ」

「それなら、スパイクシューズや化学の教科書を持っているのが君の息子だってことはないな」

「あら、数学がお得意なのね。自分の恋人たち全員を数えあげるのに、さぞ役に立つでしょう」

人から笑われるのに慣れていないルークは、唐突に言った。「君は絵の才能を生かすべきだ。なにをぐずぐずしているんだい？　才能があるのがはっきりしているのに、金持ちのクローゼットの片づけをして時間をむだにするなんて信じられないよ」

ケルシーは顎を突き出した。「私の絵のことはあなたにはなんの関係もないでしょう」

「あれだけの作品が君一人の目にしか入らない場所にかかっているのを見て、頭にきたんだ」

「それで頭にきたという程度なら、本気で怒ったところは見たくないわ。コーヒーがはいったわよ。今飲む？　それとも、持って帰る？」

「どういうことなんだ、ケルシー？　スパイクシューズと化学の教科書の持ち主はだれなんだ？」

たった今、めったに食べられない料理をごちそうしてくれた相手に隠す理由はない。「ドウェインは私のすぐ下の弟よ。医学部の一年生で、二十一歳」

「僕としたことが。弟だなんて考えもしなかった」

「彼がいちばん上なの。グレンは二十歳でコンピューター技術を勉強しているわ。ホッケーの用具は彼のものよ。カークは十八歳で、一週間前に林学を学ぶ大学に入ったの。私が弟たちを育てたのよ。ティーンエイジャーの心理と手作りのハンバーガーにかけてはエキスパートと言っていいわ。毎朝、弟たちをスクールバスに乗せてから美術学校に通う暇はなかったの。生活していくのに精いっぱいで」

「みんなここで君と一緒に暮らしていたのかい？」

「もちろんよ。あなたから電話があった日、カークの部屋の片づけに取りかかったところだったの。ベッドの下から、ちぐはぐな靴下が五足、干からびたピザが一切れ、『プレイボーイ』が五冊出てきたわ。三人をまともな人間に育てようと精いっぱいがんばって、本当に大変だった。ようやくみんな巣立ったわ」おかしな話だが、自由になれる日を指折り数えて待っていたのに、弟たちがいないのが寂しかった。

「ご両親は？」

「列車事故で死んだの。私が十八歳のときに。親戚(しんせき)もなく、私が弟たちを育てることになったのよ」ケルシーは急に口調を変えた。「さあ、これで私の絵がそのへんにかかっている理由がわかったでしょ」

「君は弟たちのために自分の人生を十年も犠牲にしたというわけかい？」

「犠牲じゃないわ！　とんでもない。それに、ほかに道があった？」

「いろいろあるさ。出ていくこともできたはずだ」

「私たちは両親を亡くしたばかりだったのよ。弟たちを見捨てたりしたら、私は自分を許せなかったわ。それが理解できないなんて、どうかしているわよ」

ルークは自分の胸の中で暴れている感情を抑えつけようとした。当惑や怒りや苦しみを。母はケルシーのようにがんばりはしなかった。僕は人生最初の八年間で、約束は破られるものだと学んだのだ。

彼は鋭い口調で言った。「三人とも大学生になって家を出たのに、君はなぜまだ家にいるんだ？」

「待って、カークは先週出ていったばかりなのよ。ごらんのとおり、家の中を片づけるのが先決でしょう。それから、この家を売りに出すわ」

ルークは周囲を見まわした。傷だらけのテーブル、はげた塗装。古さとみすぼらしさは歴然としている。ハドリーは活気のない漁村だし、この家を売ってもたいした金にはならないだろう。

「それから、どうするんだい？」

ケルシーは彼をにらんだ。「そのお金で私が美術学校に行くつもりでいると知ったら、喜んでもらえるかしら。この仕事の報酬も加えてね」

「だから僕の仕事を引き受ける気になったんだね。二倍支払ってもいいという申し出はまだ有効だよ」

「ほどこしはいらないわ」

「芸術への支援と呼んでほしいな」ルークはにやりとした。

「私があなたのどこにとまどっているかわかる？　私を怒らせておいて、そのあとすぐ笑わせるところよ」

僕が君のどこを恐れているか、わかるかい？　君には退屈するということがないところだ。

ルークは考えこんだ。ケルシーはさんざん苦労してきたが、へこたれなかった。僕の母と違って。だが、彼女は僕のタイプではない。ちっとも垢抜けていないし、すぐ感情を表に出す。まじめすぎる。それなら、なぜ僕はここに座って、彼女が笑うときに唇の端にできる小さなえくぼや、ぴったりしたシャツにおおわれた胸から目が離せないでいるんだ？

彼は唐突に言った。「持ってきた箱の中からなにか見つかったかい？」

「あ、忘れてた！　写真の入った封筒があったの」

ルークの胸が騒いだ。母の写真は一枚も持っていない。ケルシーが茶色の封筒を差し出した。封はされていない。

彼女はルークの視線を追って言った。「開いていたのよ。中を見ないと、重要なものかどうかわからないでしょう」

ルークは一枚抜き出した。かわいい少女が満開の林檎の木の下に立ち、胸に本を一冊かかえて笑っている。間違いなく母だ。

コーヒーをついでいたケルシーは、沈黙が気になって目を上げた。ルークは呆然と立っていた。視線は写真にそそがれている。ケルシーはふいに同情に駆られ、あわてててクリームを彼の方へ押しやった。

まるで写真に噛みつかれでもしたかのように、ルークはその写真を封筒に戻した。「帰らないと」

「コーヒーはどうするの？」

「けっこうだ。帰って、もう少し箱を調べるよ」

「ルーク」ケルシーは遠慮がちに言った。「これがあなたにとってなぜそんなに重要なのか教えてもらえないかしら？　お母さんの情報をちょっと見つけるだけで、こんな大金を払ってくれる理由は？」

ルークは封筒を握り締めた。「君が理由を知る必要などない！　母に関する書類を僕に渡して、村の連中に黙っていてくれれば、それでいいんだ」

ケルシーは赤くなった。「私は噂話なんかしないわ」

ルークはあやまるべきだった。だが、そうするかわりにテーブルの上に封筒を置くと、ケルシーの方にまわり、彼女を抱き寄せて唇を奪った。

3

二秒ほど、ケルシーはルークの腕の中で身動きできずにいた。彼の胸に押し当てたてのひらにたくましい筋肉が感じられた。逃れたくても逃れられない。

いや、逃れたいとは思わなかった。指先に感じるルークの鼓動がケルシーをあおりたてる。こんなに強烈なキスは生まれて初めてだ。彼の舌に唇をなぞられると、ケルシーは口を開いて迎え入れた。

ルークの両手が下へすべってヒップをつかんだ。そのとたん、欲望が炎となってケルシーの全身を駆けめぐった。膝から力が抜け、彼にしがみつく。二人の舌がからみ合った。このキスが永久に続けばいいと、ケルシーは思った。

そのとき、ルークがいきなり彼女を突き放した。

「今したことは忘れてくれ。二度としないから。明日、八時半に会おう」

呆然(ぼうぜん)としているケルシーの顔を脳裏に焼きつけたまま、ルークは悪魔に追われているかのように廊下を急いだ。彼女にあんなキスをするなんて、どういうことだ？　飢えた男のように。彼女なんて必要ない。だれも必要ない。

ルークは星がまたたく夜の冷気の中へ出た。

僕は基本ルールを二つ破った。雇人とは深い仲にならない、ゲームのやり方を説明しないうちは行動を起こさない。その二点だ。といっても、ケルシーとのキスはゲームと呼べるものではなかった。唇が触れた瞬間から無我夢中になり、彼女が欲しくてたまらなくなっていた。

彼女から離れるだけの自制心があって幸いだった。車は木の下にとめてあった。ポケットのキーをつかんだとき、背後の砂利道に足音が聞こえた。

「写真を忘れたわよ」とげとげしい声だった。

ケルシーの髪は乱れ、瞳は深い池のようだった。シャツの薄い生地ごしに胸の形がわかる。くそっ！　これ以上キスしてはだめだ。ルークは彼女の手から封筒を取りあげた。「ありがとう」

ケルシーは自分の体に腕をまわしてあとずさった。

「私は、あなたがふだんつき合っている世間ずれしたマンハッタンの女の人たちとは違うのよ。あんなふうに私をもてあそばないで。まるで私が世界でたった一人の女みたいなキスをしておいてから、なにかいやなことでもされたみたいに突き放すなんて」

「いやなこと？」ルークの笑い声は少しもおかしそうではなかった。「突き放さなかったら、僕たちは今ごろキッチンの床の上でからみ合っていたよ」

ケルシーはまた一歩下がった。「あなたみたいな人に会ったのは初めてよ。なにを信じればいいのかわからないわ」

ルークはふいに自責の念に駆られた。「中に入ってくれ。風邪をひくよ。明日また会おう」

ケルシーは苦しげな声をもらすと、くるりと向きを変え、家へ向かって走った。ドアが閉まった。

ルークは車に乗りこんだ。彼女のことなどさっさと忘れよう。

グリフィン邸は星空を背景に黒々と浮かんでいた。秘密をかかえ、人を拒絶して。ここから逃げ出した母をだれが責められるだろう？　箱の中を調べて、少しは母を理解できるようになるだろうか？

ルークは家の中に入り、テーブルに写真を広げた。母が少女のころのものばかりだった。幸せそうで屈託なく見える。こんな幸せそうな母を見た記憶は一度もない。

ルークは両手に顔をうずめた。はるか昔、母子が住んでいた界隈（かいわい）のにおいがよみがえってくる。腐った生ごみ、たばこの吸い殻、ドラッグ。

あんなところにはぜったいに戻らない。あれ以来築いてきた財産があれば大丈夫だ。

その夜はさらに四箱を調べ、母の成績通知表を何通か見つけた。〝じっと座っているのが苦手〟〝トラブルメーカー〟という所見が繰り返し書かれていた。

疲れた体を引きずって二階に上がったのは午前三時近かった。だが、ルークがベッドに入ったときに眠りを妨げたのは、母親ではなくケルシーだった。

自分が欲望に振りまわされているのが腹立たしかった。ルークもふつうの男と同じようにセックスが好きだったが、自制できる自分も好きだったのだ。

明日は、いや、今日は、ケルシーに指一本触れないようにしよう。彼女に良識があれば、茶色のツイードを着てくるだろう。

困るのは、服の下にあるものを知ってしまったことだ。キスをすると、彼女がどう反応するかも。

　この調子では眠れそうもない。ルークは必死にオイル価格の動向について考えようと努め、ようやく眠りに落ちた。夢に出てきたのは、長年なじんだ母だった。母は赤いキャンディを差し出し、あなたにあげると約束する。だが、彼が手を伸ばすと、最後の瞬間にさっと引っこめる。

　やがて、別の夢を見た。夏の花が咲き乱れる野原に裸のケルシーが横たわり、彼に向かって腕を広げている。美しく官能的な姿で……。

　翌朝、ケルシーは茶色のツイードのスーツを着ようかと思った。だが、思い直して、明るいグリーンのウールのセーターとジーンズを選んだ。

　ルークが少しでも近寄ってきたら、まず殴りつけ、それから仕事をやめてやるわ。

　一月の弱い日差しの中で、グリフィン邸は幽霊屋敷のように見えた。ケルシーは玄関の石段を勇ましくのぼったが、ドアにはしっかり鍵がかかっていた。

　ケルシーは玄関のベルを強く押した。一度、二度、三度。反応がない。車はガレージの横にあるから、ルークが家にいるのは間違いない。

　昨夜のうちに気が変わって私をくびにしたの？　それなら、そう言ってくれてもいいんじゃない？

　ケルシーは手が痛くなるほどドアをたたいてから、家の横をまわって二人が作業をしていた部屋の前まで行き、中をのぞいた。だれもいない。それならキッチンだ。もう九時十五分前だもの。

　ケルシーは車に戻ってクラクションを鳴らしてから、もう一度玄関のベルを鳴らしてみた。ルークは出てこない。いいわ。家に帰ってカークの部屋の掃除でもしよう。

　しかし、車のキーを差しこんだとき、太陽が雲に隠れ、グリフィン邸の不気味な小塔が影に包まれた。

これはきっとなにかの暗示よ。ルークは階段から落ちて怪我をしたか、病気になったのかもしれない。助けに行くべきじゃない？

車を降り、もう一度家の周囲をまわった。南側の壁伝いに丈夫そうな蔦が屋根まで伸びていた。その途中に、数センチほど開いた窓がある。

ケルシーは子供のころ、男の子に負けないほど木登りが上手だった。高いところは怖くない。幸い、今日はハイキングブーツをはいてきている。

上着を脱いでさっそく登りはじめた。楽なものだった。ささやかな冒険に気持ちが高揚している。長いこと私の人生は退屈すぎた。〝冒険〟もリストに加えよう。

ケルシーは窓を開け、窓枠を乗り越え、床の上に下りた。

そこは寝室だった。ルークの寝室だ。

彼はダブルベッドでぐっすり眠っていた。顔を枕にうずめ、体にシーツを巻きつけている。裸だ。

ケルシーはそっと近寄った。ルークの胸は呼吸に合わせて規則的に上下している。

どう見ても病気ではなさそうだ。さっさと階下へ行って仕事に取りかかろう。そのとき、ケルシーの心臓は喉から飛び出しそうになった。ルークがもぞもぞ動いて、なにかつぶやいたのだ。ケルシーはその場に突っ立ったまま、彼が寝返りを打つのを見つめていた。ルークは目をこすってこちらを向いた。

ケルシーがなにを言えばいいかわからないまま口を開きかけたとき、ルークが寝ぼけまなこで言った。

「君の夢を見ていた。ここに来てくれ」

ルークが手首をつかんで引き寄せたので、ケルシーはバランスを崩して彼の上に倒れこんだ。ルークは片脚をケルシーの脚にからませて動けなくすると、両手を彼女の髪にうずめて顔を引き寄せた。彼の唇がケルシーの唇をとらえ、なめらかに動きながら彼女を高ぶらせていく。そして、がっしりした手がケルシーのセーターをたくしあげ、温かいてのひらが彼女の背中を撫でた。

「君の肌だ」彼はつぶやいた。「シルクみたいだとわかっていたよ」それから、ブラジャーのホックを手さぐりして胸のふくらみを解放すると、器用な指で胸の先をさぐり当て、愛撫した。

ケルシーは目を閉じ、彼の唇を夢中でむさぼった。

彼女はすばらしい。ルークの胸に感謝の念が押し寄せた。必ず彼女を僕のものにするぞ。昨夜、うしろも振り返らずに彼女から立ち去ることができると思ったのは、愚かな勘違いだった。

ルークはケルシーにおおいかぶさり、息もできないほど熱いキスをした。自分の心臓の鼓動が聞こえる。それとも、ケルシーの心臓だろうか？　すばやく彼女のセーターをさらに上に引っぱりあげると、淡い光の中に白い胸のふくらみとピンク色の蕾があらわになった。彼は舌で蕾をつつき、味わった。ケルシーは体を弓なりにして、欲望に熱っぽく輝く目を大きく見開いている。

必ず彼女を僕のものにするぞ。ルークはもう一度思った。だが、こんなわびしい家の、悪夢に見舞われたベッドではだめだ。

「ケルシー、ここでやめよう。僕は君が欲しい。でも、今は時も場所もまずい」

ケルシーは爪がくいこむほどきつくルークの肩をつかんでいた。彼の声ははるかかなたから聞こえるようで、よく聞き取れない。ここでやめよう？

ケルシーはルークの肩をぐいと押しやり、髪をうしろに振り払うと、胸を隠すためにセーターを下ろしかけた。

ルークはすばやく彼女の手を押さえた。「待ってくれ。よく見せてほしい」

「私……」

「君はとても美しい。君を撫でていると真珠を撫でているような気がする。なめらかで、まるみがあって」

ルークの視線が肩から胸、ウエスト、おへそへとすべっていくのを、ケルシーは呆然と見つめていた。彼の表情を見ているうちに、突然涙がこみあげてきた。今まで私のことをこんなふうに見てくれた人がいたかしら。世界で最も美しい生き物だとでもいうように。

結局ケルシーのセーターを引きおろしたのはルークだった。彼はにっこりし、ケルシーのヒップを軽くたたいた。「さあ起きて。できれば、今日であの箱の整理を終わらせよう」

なぜ彼はこんなにすばやく切り替えられるの？

〝今は時も場所もまずい〟――あれは、まだ私とベッドをともにする気があるという意味かしら？

ふと、まだハイキングブーツをはいていることにケルシーは気づいた。

「ケルシー、大丈夫かい？」ルークは体に巻きついたシーツを引きはがした。思ったとおり裸だった。

ケルシーは目をそらした。「大丈夫よ」

「コーヒーをいれてくれ。ボスの命令だ」

ケルシーは立ちあがり、乱れたベッドと破れた壁紙に目をやった。みすぼらしい寝室だった。ここであれほどの陶酔を味わったとは。思わずあえぎ、部屋から逃げ出してドアを閉めた。

ケルシーはそのまましばらくドアに寄りかかっていた。恥ずかしさで頬が熱い。ドアの向こうで床板のきしむ音がする。ルークが部屋を歩きまわっているのだ。彼女は大急ぎで階段へ向かった。

古くさいキッチンに入るとほっとした。ここでコーヒーをいれるのがこの三日間の日課になっている。コロンビアブレンドの香りをかぎながら、ケルシーはブラジャーのホックをとめ、流しの冷たい水を頬にたたきつけた。熱烈なセックスとはどんなものか、今ではよくわかった。

それは圧倒されるほどすばらしく、強烈で、欲望をかきたてる。永久に続けてもいいくらいだ。

でも、私が望んでいるものかしら？

自分らしくあるために自由でいること、それが私の望みよ。熱烈なセックスがきっかけでルークとつき合うようになったら、たとえつかの間であろうと……私が長年追い求めていたものを失うことになるんじゃない？

セックスは創作意欲をかきたて、芸術的な感性を磨く刺激になると思っていた。けれど、あの陰気な部屋で起きたことは、どうやら私の芸術の女神とは関係ないらしい。

十分後、ケルシーが廊下の先の部屋でせっせと作業に取り組んでいるところへ、ルークが入ってきた。

「おいしいコーヒーだ」彼はさらりと言い、隣のテーブルの前に座った。

ついさっき気が遠くなるほどのキスをしたことなど忘れているかのようだ。ケルシーはむっとしながら銀行の報告書の束をぱらぱらめくり、皮肉を口にしそうになるのをこらえた。

「ゆうべ、玄関の鍵をかけ忘れたのかな」彼は続けた。「だから、君は中に入れたんだろう？」

「家の裏の壁を伝っている蔦をよじ登ったの」

ルークはくぐもった笑い声をもらした。「まるで盗賊だな。どこでそんな技を覚えた？」

「我が家の裏にある古い樫の木にも蔦がからんでいるのよ」

「君がいるときは、銀食器用の戸棚に鍵をかけておかなくてはならないな」

「そうね」

「君は怒るとかわいいね」

ルークはあからさまにケルシーを笑っていた。輝く歯が口からのぞき、目尻にしわが寄っている。ケルシーは歯をくいしばって、彼の魅力に負けまいとした。「おもしろがってもらえてうれしいわ」

「君はおもしろいだけじゃない。そこが問題だ。だけど、どうしてわざわざ盗賊のまねなんかしたんだい？　なぜ家に帰らなかった？」

「あなたが階段から落ちて首の骨でも折ったんじゃないかと思ったのよ」

「僕のことを心配してくれたのかい？」驚いているような声だ。

ケルシーはルークをにらみつけた。「そうよ」

人に心配してもらうことに慣れていないルークは、胸にわきあがった感情が好ましいものかどうか自分でもよくわからなかった。「ありがとう」彼はそっけなく言った。「そろそろ仕事に取りかかったほうがいいな。正午になったらやめて、昼食にしよう」

私は今すぐやめたほうが賢明みたい。ケルシーはそう思ったが、箱から新たに書類を取り出した。

一方、ルークはケルシーの魅力的な横顔に見とれていた。鼻筋はまっすぐで、顎はしっかりしている。彼女はだれとでもベッドをともにするようなタイプではないだろう。残念ながら世間慣れもしていない。

ケルシーをものにしたいという思いは変わっていなかった。それでも、ぬるいシャワーを浴びている間、彼はなんとかクラリッセやリンジーを思い描こうとした。

あいにく、うまくいかなかった。欲しいのはケルシーだ。彼女も僕を求めている。二十八歳なら、情事が長続きするものではないことくらいわかっているはずだ。それに、三人の弟を巣立たせたところだから、すぐにその気になるだろう。

とりあえず、今はこの箱を片づけるのが先決だ。

正午までに、ルークは学校からの報告書を見つけた。それによると、母は授業中におしゃべりするどころではすまない問題を起こしていた。続いてケルシーが、母が二度目に少年裁判所に出頭した新聞記事を見つけた。飲酒運転のせいだった。ルークは表情を変えないようにして記事をわきに置いた。

四時半になり、ケルシーがコーヒーをいれに行っている間に、ルークは三通の手紙を発見した。一通目では、母は祖母に金をせびっていた。それによると、母は妊娠三カ月で百ドル足らずの金しか持たずにグリフィン邸から追い出されたらしい。数週間後の日付が記されたシルヴィアの返事は、冷たく簡潔だった。ドラッグ中毒の治療費なら出すが、それ以外は応じられないとある。三通目は母の怒りに満ちた手紙で、罵倒の言葉が並んでいた。日付から見て、ルークが六歳のころだった。

ドラッグ中毒の治療。ルークはまざまざとよみがえってきた悲惨な光景を必死に押し戻した。しかし、一つだけはっきりしたことがある。この屋敷での生活で、すでにその下地はできていたのだ。けちで冷たい母親。自分の人生を生きようとしていた反抗的な娘。予想外の妊娠と勘当。幼い少年だった僕は、その母娘の葛藤に巻きこまれたのだ。

ルークは両手で顔をおおった。こんな過去が待ち受けていたとは！　過去は克服したものと思っていた。銀行の預金高がそれを証明しているのではなかったのか？

「ルーク！　大丈夫？」

まずい。ルークは顔を上げた。「ああ。ちょっと疲れただけだよ」

肩を落とした彼を見て、ケルシーは不安を覚えた。私に打ち明けてくれればいいのに……。

「チョコレートドーナツを持ってきたの」彼女は座って自分のドーナツを一口かじり、作業に戻った。

四時間後、最後の箱がからになった。その中には、少年裁判所からの通知がさらに三通あった。

ルークはそれを書類の山にほうり投げ、指で髪をかきあげた。「やれやれ、終わった」

彼は疲れたようすだったが、それでもきつく巻かれたぜんまいのように緊張して見えた。

ケルシーは思わず言った。「ルーク、私の家に行きましょうよ。私が夕食を作るわ。ゆうべみたいなごちそうじゃないけど、グレンが言うには、私の作るフィッシュ＆チップスはこの海岸沿いで最高だそうよ」

私ったらなにを言っているの？　ケルシーは愕然とした。今朝あんなことがあったのに彼を家に招くなんて。正気の沙汰じゃないどころか、自殺行為よ。

それとも、これが自由というものなの？

4

肩の力を抜きながらルークは言った。「君の家でディナー？　地下からワインを一本取ってきたら、すぐ君のあとを追うよ。いや、二本にしようかな」

十分後、雪が舞う中をルークがやってくるまでに、ケルシーは窓にカーテンを引き、キッチンの棚とダイニングルームのテーブルの上にキャンドルをともし、テーブルに二人分の食器を用意しておいた。

運命の誘惑になど引っかからないところを示すべきか、それとも自分の望みをかなえようか……。

ケルシーはコルク抜きをルークに渡した。ワインはおいしかった。そのフルーティな味を堪能しながら、彼女は楽しむことに決めた。確かに私は深みにはまっている。でも、それがなんなの？　私はこれまで運命が投げかけてきたものをうまく受けとめてきた。ルークのことだって同じようにできるはずよ。

大きなエプロンをつけると、いくらか不安がおさまったので、ケルシーはバターをかきまぜはじめた。ルークはキッチンをうろうろし、そのぬくもりとくつろいだ雰囲気にひたった。電話の上の壁に慈善団体のカレンダーがかかっている。

彼はなにげなく言った。「ここはいい孤児院だよ」

ケルシーが目を上げた。「行ったことがあるの？」

「ああ」ついそう答えてから、黙っていればよかったとルークは思った。「この前、香港へ行った帰りにね」

「不動産取り引きのついでに、たまたまカンボジアの孤児院に立ち寄ったというの？」

「祖母が埋葬されたとき、僕はカンボジアにいたと言っただろう」

「孤児院を援助しているの？」ケルシーは眉を寄せた。あっさりと嘘を見破りそうな大きな瞳がまっすぐルークに向けられた。

「建設費を出したんだ」

ケルシーの手がとまった。「あなたが建てた孤児院は、ほかにどのくらいあるの？」

「少しだよ。あちこちにね」

彼女は木のスプーンを振った。「何箇所？」

「二十四箇所」

「あなたは福祉に関心があって、その関心を行動とお金で示せる大富豪というわけね」

「ワインを飲んで」ルークは話題を変えた。「じゃがいもの皮をむこうか？」

ケルシーはナイフを彼に渡した。そのまなざしは温かかった。彼女は長年、カンボジアの孤児院に寄付をしていた。両親を亡くした子供たちのことを思うと胸が痛む。「いちばん端の棚にじゃがいもが入ってるわ」

彼女のエプロンは不格好で、顎にはバターがついている。だが、ルークはまたキスをしたくなった。我を忘れ、圧倒されるようなキスを。

彼は急いでじゃがいもをさがし出し、皮をむきはじめた。家事をしているとリラックスできた。グリフィン邸に到着して以来ずっとまとわりついていた過去という名の亡霊が、しだいに離れていく。

ケルシーの手首は細く、青い血管が透けて見えた。彼女の白い肌に唇を押し当てたら、血のささやきを聞くことができるだろう。

血のささやき？　ルークは狼狽した。こんな詩的な言葉を思い浮かべたのは生まれて初めてだ。

今夜、彼女をベッドに誘おうか？　彼女が育てた三人の弟たちの持ち物に囲まれたこの家で？

明日、僕はマンハッタンに帰る。それで彼女のことを忘れてしまえるだろうか？

ルークは猛然とじゃがいもをスライスしはじめた。

十分後、じゃがいもは熱した油で揚げられた。

ケルシーが言った。「冷蔵庫にケチャップとタルタルソースがあるの。テーブルに置いてくれる？」

冷蔵庫の扉には二枚の写真がマグネットでとめてあった。一枚は三人のたくましい男たちが姉を取り囲んでいた。四人ともカメラに向かって笑っている。もう一枚は、やや年配のカップルがやはり笑顔で、互いに腕をまわしてポーチに立っていた。

「私の両親よ」ケルシーの顔がなごんだ。「亡くなったとき、二人は結婚して二十年以上たっていたけど、年とともにますます愛し合うようになっていたわ。ある意味でよかったのよ。二人一緒に逝って」

ルークはなんと言えばいいかわからず、ケチャップとタルタルソースを取り出すとキッチンを出た。

リビングルームはまだ散らかったままだった。思わずケルシーの絵に引きつけられ、眺めているうちに、激しい良心の呵責を覚えた。彼女とベッドをともにして、そのあとあっさり捨てるのか？　そんなことはできない。彼女はクラリッセやリンジーとは違う。純粋で繊細だ。この絵がそれを証明している。彼女が欲しい。だが、その代価はだれが払う？

絵の前を離れようとしたとき、新聞の束の上の紙が目にとまった。鮮やかな赤い文字のせいかもしれない。そこには〝自由のリスト〟と書かれていた。ルークはすばやく目を走らせた。〝美術学校へ行く。旅をする。絵を描く。熱烈なセックスをする〟

ぎょっとして目が釘付けになった。その最後の一文は線で消され、その上に〝情事を持つ〟と書かれていた。

良心の呵責は消えた。ケルシーは情事を望んでいるのだ。僕に読ませるために置きっぱなしにしてあるのだろう。あのキスからすると、二人のセックスはまさに熱烈なものになるはずだ。

それに〝絵を描く〟？　ルークの頭にあることがひらめいた。親友のリコは世界的に有名な画家だ。

「料理ができたわ、ルーク」ケルシーがキッチンから呼んだ。「さあどうぞ」

〝さあどうぞ〟か。よし。

料理はおいしかった。ルークは心から言った。

「なぜハドリーの男はだれも君をさらわなかったんだろう？　君は魅力的で……君が作るフィッシュ＆チップスは天国のような味がするのに」

「三人の弟つきっていうちょっとした問題があったし、この村には適齢期の男性がいないのよ」

〝熱烈なセックス〟が赤で書かれていたのもうなずける。ルークは魚にレモンをしぼりかけながら言った。「リビングルームにあったリストを見たよ」

「リスト？」ケルシーは真っ青になった。「どこで見たの？　私、出しっぱなしにしてなかったわよね？　あなた、まさか読んでないでしょう！」

「出しっぱなしだったし、読んだよ」ルークはにっこりした。「読むなと言うほうが無理だ。目立つインクで書いてあったからね。それで、君に提案がある」

ケルシーの蒼白（そうはく）な頬があのインクのように真っ赤になった。「二階へ持っていったつもりだったのに」

交渉に入れ、ルーク、早く。「バハマの小さな島に、僕の経営するリゾートがある」ルークはまたにっこりした。「僕の親友のリコ・アルベニスが今週そこで二、三日過ごす予定なんだ。彼のことは知っているかい？」ケルシーがうなずくと、彼は続けた。「明日、二人でそのリゾートへ行こう。君は彼からレッスンを受けるといい」

「リコ・アルベニスから？　私になんか見向きもしないわ……あんな有名な人！」

「大丈夫さ、僕が頼めば」

「お金の力で？」ケルシーは冷たく言った。

「彼は僕の友人だ」ルークは声をとがらせた。

「ごめんなさい。でも……」

「まだ話は終わってないよ。リゾートに滞在している間、君と僕はベッドをともにする。そうすれば、ほら、旅と熱烈なセックスと絵を描くチャンスを得られる。君はリストの三つをいっぺんにかなえられるんだ」

「ずいぶん効率的ね」ケルシーは無表情で言った。

ルークは身を乗り出した。「君は僕が欲しい。そして僕は君が欲しい。誓って言うが、今までこれほど欲しいと思った女性はいない。君は僕がつき合ってきたタイプとはまるで違うし、僕はふつう女性に孤児院や母親のことをぺらぺらしゃべったりしない。なぜ君にそんなことをするのかわからないが、一つだけわかっていることがある。君を抱くまで僕の心は休まらないってことだ」彼は言うべきことをすべて言ってしまったという顔で、揚げた魚の最後の一口にタルタルソースをつけた。

ケルシーはあっけにとられてルークを見つめた。

「私には無理よ……」

「どうして？」

「まず、明日行くわけにいかないわ。そんな簡単に……」ケルシーの声が小さくなった。

「簡単にいくさ。弟の最後の一人が巣立ったんだろう？」

ケルシーはフライドポテトをのみこんだが、ボール紙のような味しかしなかった。髪だってカットが必要だ。やはり行くわけにはいかない。「この家を売らなきゃいけないわ」

「休暇のあとにしたほうがずっとうまくいくよ」

「私、持ってないから……」

「お金を？　今夜、三日分の小切手を書こう。飛行機代はただだ。僕の自家用ジェット機だから。それにリゾートも僕のものだから、宿泊費はいらない」

「お金の話じゃないわ。着るもののことよ！」

「着るものは金で買える。明日マンハッタンに寄って、買い物をすればいい」

「あなたから受け取る報酬は美術学校の学費に充てるつもりよ。服を買う余裕はないわ」

「それなら僕が買ってあげるよ。たくさんはいらない。ビキニが一着、サンドレスが一、二着、サンダルが一足あればいい」

「あなたのお金はあなたの服を買うためにあるのよ。私のものを買うためじゃないわ」

「だれが決めたんだ？　そんな決まりは破ってもいいころじゃないかな？」

「やめて！　あなたとベッドをともにする気はないわ」

「僕たちは今朝いいスタートを切ったじゃないか」

「私は情事を楽しむようなタイプじゃないのよ」

「どうやら君は十年間、人の世話ばかりしてきたらしい。だから、あんなリストができたんじゃないのか？　僕は君になにか新しいことをするチャンスをあげたいんだ。自由を味わえばいい。美術学校に入って猛勉強する前に、おおいに楽しむんだよ」

ルークの言うことは図星だった。ケルシーは唇を嚙んだ。「でも、弟たちにどう言えばいいの？」

「言わなければいいじゃないか」

「弟たちに嘘をついたことは一度もないわ」

「嘘をつくことはない。ただ黙っていればいいのさ。ケルシー、弟たちにいちいち報告する義務はないいんだよ。君はこれから自分の人生を生きるんだ」

ルークの言うことは逐一的を射ていた。だが、それを知られまいとして、ケルシーは反抗的に言った。

「情事はいつまで続くの？」

「二人しだいじゃないのかな？」

「答えになってないわ」

「それしか答えようがない」ルークは心を鬼にして言った。「ケルシー、最初にはっきりさせておきたいことがあるんだ。僕は結婚はしない。恋人でいる間は浮気はしない。情事に終わりがきたら、僕が先に言う。隠し事や駆け引きはいっさいなしだ」

その言葉は実にすらすらとルークの口から出てきた。同じことを何度も言ってきたのだろう。ケルシーはむっとした。「それで全部？」

ルークの目が細くなった。「僕は毎日、仕事にかなりの時間を費やすし、じゃまされたくない」

「いいわ。今度はあなたが聞く番よ。もしも……もしも万が一あなたとバハマへ行くとしたら、私にも条件があるの。まず、私が絵を描いているときはじゃまをしないで。次に、私がバハマを離れたくなったら、あなたのジェット機を自由に使わせて。第三に、結婚は私もいっさい考えていないわ。私が求めているのは自由で、結婚指輪じゃないの。第四に、服に使うお金には上限を決めましょう。そして、私をお金で買えるとはぜったいに思わないで」

今までつき合った女性たちは、喜んでルークの条件をのむふりをしながら、どうやって彼の気を変えさせようかと策をめぐらしていた。ところが、ケルシーは結婚したくないという。それなら、ほっとしていいはずなのに、なぜ腹が立つのだろう？

「明日の朝九時半にここへ迎えに来るよ」ルークは言った。「パスポートは持っているかい？」

「カークが大学に受かった日に更新したわ」

「けっこう。それじゃ明日。荷物の用意をしておいてくれ」ルークはくるりと背を向けて部屋を出た。

玄関のドアがきしむ音がした。ケルシーは無意識のうちに期待していたものに気づいた。なぜ彼はキスしなかったのかしら？

ルークの恋人になるですって？　完全にどうかしているわ。

翌朝九時半にケルシーの家に到着したとき、ルークはすでに不動産業者とグリフィン邸の売買契約をすませ、家具を競売にかけることに決めていた。

ケルシーはキッチンでコーヒーを飲んでいた。瞳には警戒の色が浮かんでいる。クリーム色のモヘアのセーターとダークブラウンの細身のパンツというでたちで、耳たぶに大きな銅のイヤリングをつけていた。

ルークは自分でコーヒーをついで飲んだ。「街までヘリコプターで行こう。用意はいいかい？」

「私が行くと決めてかかっているみたいね」

「いやだと言ったら、肩にかついででも行くさ」

「その手間は省けそうよ。荷物は詰めてあるわ。リストの三つがかなうんですもの」

「そのうちの一つを始めるとするかな」ルークはケルシーを引き寄せると、唇にキスをした。強烈な欲望が全身を駆けめぐる。彼はケルシーの髪をまさぐりながら舌をからませた。彼女は僕のものになるのだ。僕が選んだ場所で、僕の言うとおりの条件で。

ケルシーが腰を押しつけてきた。心臓が激しく打ちだすのを感じながら、ルークは彼女のウエストをつかんでぐいと引き寄せた。しかし、ここでケルシーを抱くわけにはいかない。計画と違う。彼はゆっくりと顔を離した。

ケルシーの瞳は欲望に陰っていた。ルークは指先で彼女の濡(ぬ)れた唇をなぞり、動悸(どうき)をしずめようとしたがだめだった。「〝熱烈なセックス〟だったね？ ああ、まさにそうなりそうだ……」

「その言葉の意味を、あなたに会うまでわかっていなかったわ」

「まだ半分しかわかっていないよ」ルークはケルシーの優雅な頬骨の線に沿って手を這(は)わせた。

ぶるっと体を震わせてから、ケルシーはあわてて言った。「私、怖いわ、ルーク。あなたにキスされるときの胸のときめき……。あなたが私との関係を終わりにしようと思ったら、私はそれをどうやって封じこめればいいのかしら？」

「僕は昔、修道院が運営する施設に十カ月いたことがあるんだが、シスター・エルフレダが言ってくれたことがある。〝取り越し苦労はやめなさい〟と」

またやってしまったと、ルークは思った。今までだれにも言わなかったことをケルシーに話してしまった。だが、シスター・エルフレダを愛していたことはまだ打ち明けていない。

「危険な一週間ね」ケルシーはさりげなく言った。

そのシスターも謎(なぞ)を解く手がかりになるかもしれない。ますます心を奪われていくルークという謎を。

三時間後、ケルシーは下着姿で豪華な更衣室に立っていた。ルークは外で待っている。そう、ルークと彼のプラチナクレジットカードが。

店員がケルシーにサンドレスを着せた。スカートははしたないほど短く、身ごろはないも同然だった。

次にホルターネックの麻のワンピース、続いてシルクのロングスカートと、動きにつれてかすかに衣ずれの音がするチュニックを試着した。サンダルはローヒールとピンヒールのもの、プレーンなものと模造宝石で飾ったものをはいてみた。レースで縁取りしたシルクの下着はあまりにも繊細で、見ただけで破れそうな気がした。ビキニは猥褻すれすれのものもあった。

そのあとケルシーは、すてきな麦わら帽子がすっかり気に入ってしまった。シルクのスカートにぴったりの模造宝石が輝くイブニング用のバッグも持ってみた。そこで初めて、試したものの値札を見て呆然としてしまい、あわてて自分の服を着て更衣室を飛び出した。ルークはベルベットの椅子に座っていた。顔は新聞の経済面で隠れている。

「私、ものすごくたくさんのお金を使ってしまいそう。どこかもっと安いお店へ行きましょう」

ルークは新聞を下ろした。ピンストライプのスーツを着こんだ彼は、ケルシーと違ってこの場所になじんでいる。「服は気に入ったのかい？」

「もちろんよ！　そういう問題じゃないの」

「ケルシー、君が一年間ショッピングしまくっても、僕の財布はちょっとへこむだけだ。なんでも気に入ったものを買うといい。一月のマンハッタンで一日過ごすためのものも含めてね。飛行機に乗る前に、どこかで遅い昼食をとりたいんだ。頼むから、そのきまじめな良心は抑えつけておいてくれないか。この旅は君が楽しく過ごすためのものなんだから」

楽しく過ごす？　こんな贅沢な品々に囲まれて楽しくないわけないわよね？　ケルシーは更衣室に駆け戻った。

すばやく服を選ぶと、彼女は店員に言った。「あと、ナイティも欲しいの。それは私が払うわ」

ケルシーが選んだのは、腿の半ばまでスリットの入った淡い珊瑚(さんご)色のナイティだった。前身ごろは胸を包みこむような官能的なデザインだ。

十分後、再び更衣室から出たケルシーは、一目で気に入ったカシミヤのワンピースと、金ボタンがついた濃いオレンジ色のコートを着て、膝上まである革のブーツをはいていた。「支度ができたわ」

ルークが顔を上げた。その目になにかがよぎった。

「バッテリーパークの〈リッツ・カールトン〉でランチにしよう。自由の女神像の眺めがすばらしいんだ。君なら、あのホテルで一番の美人になるよ」

突然、視界が涙で曇り、ケルシーはまばたきした。

ルークのリムジンに乗りこんだとき、彼女は言った。

「なんとお礼を言えばいいかわからないわ。こんなにいろいろ買ってもらって」

「言う必要はないよ」

「お姫様になった気分よ」ケルシーはおずおずとほほえんだ。「このコートの色は南瓜(カボチャ)とおそろいね」

「下に着ているものを見せてくれ」

ケルシーはコートのボタンをはずした。茶がかったグレーのワンピースは、高級品だが驚くほどシンプルだ。

「なるほど」ルークは運転手に短くなにか命じ、車は五番街にある建物の前にとまった。「ちょっと待っててくれ」

十分後、彼はポケットに平たい箱を入れて車に戻った。そして、ホテルの十四階のバーに落ち着き、注文をすませると、その箱をケルシーの前に置いた。

「そのワンピースに似合うよ」

箱の中には、繊細な細工をほどこした金のネックレスと、そろいのブレスレットとイヤリングが入っていた。ワンピースにぴったりだ。涙がケルシーのまつげにたまり、ダイヤモンドのように光った。

「すばらしいわ。あなたがつけてくれる？」

ルークは椅子を引いた。これまで多くの女性に贈り物をしてきたが、目を潤ませて受け取った女性は一人もいない。それに、正直に言って、選ぶときにこれほど楽しかったこともない。彼はケルシーのうなじでネックレスをとめ、手首にブレスレットを巻いた。「イヤリングは君に残しておくよ」

ケルシーはぎこちない手つきでイヤリングをつけた。二人きりだったら、ためらわずに彼に飛びついていただろう。自分のためにお金を使ってくれたからではない。シスター・エルフレダの話をしたとき、彼の瞳に温かい表情が浮かんだからだ。ブレスレットをつけてくれる彼の手が震えていたからだ。

飛びつくかわりにケルシーは祈った。そのときがきたら、自分がしていることは正しいと確信が持てますように。

5

九時間後、ケルシーとルークはリゾートから彼の別荘へ向かう道を歩いていた。砕いた貝殻が敷きつめられた道に沿って椰子(やし)の木が立ち並んでいる。ケルシーの頭の中は、ハドリーからマンハッタンまでいっきに二人を運んだヘリコプターのプロペラのようにぐるぐるまわっていた。あのヘリコプターに乗ったのがはるか昔のような気がする。

彼女は新しいホルターネックの麻のワンピースを着て、あらわな肩を優美なシルクのショールでおおっていた。首にはルークから贈られた金のネックレスをつけている。たった今、豪華なレストランでフルコースの食事をすませたところだ。漆黒の空に星がまたたき、砂浜に寄せる波のささやきが聞こえる。

ケルシーは緊張の塊だった。

ばかみたい。ルークがキスをしてくれたとたん、不安なんか消えるわ。彼は経験豊富なのだから。

でも、そこが問題なんじゃない？　私は自分を、彼がいつも連れているブロンドやブルネットの美女たちと比べている。着ている服こそ彼女たちに引けをとらないほどエレガントだけれど、その下にいるのはハドリー生まれのケルシー・ノースなのよ。

「すてきな夜ね」彼女はぎこちなく言った。

角を曲がると、目の前に別荘が現れた。パステルピンクの壁に白い柱。ハイビスカスとブーゲンビリアとハート形の蘭が咲き乱れている。ケルシー自身のハートは胸から飛び出しそうだった。

ルークは大きなドアを開け、ケルシーの背を押して玄関ホールへ促した。天井は梁がむき出しのカテドラル型で、床はひんやりしたセラミック製だ。彼はこの家が大好きだった。もっとも、トスカーナの別荘とは比較にならないが。

ルークがスイッチを入れると、柔らかい金色の光がケルシーの顔に降りそそいだ。彼女はこの熱帯の楽園を満喫しているようには見えない。ここ二時間ほど感じていた疑念が再びルークの胸を刺した。ディナーの間じゅう、彼女はしゃべりつづけていた。そして今は神経を高ぶらせている。はっきり言えば、怖がっているように見える。

自分を怖がっているのかと思うと、ルークはみぞおちが締めつけられるような気がした。おそらく、ここへ連れてきたことでおじけづかせてしまったのだ。二人のライフスタイルの差を残酷に見せつけて。ハドリーの彼女の小さな家で二人の情事をスタートさせたほうがよかったのだろうか？　たとえ村の噂になっても。自分の寝室なら、彼女もこんなに怯えたようすを見せなかったのではないか？

だが、もう遅すぎる。ルークは東棟へ通じるドアを開けながら穏やかに言った。「疲れているようだね、ケルシー。長い一日だったから。熱烈なセックスは先延ばしにしたほうがよさそうだ。明日の朝九時にここへ朝食を届けるように頼んでおくよ。そのあと、十時にスパの予約をしてある。まる一日利用してかまわない。リコが到着する前にディナーの席で会おう。ゆっくりやすんでくれ。明日は楽しむといい」

ルークはケルシーの頬にキスをし、くるりと背を向けると立ち去った。

これでいいのだ。それとも、夜昼なく脳裏から離れない女性に一時的にせよ背を向けるなんて、愚かなまねだろうか？　いや、僕は自分よりも彼女に必要なことを優先させたのだ。

といっても、ケルシーのためばかりではない。彼女をベッドに誘うとき、お互いに完璧な状態でありたいからだ。そのためなら、喜んで待てる。愚かであろうとなかろうと。

ケルシーは呆然とするあまり、怒る気にもなれなかった。泣くには疲れすぎている。彼女は自分の寝室に入って、ベッドへ向かった。鎧戸のついた窓の向こうで、砂浜に寄せる波の音と椰子の葉のざわめきが聞こえる。藪の中で鳥の鳴き声がし、そのあとしんとなった。

ルークは頬にキスをした。これからベッドをともにする相手というよりは兄のように。三人も弟がいるのだから、兄弟愛についてはよく知っている。彼に妹みたいに扱われたくはない。

ケルシーはいらだちを覚えながら、大きなベッドの真ん中に横たわった。家から遠く離れ、孤独が身にしみて、なかなか寝つかれなかった。

しかし、目が覚めたときには鎧戸ごしに日の光が差しこみ、ケルシーは元気になっていた。セックスのSは実現しなかったけれど、ホリデーのHはかなえられた。ケルシーは朝食がのった銀のトレイのおおいを取った。パパイヤ、マンゴー、しぼりたてのパイナップルジュース、それに、ふわふわのスクランブルエッグと自家製のペストリーが現れた。こんな朝食は初めてだ。

彼女はチョコレートクロワッサンにかじりついた。スパで過ごしたあと、別荘のプールで泳ごう。一日じゅうスパで過ごすなんて、わくわくする。なにもかもうまくいきそうだ。

七時間後、ケルシーは自分の部屋に戻った。スパでは美顔術にシャンプーとヘアカット、さらに頭皮のマッサージまでしてもらい、最高に気持ちがよかった。まるで自分が別人になったような気がする。

ケルシーはドレッサーの引き出しを開け、マンハッタンで買ったナイティを取り出してみた。服を脱ぎ、ナイティを着て、また鏡を見た。

見慣れぬ美しい女性がこちらを見返している。

そのとき、ドアがノックされ、夢に出てきたあの声がした。「ケルシー？　ルークだ」

ちょっと待ってと言ってもよかった。けれど、彼はいつかはここに来るのだ。ケルシーはドアを開け、にっこりした。

「ひと泳ぎしないか誘うつもりだったんだが」ルークはケルシーの頭から爪先まで眺めまわした。

顔を縁取る柔らかな栗（くり）色の髪、エキゾチックに輝く大きな瞳。濃く黒いまつげの下で頬がほんのりと染まっている。笑みを浮かべた唇の曲線が魅惑的だ。いや、ほかの曲線も……。ルークは口の乾きを覚えた。胸のふくらみにシルクがぴったりと張りついている。シルクはそのまま腰から長い脚の線に沿って流れるように広がっていた。足の爪は淡い珊瑚（さんご）色に塗られている。

ケルシーはためらいがちに言った。「今すぐ泳ぎに行くのは、なんだか気が進まないわ」

「だったらなにがしたいんだい、ケルシー？」

ケルシーは昨夜したかったことをした。ルークのそばに寄り、彼の胸から首へと指を這(は)わせる。「あなたに教えてほしいの」

恐怖は消えたようだと、ルークは思った。だが、恥じらいは消えていない。「僕がしたいのはこれしかない」彼は中に入ってドアを閉めると、キスをしようと身をかがめた。

ケルシーは自分から唇を開き、舌をからませた。突然、めくるめく衝撃がルークを貫いた。彼は両腕をケルシーにまわし、ぴったりと抱き寄せた。なめらかなシルクに包まれた全身が震え、激しく求めている。今までこれほど女性を欲しいと思ったことがあるだろうか？

体を押しつけてくるケルシーの柔らかな胸のふくらみがルークを熱くし、自制心に揺さぶりをかけた。彼はケルシーを抱きあげてベッドへ運んだ。枕(まくら)の上に広がった栗色の髪は、くすぶる埋もれ火のようだ。ルークは一瞬棒立ちになり、彼女の美しさに見とれた。それから、着ているものをすべて床に脱ぎ捨て、ケルシーの上におおいかぶさった。

二人の舌がからみ合う。ケルシーは甘い花の香りがした。冷たいシルクと温かな肌があっという間にルークを燃えあがらせた。彼はナイティの細いストラップを押しのけると、鎖骨の下のくぼみに唇を押し当てた。彼女の心臓はルークと同じように欲望のリズムを刻んでいる。彼はシルクをウエストまで下ろし、ケルシーの顔を見つめながら、胸のふくらみを頂へ向かって撫(な)であげた。ケルシーがあえぐようにルークの名を呼び、体をそらす。蕾(つぼみ)を口に含み、その甘美な味を確かめたとき、彼女の体が激しく震えるのがわかった。

「ルーク……ああ、ルーク……」

ルークは顔を上げ、ナイティをさらに下ろした。アップルグリーンのシーツの上で、両の腿が白く輝く。ルークはもう一方の胸を唇で愛撫しながら、片手を下へと這わせた。彼女が脚を開くと、ルークは体を離して、いきなり彼女を自分のものにしてしまいたい衝動と闘った。

時間はたっぷりある。

ケルシーの両手がルークの体をなぞり、胸毛をまさぐって、さらに下へと進む。ルークは身震いした。

「やめたほうがいい？」

「いちいちきかなくてもいいんだ、ケルシー。君がしたいことはなんでもしていい……」

ケルシーは愛らしい恥じらいを見せながらルークの手を取り、自分の脚の間へ導いた。彼がその中心をさぐり当てると、ケルシーの目が見開かれた。彼女は一瞬息をのみ、鼻声でルークの名を呼んだ。

ルークは身をかがめてキスをした。その間じゅう、彼の指はリズミカルに動き、ケルシーをめくるめく世界へ駆りたてていった。やがて叫び声があがり、彼女は身をよじってクライマックスにのぼりつめた。

目を潤ませ、ぐったりしたケルシーはとても美しかった。ルークは喉がつまるのを感じた。

「想像もしてなかったわ、こんな……」

「ケルシー、これで終わりじゃないよ」

ケルシーの元恋人がどんな男だったか知らないが、彼女に喜びを味わわせようという心遣いもなかったのか。ルークは見知らぬ男に激しい怒りを覚えた。それなら、その埋め合わせをしてやるのが僕の務めじゃないのか？　ルークは彼女を引き寄せ、唇や頬や喉元にキスをした。

そのとき、ケルシーがルークに胸を押しつけ、片脚をからませてきた。ルークはかろうじて残っている自制心にしがみつき、彼女のなめらかな肌を堪能しながら、最も敏感な部分へ手をすべらせていった。ケルシーが鋭い叫び声をあげ、彼の腰に爪を立てて、頭をのけぞらした。そこで初めてルークは腰を落とした。

その瞬間、抵抗を感じた。

ケルシーの顔に苦痛の色が走るのを見て、ルークは愕然とした。信じられない。まさか……。

「ケルシー……君はバージンなのか？」

長いまつげがケルシーの瞳を隠した。それから彼女は顔を上げ、ルークの目を見た。「そうよ。でも……」

「一度も経験がないということか？」ルークはあっけにとられて念を押した。

ケルシーは赤くなった。「それがバージンという意味でしょ。でも、そんなこと……」

「なぜ言わなかった？」ルークは彼女の上から下り、片肘をついた。

ケルシーは上半身を起こした。「どう言えばいいかわからなかったのよ」

「僕にはそんな複雑なこととは思えないけどな」

「〝ところで、ルーク、私はまだ男性を知らないのよ〟とでも言えっていうの？　ディナーの席で話題にするようなことじゃないわ」

「だから、ゆうべあんなに緊張していたのか。僕はてっきり疲れ果てているんだと思っていた」

「とっても不安だったのよ」

「君はこれまでどういう暮らしをしていたんだ？　もう二十八歳だろう？」

「その目で見たでしょう。両親が亡くなったあと、私は小さな村で三人の弟を育てたのよ。出会いなんてあると思う？　デートなら何度かしたけど、弟三人を一目見ると、男性はみんな私の電話番号をなくしてしまうみたいだった。まあ、車の後部座席を使うという手もあったけど、私はセックスを大事なものと信じて大きくなったの。靴下を替えるみたいに気軽にすることではないって。だから恋人がいなかったのよ、ルーク。あなたが現れて、南の島での熱烈な情事を申し出てくれるまでは」

「申し出は取り消しだ。僕はバージンとはベッドをともにしない」

ケルシーはベッドの上に座った。怒りのあまり、自分が裸なのも忘れていた。「あなたと出会ってから初めてみじめな気持ちになったわ。おかげさまで」

「あのリストを見るまで、僕は君に近づかないようにしていた。君は僕向きじゃないからね。純粋で、世間ずれしていない。ただ、あのリストを読んで、ついその気になってしまったんだ」

「あなたの話を聞いていると、まるでバージンであることを恥じないといけないみたい！」

ルークは指で髪をかきあげた。「そうじゃない。だけど、バージンは誘惑しないことにしているんだ。そんなことをするのは人間のくずだよ」

「私が望んでも？」

「それはいっさい関係ない」

「私にはおおいに関係ある気がするけど」ケルシーはプライドをかなぐり捨てて言った。「私はあなたが欲しいの。だれかが最初の人にならなければならないのよ。それがあなたなら、私は幸せだわ」

ルークは欲求不満の塊になっていたが、冷たい声で言った。「だめだ……できない」

「どうして？」

「君の夫かフィアンセか……君がこれからの人生をともにする男性にバージンを捧げるべきだからだ。君は結婚向きの女性だから。僕にはわかる」

「私がその夫候補が現れるまで待ちたくないとしたら？」

「僕は結婚はしない。最初にそう言ったはずだ」

「でも、あなたは今、私と一緒に裸でベッドにいるのよ」

「その問題ならすぐに解決する」ルークは起きあがると、ズボンを拾いあげて身につけた。

「それで解決？」ケルシーは弱々しい声で尋ねた。

「わからないのか？　僕は今、正しいことをしようと努力しているんだ！」ルークは床のシャツをつかんだ。「リコは今夜遅くに到着するから、明日の朝食の席で顔合わせをしよう。あとで一緒にディナーをとらないか……八時ごろに」

人目のあるところでね。「いいわ」

ケルシーは早くルークに出ていってほしかった。今にも泣きだしそうだったからだ。こんな屈辱感を味わうのは生まれて初めてだった。これほどきっぱりと拒絶されるのも。

6

ルークは百人もの女性に非難されているような気分だった。

僕は正しいことをしたのだ。そう思わなければ。たとえケルシーがそう思っていなくても。

彼はプールのそばで立ちどまり、指を水につけた。温かい。冷たければ飛びこむところなのに。

明日の朝、リコをケルシーに紹介したら、仕事を口実にマンハッタンへ戻ろう。クラリッセのような女たちがいるところへ。ケルシーにとっても、絵を描くことと旅をすることという夢が実現したのだ。三つの夢のうちの二つがかなうなら悪くはない。熱烈なセックスの夢は、だれかほかの男がかなえてくれるだろう。

ほかの男……。ルークは拳を握った。ほかの男がケルシーの胸を愛撫し、彼女の中に嵐が巻き起こるのを眺め、クライマックスに達するときの叫び声を聞く……。

会ったこともない男に嫉妬するなんて、おかしいじゃないか。おまけに、まだ別れてもいないのに、彼女が恋しくて胸が痛むなんて、どうかしている。

ルークは突然決心した。僕はもう帰ると、今すぐ彼女に伝えよう。明日、リコの前で言うよりましだ。

ケルシーの部屋の前まで来ると、ルークはためらった。彼女が眠っていたらどうする？　わざわざ起こしたくはない。彼はドアに耳をつけた。

全身がこわばった。ケルシーは泣いていた。いかにもつらそうな嗚咽が聞こえる。ああ、どうしよう。

ルークはそっとドアを開けた。ケルシーはベッドの上で膝をかかえ、胸が張り裂けんばかりにむせび泣いている。ルークは思わず駆け寄って抱き締めた。

そのとたん、彼女の体がこわばった。

「ケルシー、頼むから泣かないでくれ」

「私、ば、ばかみたい」ケルシーは泣きじゃくった。「あなたにリストを見られたとき、バージンだって言えばよかったのよ。でも、笑われそうな気がして。あなたは経験豊富で女の人をたくさん知っているのに、私が知っているのはホッケーの練習と汚れた靴下だけ。ごめんなさい、ルーク、なにもかもだいなしにしてしまって。明日、家に帰るわ。最初から来るべきじゃなかったのよ」

「あやまるのは君じゃないよ。僕が悪かったんだ。自分の思いどおりにならなかった子供みたいに部屋を飛び出してしまって。君が男を知らないと知って、びっくりしたんだよ。君は美人で魅力的だ。そんな君の最初の男に僕がなっていいものかと思って」

「あなたにこそ最初の男性になってほしかったの」

「わかった、君がまだそう望んでいるなら」ルークには自分の言葉が信じられなかった。どういうことだ？　こんなにあっさり気を変えてしまうとは。

ケルシーが顔を上げた。「本気で言っているの？」

「ああ、本気だよ」

「まあ」ケルシーは涙目でにっこりした。「私、きっとひどい姿でしょうね。本当にいいの？」

「もう暗いよ」ルークは慰めるように言った。夜のとばりが下りかけている。「ちょっと待っててくれ」

彼はバスルームへ行き、フェイスタオルを湯で濡らしてきた。ケルシーはベッドの端に腰を下ろして、はなをかんでいた。ロマンチックとは言いがたい光景だ。だが、いじらしさが胸にこみあげ、そこに、名づけようのない、いや、名づけたくない別の感情が混じった。

ルークはケルシーの顔をふきながら、もう一方の手でやさしく肩をもんだ。「泣かせてごめん」

「前もってあなたに言わなかったこと、ごめんなさい」

「それなら、おあいこだ。できるだけやさしくするよ、ケルシー」

「あまりやさしくしすぎないで」ケルシーは身を乗り出してルークの唇に唇を押しつけた。

経験がない分を勇気で補っているのだ。ルークは胸が熱くなった。そして、ケルシーには自分が与えられる最高のものを与えたいと思い、そう思ったことに我ながら驚いた。

そのとき、ケルシーの舌がルークの唇をなぞった。ルークは血がたぎるのを感じた。

「そのまま続けたら、厄介なことになるよ」

「ほんと？　約束よ」ケルシーはささやいた。

約束。ルークは母がいつも約束を破っていたことを思い出すまいとした。相手はケルシーなのだ。命を賭けてもいいが、彼女は必ず約束を守る。

「言葉より行動のほうがものを言うんだよ」ルークはシルクでおおわれたケルシーの胸をてのひらで包みこみ、その先を指で愛撫した。やがて、ケルシーの喉の奥からうめき声がもれた。「ナイティを脱いで、君の体を見せてくれないか」

「あなたのほうが先よ」ケルシーはルークのシャツのボタンをはずし、前をはだけて、胸にキスをしてからてのひらを当てた。「あなたの心臓の鼓動がわかるわ。こんなふうにどきどきさせることができるなんて、自信がわきそう」

「いや、それだけじゃない」ルークは彼女の手をつかみ、もっと下へ持っていった。「ほらね?」

ケルシーは目を閉じて、その手をそっと動かした。「死ぬほどの快感を味わえるかしら?」

「僕がそうさせてみせるよ」ルークはうめき声をもらした。「ああ、ケルシー、君は僕をどうする気だ?」

ケルシーは笑い声をあげた。「ルーク、私が今まで知らなかったことをすべて教えて」

ルークは仰向けに横たわり、ケルシーを自分の上にのせた。「一つだけルールがある。君は、したいことをなんでもしていいってことだ」

ケルシーはルークの上で身をよじらせて、髪で彼の肌をくすぐりながらキスをした。暗いおかげで大胆になり、ルークの顔から喉、さらに引き締まった体へと唇をすべらせていく。

ルークはケルシーの名前を呼び、肩をつかんだ。「それはやめたほうがいい。そうしないと……」

ルークはケルシーを上に引っぱりあげ、熱い箇所をさぐった。彼女の鼻声を聞いたとたん、ルークの自制心は吹き飛んだ。すぐさまケルシーを仰向けにし、熱い箇所を今度は舌で愛撫する。ケルシーは炎のように燃えあがり、もだえ、叫び声をあげると、彼の髪に指を差し入れて絶頂に達した。

ルークは彼女の上におおいかぶさった。「こんなにだれかを欲しいと思ったのは初めてだよ」

ルークの下でケルシーは彼を迎え入れるために腰を動かした。一瞬の痛みのあと、ルークが彼女を満たした。

だれに教えられたわけでもないのに、ケルシーの動きはルークを駆りたてていった。もう限界だった。ケルシーの声がルークの声と溶け合った。だが、彼が最後に聞いた荒々しい叫びは自分の声だった。

ルークは倒れこみ、ケルシーの髪に顔をうずめた。

ケルシーはじっと横たわっていた。彼の重み、激しい鼓動、胸を伝う汗……この瞬間を忘れることがあるかしら？　この男性を？　ぜったいにない。そのとき、漠然とした不安が胸に押し寄せた。

彼女はそれを追い払った。「いつもこんなに……こんなにパワフルなの？」

「もう一度してみなくてはわからない。ちょっとだけ時間をくれないか」

「もう一度？」

ルークは片肘をついて体を起こし、ケルシーの紅潮した頬と潤んだ瞳を見おろした。彼の目は愉快そうに輝いている。「君がいやでなければ」

急に恥ずかしくなるなんておかしいわ。「あなたはとても美しい体をしているのね」ケルシーはたくましいルークの肩を指先でたどった。

「それはイエスってことだね？」

「もちろん」

そのあまりにも率直な返事に、ルークは笑いだした。「次はゆっくりいこう。時間をかけて」

数分後、キャンドルの青い炎が、まだベッドに横たわっているケルシーの体の上に火影を揺らめかせていた。ルークはベッドの上にかがみこんでケルシーを腕に抱きあげ、壁にかかった姿見の前まで運んだ。そして床に立たせると、自分の前に引き寄せて、両手でヒップと胸をゆっくりと撫でた。ケルシーは彼の腕の中で体を震わせ、もたれかかってきた。

ルークはすばやく彼女を自分の方に向かせて、愛撫を続けながらキスを始めた。

ケルシーは、キスにはキスで、愛撫には愛撫で応えた。生来の奔放さが解き放たれたのだ。その変化を感じ取ったルークは、気を失いそうなほど激しいクライマックスへ彼女を導いた。これほどの情熱が自分の中にあることを、今初めて知った思いだった。

ケルシーの陶酔の表情や、愛撫にもだえるほっそりした体は、目もくらむほど美しかった。ルークがケルシーの体を持ちあげると、彼女は両脚をからませてきた。すばやく、荒々しく、ルークはケルシーを奪った。

「ゆっくりいこうと思ったのに……ベッドに行く暇もなかった。大丈夫かい、ケルシー？」

ケルシーは息を切らしながら笑った。「もう動けないんじゃないかという気がするわ。でも大丈夫。あなたのすることはなんでも大歓迎よ」

「次こそゆっくりいこう……」

ケルシーは頬を赤らめた。「思ってもみなかったわ……二度も喜びを味わえるなんて……」

「次で三度だろう？」ルークは彼女の耳たぶを舌でなぞり、唇にキスをした。「ディナーを注文してベッドで食べよう。そのあとは、なにが起きるかお楽しみだ」

ケルシーはまたあのうれしそうな笑い声をあげた。

「ルーク、あなたと過ごす時間はすばらしいわ」

彼女は幸せそうだった。

幸せにしたのは僕だ。ルークは初めて感じる不安を抑えこみながら、ルームサービスを頼もうと電話を取りあげた。

十時間後、ルークは窓の外で鳴くかっこうの声で目が覚めた。ケルシーに寄り添い、片脚を彼女の腿にのせて、てのひらで胸を包みこんでいる。ケルシーはぐっすりと眠っていた。

彼は決して女性と一緒に眠らないことにしていた。親密すぎるその行為を誤解される恐れがあるからだ。だったら、最初から安全な距離を保っていたほうがいい。

それなのに、ケルシーの胸とおなかにシャンパンを垂らし、それを舌でぬぐい取りながら歓喜を味わったあと、なぜ彼女の腕の中で眠ってしまったのだろう？

しかも、今すぐにも彼女と四度目に挑戦することができる。いつになったら、もう十分だと思うのだろう？

今朝は仕事があるし、ケルシーはリコと一日過ごすことになっている。ちょうどいい。中休みだ。一息ついて気持ちを落ち着かせ、境界線を引こう。

うっかりすると、彼女に深入りしてしまう危険がある。用心したほうがいい。

ルークはそっとケルシーから体を離した。彼女は眠ったまま鼻を鳴らし、それからぱっと目を覚ました。「ルーク！　一瞬、どこにいるのかわからなかったわ。考えてみたら、今まで男の人と一緒のベッドで目を覚ましたことがないんですものね。もう朝だなんて。なぜこんなことになったの？」ケルシーは恥ずかしそうにほほえみ、自分で答えた。「疲れていたせいね」

ルークは思わずほほえみ返した。「さあ、どうかな」

ケルシーは愛らしく頬を染めた。「あなたは疲れていないのね」

「これから何本か電話をかけなければならないんだ。そのあと朝食をとって、リコに会わないと」そう言いながらも、ルークはケルシーを引き寄せ、体を重ねた。

　自分を抑えられなかった。ケルシーと一緒にクライマックスに達したあと、自分の荒い呼吸を聞きながら、ルークは目を閉じた。ひと休みして、距離をおくはずだったのに。彼女はきっと僕に魔法をかけたに違いない。いや、彼女はただの女性だ。

「ルーク……どうかしたの？」ケルシーが尋ねた。

「なんでもないよ。どっちが先にシャワーを浴びる？」

　一緒に浴びようとは言わないことにケルシーは気づいた。「お先にどうぞ」

　ケルシーは乱れたシーツの上に横たわって、ルークのうしろ姿を見つめた。バスルームのドアが閉まったとたん、急にベッドがからっぽになったような気がした。一人取り残されたと感じるなんておかしい。でも、ルークはまるで、今の甘美な行為に腹を立てているかのようだった。


取り越し苦労よ。ケルシーはシスター・エルフレダの忠告を思い出した。今日はすばらしい一日になるはずだ。尊敬する芸術家に会い、今夜はまたルークの腕の中で眠る。女として、これ以上望むことがあるだろうか？

　リコ・アルベニスは白髪交じりのずんぐりした男性で、その熱意は並はずれていた。彼はケルシーを島の南端の熱帯雨林へ連れていき、イーゼルを立てて絵を描くように命じた。生い茂る緑、重なり合う木漏れ日、咲き乱れる熱帯の花々は、あまりにも新鮮で強烈な印象だった。ケルシーが絵筆を持ったまままたじろいでいると、リコはさっそく教師役を買って出た。しだいにケルシーは大胆になり、筆遣いにも自信が出てきた。創作意欲があふれ、ますます大胆になり、リコの教えてくれることをすべて吸収しようとした。

三時になると、リコは言った。「いいね。とてもいい。今日は終わりにしよう。昼寝の時間をとっくに過ぎてしまった。明日は波を題材にして、水を通した光を君がどう表現するか見てみよう」

ケルシーは背中をもんだ。今初めて凝っていることに気づいたのだ。「ありがとうございました。なんとお礼を申しあげればいいか」

「親友のルークが君には才能があると言っていた。彼の言ったとおりだ。私のほうこそ楽しかったよ」

その心のこもった言葉に、ケルシーは恐縮した。

彼女は自分の部屋に戻るとベッドに倒れこみ、たっぷり二時間半眠った。

目を覚ましたとき、留守番電話にルークの伝言が残されていた。リゾートのダイニングルームに来るようにという誘いだった。そこでリコと一緒にディナーをとるという。ルークと水入らずではないのだ。

日中を外で過ごし、ぐっすり眠ったおかげで、ケルシーはいくらか良識を取り戻していた。私に必要なのは慎重さだ。今はだれとも深入りしたくないし、深入りするわけにはいかない。これまで手にできなかった自由と美術学校が私に手招きしている。リコ・アルベニスが私に才能があると思っているのなら、きっとあるのだ。その才能を磨くじゃまはだれにもさせない。

たとえルークにも。

ハンサムでセクシーなルークにも。

だからリコを交えて三人でディナーをとるのは名案だ。でも、おしゃれをしてはいけない理由はない。

身支度には思った以上に時間がかかり、ケルシーは遅れてダイニングルームへ行った。客たちがこちらに顔を向けるのがわかった。自信を持って、すでにルークとリコがついているテーブルの方へと進む。

ケルシーはホルターネックの細身のワンピースを着て、そろいのジャケットを肩に無造作にかけていた。髪はうしろでゆるくまとめて長い首を見せ、ゴールドのネックレスをつけている。ピンヒールが寄せ木細工の床を打つ音が軽やかに響いた。

ケルシーに気づいたとき、ルークは目を細め、獲物を見つけたハンターのように動きをとめた。それから立ちあがると、ケルシーの両頰に儀礼的にキスをし、彼女のために椅子を引いた。

ケルシーはプリンセスのような気分になった。

「ありがとう。こんばんは、リコ……」

今夜はとことん楽しもう。彼女はルークが差し出すワイングラスを受け取りながら、心に決めた。

二時間後、リコが気をきかせ、リゾートのロビーに二人を残して立ち去った。

ルークが言った。「別荘に戻ろう」

「靴を脱いで草の上を歩いていってもいいかしら。この靴、セクシーだけど、痛くて死にそう」ケルシーはルークの腕につかまってハイヒールを脱いだ。

「とてもセクシーだよ」ルークが言った。

ケルシーは再び女としての自信がわくのを感じた。

「あなたの部屋、それとも私の部屋?」

「僕のところだ、今夜は」

ルークの部屋はケルシーの部屋の反対側の棟にあった。壁は淡いクリーム色で、つややかなチーク材がアクセントになっている。いたって簡素な部屋だ。住人を想像する手がかりはなに一つない。写真も装飾品もない。

「だれの部屋でもいいみたいな感じね」

「それが僕の流儀だ」

「私はあなたのことをほとんどなにも知らないわ」

「それも僕の流儀だよ」ルークの顎がこわばった。

「ただ、君に知っておいてもらいたいことがある。僕は避妊具を使わずに女性とベッドをともにすることはぜったいにない。だが、ゆうべは使わなかった」

ルークは自分の声が怒りを含んでいるのに気づいた。ルールを忘れるほど僕を夢中にさせた彼女への怒りか？　それとも、我を忘れた自分への怒りか？　前々から父親にはならないと決心していたのに。

ルークは厳しい口調のまま続けた。「君はおそらくピルをのんではいないだろうね」

「ええ、のんでないわ」ケルシーは淡々と言った。「でも数年前、生理に異常があって病院へ行ったとき、専門医に言われたの。妊娠しにくい体質かもしれないって。だから心配いらないと思うわ」

ルークは黙って彼女を見つめた。それほどほっとしないのはなぜだ？　「さぞつらかっただろうね」

「ええ」ルークが理解してくれたのがケルシーにはうれしかった。「いずれは子供を持ちたいと思っていたから」

「それでも、これからは避妊具を使おう」

そこでようやく、ケルシーはずっと気になっていたことを口にした。「昨日、なぜ私の部屋に戻ってきてくれたの？」

「僕は今朝この島を発つつもりだった。それを伝えに行ったんだ」ルークは肩をすくめた。「そうしたら、君の泣き声が聞こえた。あとは知ってのとおりさ」

「発たなかったことを後悔している？」

「発ったほうが賢明だったかもしれない。だが、後悔はしていないよ」ルークは腕を広げた。「話はもう終わりだ。こっちへ来てくれ」

ケルシーは喜んでルークの腕に身をゆだねた。しかし、唇を重ねる前に自分に誓った。あとで彼のことをもっとさぐり出そう。私の平穏な世界に侵入してきたこの男性のことを。

それから、ルークの熱い唇以外のすべてを忘れた。

二人が再び話を始めたのは、嵐のあとの甘美な虚脱感を味わっているときだった。

「君が相手だと、これで十分だと思うことがないんだ」ルークの声にはまた怒りが感じられた。

ケルシーはさりげなく言った。「ねえ、ルーク、あなたの好きな前菜と映画スターを知りたいわ」

ルークは片手に頭をのせ、笑顔で彼女を見おろした。「生ハムとハンフリー・ボガート」

「ふーん、私はマッシュルームのカナッペとキャサリン・ヘップバーン」

ルークは彼女の髪を一房つまんだ。「好きなオペラは『ドン・カルロ』だ」

「『椿姫』よ」

「好きな色は……ブルー」

「群青色？　それとも藍色？　空色？」

「芸術家が厄介な存在だってことを忘れていたよ」

「ミドルネームは？」

「ない」

「私はポーリーンよ」ケルシーはむっつりと言った。

「お父さんはどういう方？　お母さんは健在なの？」

「僕はだれにも話さないことがあるんだ、ケルシー。どう思われようとかまわない。それが流儀だから」

ケルシーはなにげなく続けた。「私は三人の弟を育てたでしょ。弟たちがハロウィーンのお祭り騒ぎにまぎれてよそのお宅の屋外トイレを壊したり、数学の授業をサボってソフトボールをして、教室の窓ガラスを割ったりしたときは、本当に困ったわ。あの子たちが人口の約半分は女性だと気づいたときはもっと悪かった」彼女は指先でルークの頬骨をなぞった。「私、男性から秘密を聞き出すのが得意なの」

「僕は秘密を守ることがとても得意なんだ」

「それじゃ、勝負しましょう」

「いいだろう」ルークは応じた。

窓ガラスを割ったりするくらい、僕がしたことと比べれば、罪のないいたずらだ。

7

翌朝、波のうねりや海面に反射する光を水彩でとらえようと、ケルシーは真剣な三時間を過ごした。

「もういいだろう」ようやくリコが言った。「昼食を持ってきたから、この浜辺で食べよう」

　二人は昼食を広げた。

　ケルシーが冷たいジンジャーエールを飲んでいると、リコが静かに言った。「ルークは君に夢中だな」

　ケルシーは思わずむせた。「彼がこれまで夢中になった女性は山ほどいます」

「確かに彼は女好きだが、私が言っているのはそういう意味ではないよ」

「彼は自分の過去をなにも話してくれないんです」

「彼は過酷な子供時代を過ごしたんだ。少年院に送られてもおかしくなかった。そうならずに……しかも大変な成功をおさめたのは、彼の精神的な強さを証明するものだ」

「少年院？」

「よけいなことを言いすぎたようだな。このおいしいパイナップルを少し食べてくれないか」

　もっと聞きたい。ルークと過ごせば過ごすほど、彼の謎は深まるばかりだ。ケルシーは慎重に言った。

「でも、彼とお親しいのでしょう？」

「私は彼を心から信頼しているよ」

　いくら体で結ばれても、ルークは心を閉ざしたままだ。ケルシーは無言でチキンペストリーを食べ、さらに一時間、絵を描いて気をまぎらしてから、別荘に戻った。

　別荘にルークの姿はなかった。急に孤独感に襲われたケルシーは、自分の部屋で弟のドウェインに電話をかけた。「どうしてる、ドウェイン？」

「やあ、姉さん。生理学のテストでAをとって、足関節の解剖をなんとかやり遂げたよ」

はりきっているようすの弟の声を聞き、ケルシーはうれしくなった。ドウェインはすばらしい医者になるだろう。

「なにかあったのかい？」ドウェインが尋ねた。

「今、旅行中なのよ」ケルシーはさりげなく言った。

「やっと夢がかなったね。どこにいるんだい？」

「バハマの小さな島よ」彼女は手短にルークの手伝いをしたことを話した。「それで、美術学校の入学金を払っても少し残りそうだからここに来たの」

「一人で？」

「いいえ」ケルシーは軽い口調で言った。「実はルークと一緒なの。ここに彼のリゾートがあるのよ」

弟はケルシーの鼓膜が破れそうなほど大きく口笛を吹いた。「やるじゃないか。彼について読んだことがあるよ。林檎(りんご)をもぐみたいにやすやすと金をもうけて、腐った林檎を捨てるみたいに女をお払い箱にするってね」

「それなら、私から先に彼を捨てるわ」

「彼とベッドをともにしたのかい？」

「ええ。グレンとカークには言わないでね」

「今まで姉さんは僕たち三人を育てるためにいろいろ犠牲にしたんだ。でも、今恋をしてるならよかった。もう彼の家族に会った？　彼は何歳だい？」

ケルシーは心臓をわしづかみにされたような気がした。ルークが何歳かも知らないのだ。「これは遊びなのよ。彼の家族のことなんて知る必要ないの」

「それじゃ、彼のことをろくに知らないのかい？　気をつけたほうがいい。彼は姉さんの手に負える男じゃないよ。泣かされないように気をつけて」

「私は美術学校に通うのよ。ルーク・グリフィンが十人かかっても私をとめられないわ。それに、一人暮らしをするつもりなの。ホッケー用のスティックやサッカーボールがないところでね」

ドウェインは笑った。「お説教はやめたほうがよさそうだな。姉さんはもう大人なんだから。楽しんで。それから、彼に本気にならないように」

「ありえないわ。いちおうここの電話番号を教えておくわね」ケルシーは番号を伝えた。「これからプールへ泳ぎに行くの。またね、ドウェイン」

ケルシーは電話を切った。ドウェインは長男らしく真剣に考えてくれているけれど、心配はいらない。私はルークを愛するほど愚かでないのだから。ドウェインの言うとおり、ルークは私にふさわしくない。でも、ここにいる間、楽しむのはかまわないだろう。

ケルシーは泳いでリラックスし、フルーツを添えたラムパンチを飲んだ。そのあと、ビキニの上に白い麻のシャツをはおり、パレオを巻いてリゾートまで行くと、フロントで、ルークは今朝仕事で島を出たと聞かされた。夕方には戻るので、八時にダイニングルームで会おうという言づてだった。

彼は出かけることを私に教えてくれなかった。なぜ？　急に腹が立った。私はただのベッドの相手でしかない。彼が必要とするとき以外は、どうでもいい存在なのだ。仕事も過去も、彼にとって重要なことは私とはなんの関係もない。

ケルシーは怒りながらも傷ついていた。どうやらこの数日で、ルークは思った以上に大きな存在になっているらしい。よくない兆候だ。

ケルシーは浜辺へ行った。その美しさが心の動揺をしずめてくれた。海は光り輝くターコイズブルーで、波が珊瑚(さんご)礁に当たっては砕け散り、高い椰子(やし)の木が砂浜に影を落としている。彼女は貝殻や珊瑚のかけらを拾ってパレオに包み、歌を口ずさんだ。

三十分後、さらに日焼け止めを塗り、パレオを脱ぎ捨てて海に入っていった。仰向けに浮かび、輝く太陽に向かって目を閉じて漂う。

「まるで水の精みたいだ」

ケルシーはぱっと目を開け、立ちあがった。ルークが水しぶきをあげて近づいてくる。

「帰ってきていたのね」ケルシーは言った。

「一時間前に」

「フロントであなたが出かけたことを知らされたの。ちょっとショックだったわ」

「どうせ夕方までには戻るし、君には関係ない」

「私をないがしろにしないで！」

「一緒にベッドにいるとき、僕がそんなまねをするかい？」

ルークは水泳用のトランクスをはいていた。その体は筋肉質で、男らしくて……。

「私が言っているのはそれ以外のときよ」

「僕たちはお互いの条件をはっきりさせたはずだ」

「条件は将来の約束をしないということだったわ。でも、一緒にいる間は、あなたの居場所ぐらい教えておいてほしいの。あなたの口から」

「怒っているときの君は魅力的だな」

ルークはケルシーの腰に腕をまわし、太陽で温まった唇やしょっぱい肌にキスをした。

ケルシーは彼の胸をたたき、顔を引き離した。

「話はまだ終わってないわ！」

「また島を離れることがあれば、その前に君に話すよ。パンチをくらいたくないからね」ルークはさっとケルシーを抱きあげると、浅瀬を歩いて乾いた砂浜まで行き、さらに椰子の木陰へと運んだ。そこにブランケットを広げておいたのだ。「外での経験はまだないだろう」

ルークはケルシーを仰向けに横たえた。

ケルシーの心臓は激しく高鳴っていた。彼女はルークを見つめながら、着ているものをすべて脱ぎ捨て、彼に向かって腕を広げた。

ルークも裸になると、ケルシーの上におおいかぶさり、熱く唇を重ねた。

キスと愛撫(あいぶ)でケルシーを夢中にさせてから、ルークは彼女を自分の上にのせた。馬乗りになって彼を迎え入れたケルシーは頭をのけぞらし、甲高い叫び声をあげた。あえぎながら、ルークの汗で光る胸の上にくずおれる。私は彼と深く結ばれている。ほとんど知らないこの男性と。

ようやく声が出せるようになると、ケルシーはささやいた。「今のは心の結びつき(インティマシー)のIに分類すべきね」

「いや、熱烈(トリッド)のTさ」

ケルシーは顔を上げた。「ルーク、私たちは二人とも精神的な結びつきは望んでいないけれど、それが存在することを否定するのはやめましょう。お互いを侮辱することになるわ」

「僕たちはセックスで結ばれているだけだよ、ケルシー。君とのセックスはこれまでのどんな経験にもまさるすばらしいものだが、それを心の結びつきと解釈するのはよそう」

「私は自分の好きなように解釈するわ」

「ときどき君の弟さんたちに同情を覚えるよ」

「その必要はないわ。弟たちはみんな真実を恐れないもの」

「おいおい、僕が真実から目をそむけているとでも言うのかい？」

「私が言っているのは、私は心と体からできていて、あなたもそうだということよ」

いや、僕は違う。ルークは心の中でつぶやいた。女性に関しては。「うんざりするほど何度も言ってきたが、僕たちは最初に条件を決めたはずだ」

「私も言ったでしょう。私は結婚を望んでいるわけではないの。ただ正直でありたいのよ」

「一つ言っておこう。君はすばらしい闘士だ」

「闘わなければならなかったんですもの。きっとあなたもそうだったはずよ」

　その手はくわないぞ。僕の過去はぜったいに秘密だ。「わかった、それは認めよう。君は僕がつき合ってきた女たちとは違う。でも、これはただのセックスだ。僕はそれ以外の呼び方はしないし、溺(おぼ)れはしない」

「もう溺れているわ」

　ケルシーの言うとおりだと全身が叫んでいるようだった。ルークは硬い声で言った。「それなら、君があと二、三日で帰る予定になっているのは、かえってよかったというわけだ」

　ケルシーは急に目頭が熱くなった。「そうね」

　彼女は腕の中にルークを引き寄せ、たくましい体を抱き締めながら悟った。ルークがなんと言おうと、彼はもう私の記憶に刻みこまれ、忘れられなくなっている。

　数日が過ぎ、リコは島を去った。ルークはできるだけ仕事をやりくりしてケルシーと過ごす時間を作った。ルークが仕事をしているとき、ケルシーは絵を描いていた。彼はケルシーにウインドサーフィンやシュノーケルやセーリングを教えた。二人で浜辺を散歩し、メニューにある料理をすべて食べ、海やプールで泳いだ。そして、最後は必ずセックスで締めくくった。激しく、官能的に、ときには笑いながらベッドをともにした。彼女には海のようにさまざまな表情があると、ルークは思った。

　先のことは考えなかった。この魔法にかかったようなひとときが終わるときのことは。しかし、頭の片隅ではいつも意識していた。

　ある朝、ルークはベッドの中で、ケルシーの頬を撫(な)でながら言った。「あさって、実業家たちが集まるパーティを主催することになっているんだ。滞在を一日延ばして一緒に行ってくれないか」

「私、帰らなくちゃ。今週末、美術学校の最初の面接があるの。それに、家を売りに出さなくては」

「もう一日だけさ。ジェット機で送るから」

「イブニングドレスを持ってないわ」

「リゾートのブティックで買えばいい。行きたくないのかい？」

ケルシーは行きたかった。ルークが公の場へ連れていってくれるのだから。つまり、友人や仕事仲間に私を紹介する気があるということだ。

それがなんだというの？　彼はこれまで数えきれないほどの女性と公の場に出てきたわ。私はその一人に加わるだけよ。さっさと別れたほうがいい。私は彼のとりこになっている。最初からわかっていたことじゃないの。心配なのは、これからの人生よ。

「滞在を延ばせるかもしれないわ」彼女は言った。

「約束してくれないか？」ルークは喉が締めつけられるのを感じた。約束だって？　ふだん疫病のように避けている言葉なのに。

「いいわ、約束する」ケルシーは軽い口調で言った。「またすてきなゴールドのアクセサリーを見せびらかすチャンスができるわね」

「約束は軽々しくするものじゃない」ルークはつい厳しい口調になった。僕はなにを言っているんだ？

ケルシーはけげんな顔をした。「大丈夫よ。一緒に行くわ。そう言ったでしょう」

ルークはベッドから出た。「よかった。ウインドサーフィンに行こうか？　十一時半でどうだい？」

あの一瞬の変化はなんだったのだろうと、ケルシーは首をかしげた。率直にきけたらいいのに。

〝立入禁止〟それがルークのゲームの名前だ。

パーティの当日、ケルシーは午後をスパで過ごした。部屋に戻り、軽く夕食をとってから、さらに泡風呂に入った。そして最後に、新しいイブニングドレスを着てゴールドのサンダルをはき、アクセサリーをつけて鏡の前に行った。

ダークグリーンのシルクのシースドレスを着たエレガントな女性が自分だと気づき、一瞬、呆然とした。髪はうしろで結い、わざとほつれ毛を顔のまわりに垂らしている。エキゾチックな茶色の瞳とふっくらした唇は本当に私のもの？

このあと、いつものケルシー・ノースに戻れるのかしら？

それは明日心配しよう。そう思ったとき、ドアがノックされた。

ルークのタキシード姿はすばらしく粋だったが、それでも、その下にある精力的で男らしい体は隠しきれなかった。身のこなしはジャガーのようだ。

「とってもすてきだわ」

「君はまるで花のようだ。こっちへ来てくれ」

一瞬のためらいもなく、ケルシーはルークの腕に身をあずけた。ほのかに花の香りがした。複雑な彼女にふさわしくさまざまな香りが混じり合っている。体は風にしなう茎のようにしなやかだ。

ケルシーは明日帰ってしまう。彼女なしで、どうやって過ごせばいいだろう？　いや、心配はいらない。甘い唇を味わいながら彼は思った。僕の本拠地はマンハッタンだ。美術学校もマンハッタンにある。

彼女とはまだ終わっていない。

「君はきっと会場の中でいちばんセクシーだよ」ルークはケルシーの耳たぶをそっと噛んでからささやいた。

そう、ぜったいに終わってはいない。彼女が僕の半径三メートル以内にいるときはいつも全神経が高ぶるのに、どうして終わりにできるだろう？

「もうやめたほうがいいわ」ケルシーがあえぎ声で言った。「パーティに行けなくなりそう」

「そうだな。僕が主催者なのが残念だ」

そのとき、警報のように、ベッドわきの電話が鳴った。ケルシーはほてった頬からほつれ毛を払い、電話に急いだ。「もしもし」

「ドウェインだよ。いてくれてよかった。今日の夕方、グレンが自動車事故にあったんだ。命に別状はないけど、マサチューセッツ総合病院にいる。姉さんに知らせておいたほうがいいと思って」

ケルシーの顔から血が引いた。「どうしてそんなことに？　怪我はひどいの？」

「雪のあとに氷雨が降って、道がガラスのように凍っているところへ、半トントラックが衝突したんだ。肋骨の骨折と打撲傷、それに脳震盪を起こしている。明日までようすを見るそうだ」

「できるだけ急いで行くわ。私が着くまで、グレンについていてくれる？」

「もちろん。教授たちと一緒に診ているんだ。カークも飛んでくるそうだ。ノース家の同窓会だな」

まったく、冗談を言っている場合かしら。「支度ができしだい、あなたの携帯電話に連絡するわ。ありがとう、ドウェイン。グレンに愛していると伝えて」

ケルシーは受話器を置いた。心臓がどきどきしている。こんなにあっという間に状況が変わってしまうなんて。振り向くと、ルークと目が合った。

ケルシーは必死に声を落ち着かせながら、ドウェインが言ったことを伝えた。「すぐに行かなくちゃ。ジェット機で送ってもらえる？」

「深呼吸をして」ルークは命じた。「それから、君がそんなにあわてて行かなくてはならない理由を教えてくれ。それとも、僕がなにか聞き逃したのかな？」

「理由は今言ったじゃないの！」

「誤解しないでくれ、ケルシー。君の弟さんが事故にあったのは気の毒だと思う。そして、怪我が軽くて本当にうれしい。でも、そこが肝心なところだ。怪我がたいしたことないのに、なぜそんなにあわてているんだい？」

「弟は入院しているのよ。私が行かなくちゃ」

ルークは自分でも理解しがたい怒りを抑えて言った。「弟さんの命に別状はない。危篤ではない。ここまでは間違いないかい？」

「わからないの？　グレンは私の弟なのよ……」

「明日の朝、行けばいい。君は今夜、僕とパーティに行くと約束したんだ」

「わかってるわ！　でも、事情が変わったのよ」

「君は僕に約束した。その約束を破ることになる」

「誓いの言葉に拒否反応を示すわりには、やけに約束にこだわるのね」

「弟のだれかが連絡してきたら、君はいつもなにもかもほうり出して飛んでいくのか？」

「嫉妬しているのね」ケルシーは力なく言った。

ルークは彼女の腕をつかんだ。「くだらないことを言わないでくれ。僕は君を信頼できると思っていたんだ。でも、どうやら間違っていたらしい」

最後にもう一度ケルシーは言った。「グレンの無事を自分の目で確かめたいの。家族なんですもの」

「それで、僕はなんなんだ？」

ケルシーはつらい現実をはっきりと告げた。「あなたは、この七日間、私がベッドをともにした相手よ。ジェット機を使わせてくれるの、くれないの？」

ルークの瞳は氷のようだった。「それは最初の条件だった。僕は自分の約束を破らないよ」

ケルシーはひるんだ。十年もの間、私は家族に縛りつけられながら約束を守りつづけてきたんじゃなかった？「どうやらあなたはあまり家族との生活というものを経験していないみたいね」彼女は穏やかに言った。「でも、わかってもらえると思ったの」

　約束を破ったあげく、彼女は僕を捨てようとしている。ルークは胸が締めつけられた。母が口にした約束がよみがえってきた。それはすべて、なんの意味もないことのようにあっさり破られたのだ。

「すぐパイロットに連絡するよ」ルークは電話をかけてから、そっけなく言った。「一時間で出発できるそうだ」

「私が最初の予定どおり帰っても、あなたは一人でパーティに行ったはずよ」

「実際そうなるな」ルークは思わず言っていた。

「でも、一人ではないかもしれない」

　心臓をぐさりと刺されたような思いでケルシーは言った。「使い捨ての女ね。私もその一人なんだわ」

　そう、僕の女はみんな使い捨てだ。「君だって僕を愛してはいないだろう？」ルークは辛辣に言った。

「もちろん」ケルシーは負けずに鋭く言い返した。

「あなたがなぜわかってくれないのか、私には理解できないわ。弟が入院しているのに、一晩じゅうおしゃべりなんかしていられると思う？」

　その悲しげな声にルークはくじけそうになったが、心を鬼にして言った。「僕は行かなければ。みんなが待っている。さよなら、ケルシー」

「さよなら」ケルシーはきっぱりと言った。

　ルークは外へ出た。彼女と親密になりすぎた。今夜、僕のベッドは殺伐としているだろう。いや、そうとは限らない。たしか、パーティの客のリストにクラリッセの名があった。鉄鋼界の大立者である父親の同伴者として。

　リゾートは明るく照らし出され、音楽が聞こえた。僕は主催者だ。行って、その役目を果たさなければ。

　ケルシーが病室へ入っていくと、カークが口笛を吹き、ドウェインがあんぐりと口を開けた。彼女はルークに買ってもらったオレンジ色のコートとカシミヤのワンピースを着ていたのだ。

グレンが言った。「姉さん、これからはしょっちゅう旅に出るといい。しゃれてるよ」

ケルシーは目に涙をためて弟にキスをした。「ゆうべは生きた心地がしなかったわ。あなたが樫の木から落ちたときよりもっと。あれは九年前ね」

「車は保険で修理してもらえるし、今日のうちに退院できるよ」

カークが姉を見て言った。「すてきな服だけど、それだけじゃない。姉さん自身が違って見える」

「きっと彼とベッドをともにしたんだ。それで違うのさ」グレンが言った。

「こんなときにそういう話はやめてよ」

「それで、彼はどこだい？」ドウェインが尋ねた。「彼に会いたいな」

「彼は来ないわ」

「姉さん一人に長旅をさせたのか？」

「彼の自家用ジェット機とリムジンで来たのよ」

カークが口をはさんだ。「美術学校に入っても、彼とデートを続けるのかい？」

「それはないと思うわ。つかの間の情事よ。もう終わったの。そろそろ話題を変えてくれない？」

「やつはばかだよ」ドウェインが鋭く言った。

「姉さんは幸せじゃないみたいだ」カークも言った。

「来る途中、ずっとグレンのことが心配だったからよ」ケルシーは話をはぐらかした。「でも、ジェット機に食べ物がいっぱいあったから、少しもらってきたわ。あなたたちの食欲が今も衰えていないといいけど」

蟹肉をはさんだぱりぱりのクロワッサンやチーズ入りのブリオッシュのおかげで、話題はルークからそれた。彼の話はしたくなかった。

その思いは、夕方空港に着くまで続いた。グレンは自分のアパートメントで静養しながらオンラインで学習し、カークは飛行機で大学に戻り、ドウェインはタクシーで寮に帰ることになった。

カークの便を待ちながら、ドウェインは置き忘れの新聞をぱらぱらとめくっていたが、急にその手をとめた。「ルーク・グリフィン……姉さんをバハマへさらっていったやつだろう？」新聞をケルシーに渡す。「姉さんがいなくなっても寂しがっていないみたいだな」

それは社交欄だった。色刷りの写真が目に飛びこんできた。リゾートの宴会場にいるタキシード姿のルークが、銀ラメのドレスを着たエレガントなブロンド女性に笑顔を向けていた。ブロンド女性は彼の腕に手を置き、媚びるようにもたれかかっている。

〝主催者ルーク・グリフィンの同伴者は、パリから飛んできたクラリッセ・アンドーヴァー〟――記事を読みながら、文字が涙でぼやけた。

一人ではないかもしれない、と彼は言った。

やはり一人ではなかった。たった一晩でさえ。

「彼の評判は、島へ行く前から知っていたわ」

「とんでもない男だ」ドウェインが言った。

「これできっぱりあきらめがついたわ」ケルシーは言った。「彼はそのとき一緒にいる女性を、それまで出会った中で最高の相手のように思わせる達人なの。私、その手に引っかかったみたい。ばかね」

「やつはろくでなしだよ」カークが言った。

カークを見送り、自分の便の搭乗案内のアナウンスが流れたとき、ケルシーはほっとした。十分後、彼女はドウェインに別れを告げた。

弟は最後に言った。「すがって泣く肩が必要なときは電話してくれ」

まさに今こそ必要だった。ルークの冷たい仕打ちはケルシーの心を打ちのめしていた。

8

ルークは部屋のドアを乱暴に閉め、ネクタイをもぎ取って革張りのソファに投げつけた。

リズとのデートはもうごめんだ。彼女は、添えてあったローズマリーがしおれているという理由で、申し分なくおいしい料理を厨房に突き返したのだ。マーリーンもこりごりだ。四時間もの間、彼女はくすくす笑いをしどおしだった。なにを話してもくすくす笑われては、酒ばかりあおりたくなって当然だ。マンハッタンで暮らすスーパーモデル、アーシュラとのデートにもうんざりした。彼女ときたら、最初から最後まで、これから撮影が始まるかのようにけだるそうなポーズをとっていた。にこりともせずに。笑ったら格が下がるとでもいうのだろうか。

デートなど、きっぱりやめてしまおうか？

ケルシーなら、出された料理はなんでも喜んで食べた。ケルシーなら、くすくす笑いの仕方も知らないだろう。でも、笑うことは知っている。

たまらなく彼女が恋しい。ベッドの中でも外でも。ベッドに彼女のかわりを迎えたことはない。そんな気は少しも起きなかった。

ケルシーが島を発ってから九週間になる。彼女が去った翌日、ボストンの病院に電話をかけたら、グレン・ノースはもう退院したと告げられた。

彼女は約束を破る必要はなかったのだ。

ケルシーの家は売却されていた。それは、あとから二度電話をかけてわかった。美術学校も受験していた。彼女はそのどちらも知らせてくれなかった。

そのことが、なぜこんなに腹立たしいのだろう？女性に追いかけられるのには慣れている。だが、ケルシーは弟から連絡があったとたん、僕への関心をなくしてしまった。認めたくはないが、プライドが傷ついた。あんなすばらしいセックスを味わったのに、そんなにあっさり僕を無視できるものなのか？

　未練がましいまねはやめよう。彼女とは終わったのだ。ルークは両手をポケットに突っこんだ。

　パーティに一緒に行くという約束がどれほど重要か、ケルシーは理解できなかった。理由は簡単だ。母に約束を破られてばかりいたことを、僕が話していなかったからだ。だから、彼女にとってボストン行きは、つかの間の情事の相手をとるか、心から愛する弟をとるかの単純な選択だったのだ。

　その選択を責めることができるのか？

　もしかしたらケルシーは、僕がパーティ会場でクラリッセと一緒にいる写真を新聞の社交欄で見たのかもしれない。翌日それを目にしたとき、ルークはかっとなった。実際、彼は寄り添うクラリッセにほほえみかけていたのだが。

　ケルシーが社交欄を見るとは思えないが、見たとすれば、連絡してこない理由にはなる。

　ルークは理由をさがしていた。ケルシーはもう自分を必要としなくなったから去ったのだとは思いたくなかった。旅や絵や熱烈なセックスの夢をかなえたから行ってしまったのだとは認めたくなかった。

　彼は窓からセントラルパークや街の明かりを眺めた。なぜケルシーの通う美術学校がよりによってマンハッタンにあるんだ？　僕の目と鼻の先に？

　ルークは部屋を出て、一時間、ウエートリフティングに励んだ。だれがセックスなど必要なものか。

　バハマを発ってから九週間後、ケルシーは法外な家賃をとるマンハッタンの独身者用アパートメントで初めての夜を過ごした。目がさえて眠れなかった。隣人がステレオの音量を上げ、五階下の通りではサイレンがうなっている。

彼女はひどいホームシックにかかっていた。自分の家や弟たちや平穏なハドリーの暮らしが恋しかった。郵便局員のアリスさえもが懐かしかった。

でも、少なくともルークは恋しくない。思いやりに欠ける不実なルークは。

ため息をついて寝返りを打ち、枕をたたいた。

美術学校の最終面接はあさってだ。おそらく合格するだろう。面接では、何週間もかかって仕上げた作品集を見てもらうことになっている。

道は決まっているのだ。引き返すことはできない。

本当はルークが恋しかった。会いたくてたまらなかった。彼のいない夜は最悪だった。

私が恋しいのはセックスよ。ケルシーは必死に自分に言い聞かせた。彼ではないわ。でも、本当にそうなら、道徳に少しばかり逆らっただけで、今まで経験したことがないほど深い孤独感を味わうはめになってしまったのはなぜなの？

それは、ルークからなんの音沙汰もないからだ。私たちは一緒に笑い、泳ぎ、政治や完璧なピザのためのトッピングについて議論した仲じゃなかった？ほんの数日間だけれど、彼は友人になった。私はそう思っていた。

でも、ドウェインから電話があって、ルークは友情の幻想を粉々に打ち壊してしまったのだ。

ケルシーは枕に頭をつけ、画材入れの中身を一つずつ言ってみた。そして、ようやく眠りに落ちた。

車のクラクションや通りの騒音で、ケルシーは早々と目を覚ました。ハドリーでは、鳥のさえずりや遠くの波の音で目覚めたものだ。こんな大都会で暮らしていけるだろうか？有名な美術学校で才能のなさを痛感しながら？

ケルシーは体をまるめた。熱はなさそうだが、気分がよくない。急に吐き気がした。彼女はベッドから飛び起きて小さなバスルームへ駆けこんだ。

どうやら風邪らしい。なにもよりによってこんなときにひかなくてもいいのに。そろそろと体を起こし、顔を洗って歯を磨いた。顔が幽霊のような真っ青だ。そういえば、ここ二日ほど吐き気がしていた。きっとなにかの病気だ。ケルシーは洗面台の上の薬品キャビネットを開け、うがい薬をさがした。薬はたまたま生理用品の隣にあった。そのとたん、強い不安に襲われ、そのピンクと白の箱を見つめた。朝の吐き気。最後の生理はいつだっただろう？

急いで思い返してみる。忙しくて気づきもしなかったけれど、バハマに行って以来ない。ルークと過ごした最初の夜は避妊具を使わなかった。自信たっぷりに、私は妊娠しないだろうと彼に伝えたはずだ。

まさか。先週、胸が豊かになっているのに気づいた。この三週間は妙に疲れやすかった。疲れすぎよ。それだけ。この九週間、ふつうの女性なら四カ月かかってもできないほどのことをやってのけたのだ。そのうえ、ルークに裏切られたストレスが加わり、生理が遅れる条件はそろっている。

ケルシーは大急ぎで近くのクリニックを調べた。

午前十時にはそこに着き、十一時半に診察を受けて、その十五分後、歩いてアパートメントに戻った。

私は妊娠している。ルーク・グリフィンの子供を。

ケルシーの手は氷のように冷たく、心臓は激しく打っていた。

私は奇跡的に子供を授かったのだ。自分の子供を。

そこで恐怖がわきあがり、喜びを圧倒した。妊娠？　そんな！　妊娠なんて私のリストにはない。

アパートメントのエレベーターは故障していた。

ケルシーは階段をのぼり、部屋に入ってドアに鍵をかけた。狭い空間が初めて天国のように思えた。

妊娠。

美術学校には報告するの？　弟たちにどう伝える？　弟たちがショットガンを持ってルークを追いまわしたりしないようにするには、どうすればいい？

はたして私一人で赤ん坊を育てられるかしら？　お金を使い果たしてしまったらどうなるの？

家を売らなければよかった。こんなマンハッタンの薄汚い界隈(かいわい)で子供を育てるなんて……。ルーク。私の子供の父親。

ケルシーはベッドに腰を下ろし、壁に貼(は)ったポスターをぼんやりと眺めた。前から行ってみたいと思っていたトスカーナのポスターだ。

リコの話では、ルークの子供時代はとてもつらいものだったらしい。彼に話すべきではないだろうか？　彼も子育てに参加したいかもしれない。

もしも彼が子育てに参加したいと言い張れば、彼とこれから何年間もかかわっていかなければならない。

プラチナクレジットカードを持ち、洗練された女性たちとつき合ってきたルーク・グリフィンと？　いや、彼は子供なんかとかかわりを持ちたくないかもしれない。

でも、最初から彼に選択の余地を与えないのはよくない。知らせるべきだ。

美術学校の最終面接は明日の午後だ。そのあと、彼のオフィスに電話をかけて、彼がいるかどうか確かめよう。会うのは近くのレストランでもいい。

用件はさっさと片づけてしまおう。

ケルシーは両手に顔をうずめた。

翌日の午後遅く、ケルシーは硬い表情で美術学校の石段を下りた。作品は厳しく批評されたが、最終的には入学を認められた。彼女が憤然としたのは、薄笑いを浮かべたドゥガルド教授の言葉だった。教授はリコ・アルベニスが後援者になっていることを指摘した。それはいい。知っていることだし、ありがたく思っている。しかし、そのあと、ルーク・グリフィンも後援者だと言ったのだ。学校に多額の寄付をしてくれてありがたいと。

ケルシーは自分の世界が根底からくつがえされたような気がした。実力で入学を許可されたと思っていたが、そうではなかった。ルークがよけいなことをしたのだ。金はものを言う。

なぜそんなことをしたの？　一晩も待てずに別の女性をベッドに引き入れたくせに。その答えを突きとめよう。今すぐに。

グリフィン・タワーはみかげ石とガラスでできた堂々とした建物だったが、ケルシーは感嘆するような気分ではなかった。まっすぐロビーに入り、派手なブルネットの受付係に言った。「ミスター・グリフィンはいるかしら？」

「はい。お約束はなさっていますか？」

「いいえ。ケルシー・ノースが来たと言ってください。きっと、時間をあけてくれるはずです」

受付係はまばたき一つしなかった。「少々お待ちください」そう言って受話器を取る。「ミズ・ケルシー・ノースがミスター・グリフィンにお会いしたいとお見えになっていますが……そうですか。では、そちらへいらしていただきます」受付係はケルシーにほほえみかけた。「左手のエレベーターにお乗りください。ミスター・グリフィンのオフィスへ直通です。そこの受付係がご案内いたします」

専用エレベーターがあるのだ。社員と乗り合わせないですむように。

そのエレベーターがまた豪華だった。鏡と大理石張りで、動いているとは思えないほどなめらかに上昇する。降りたところは絨毯（じゅうたん）を敷きつめたしんとした廊下で、壁に抽象画が一点だけかかっていた。

ルークの受付係はブロンドだった。ケルシーは言った。「ケルシー・ノースです。ミスター・グリフィンにお目にかかりたいんですが」

「どうぞお入りくださいということでした。この廊下のいちばん奥のドアです、ミズ・ノース」

どのドアも閉まってひっそりとしている。ルークのオフィスのドアには彼の名前を記した真鍮のプレートがついていた。ケルシーはノックもしないでドアを押し開けた。

9

ルークはどっしりした机の向こうでコンピューターの画面を見ていた。ケルシーがドアを閉めると、マウスをクリックし、立ちあがってにっこりした。

「ケルシー、これはうれしい驚きだな」

彼はブルーのシャツの襟をゆるめ、袖をまくっていた。ケルシーは思い出した。その喉元にキスをし、腕を撫でたことを。あんな仕打ちを受けたのにまだ気持ちが高ぶるなんて、ますます腹立たしい。

「ついさっき、あなたが美術学校に寄付して私の後援者になっていたのを知ったところよ。どうして私にお節介をやくの？」

もしかしたら彼女はよりを戻すために来たのかも

しれないという期待を打ち砕かれ、ルークもかっとなって言い返した。「僕が寄付したのはずいぶん前だ」

ケルシーの怒りはさらにつのった。「教授が言ったのよ。その寄付と私の合格は関係あるって。これでもう、私は自分の才能だけで合格したのかどうか永久にわからなくなったわ」

「もちろん才能を認められて受かったのさ。そういう評判の学校だろう？　僕が大金を寄付しても、君に才能がなければ落としていたさ」

「あんな仕打ちをしておいて、私の後援者になる資格なんかないわ！　弟が入院したのに、私にくだらないパーティに行けと言うなんて」

「君の弟は二十四時間もしないうちに退院した」ルークはうかつにも口をすべらせた。

「退院したことをどうして知っているの？」

「電話すればわかる」

ケルシーの声は不気味なほど低くなった。「ほかにもなにか、私のことで電話した？」

嘘はつけない。「君が家を売ったことを知った」

「少なくともあなたが買ったんじゃないことは知っているわ。売り値はとても安かったから」

ケルシーの頬は真っ赤だった。エキゾチックな瞳は怒りに燃えている。髪までが生きていて火花を散らしているようだ。ルークは自分がいまだに彼女を求めていることを悟った。彼女には今も激しく欲望をかきたてられる。

「それであなたは、まだベッドも冷たくならないうちに別の女性を迎え入れながら、私にストーカー行為をしたわけね。それとも、そんな言葉はあなたの辞書にはないのかしら？」

「僕は別の女性をベッドに迎え入れたりしていない」ルークはきっぱりと言った。

「今……なんて言った？」

「聞こえたはずだ。おそらく君は社交欄の写真を見たんだろう。僕とクラリッセが写っている写真だ」

「そうよ。彼女、あなたを裸にするのが待ちきれないようすだったわ。そしてあなたは、彼女こそ最高の女性だと言わんばかりにほほえみかけていた」

「あの夜、僕は頭が混乱していたんだ。カメラマンさえ目に入らなかった。確かにクラリッセとは、去年何カ月間かつき合っていた。でも、もう終わったんだ。よりを戻す気はない。君が去ったあとはだれともベッドをともにしていないよ」ルークはケルシーの目を見つめた。「証明はできないが、事実だ」

「そう」ケルシーの肩から、自分でもほとんど気づいていなかった緊張がとれた。「どうして？」

ルークは机をまわって近づいてきた。「僕はリストを作った。どうやらあれは伝染するらしい。そのリストのトップがデートをやめるということだ。どんな女性と出かけても、退屈するか、いらいらするだけだった」

「私が島を発った夜、あなたはいらいらするなんてものじゃなかった。かんかんに怒っていたわ」

ありのままを話すんだ。ルークは自分に言い聞かせた。ケルシーには真実を知る権利がある。「僕の母は約束を破ってばかりいた。そのせいで、僕にとって約束はとても大切なものになったんだ」たちまち彼女の顔に納得したような表情がよぎるのを見て、先を続ける。「だが、その一方で、君に深入りしすぎている自分が不安だった。僕は自分のルールを破ってしまったんだ」

「あなたが望んだのはセックスだけだったはずよ」

「そうだ。だから、君の弟からの電話は、僕たちの関係を終わらせるうってつけの口実になった。それで僕は約束を守れと言い張り、グレンと僕のどちらかを君に無理やり選ばせた」

「汚いやり方よ」

「君は自由を望んでいると言った」

「そう……そのとおりよ。それは今でも変わらないわ」ケルシーは必死に考えをまとめながら言い添えた。「私みたいな女はあなたのゲームには加われないのよ」

「今だって加わってはいない」

「だからあなたは、私なんて存在していないみたいに捨てたんだわ」その声には心の痛みが表れていた。

「将来の約束はなし、そういう決まりだった」

「それなら、なぜ私の後援者になんかなったの？」

「君がいなくなってからリコと話をした。彼は君の才能に惚れこんでいて、君を最高の学校に入れたいと考えていたが、自分の力だけでは自信がなかった。リコはこの国よりもヨーロッパや南米で有名だからね。それで、僕が少し顔をきかせられないかと思ったのさ」ルークは肩をすくめた。「僕は彼の判断を全面的に信頼している。グリフィン邸を売却して得た金は、そのまま学校に寄付した」

「あのぞっとする古い屋敷のこと？」

ルークはさらに一歩近づいた。ケルシーの花のような香りが鼻先に漂ってきて記憶をよみがえらせた。「僕たちを結びつけた建物が、君の長年の夢をかなえる助けになるなんて、よくできた筋書きじゃないか」そこで彼は言いよどんだ。「こんなことを言うと傲慢に聞こえるかもしれないが、僕は君がベッドに別の男を迎え入れたかどうかきかないよ。君は安易にそんなことをする女性じゃないからね」

「実を言うと、古いスポーツ用具を売り、家じゅうを掃除して、不動産業者と契約し、私が一週間で破産しない程度のアパートメントをマンハッタンで見つけたりしている間に、オールナイトの乱交パーティを何度か開いたのよ」

「そうは思えないな」ルークの笑みが消えた。「僕はこのまま君と別れていられるか自信がない」

ルークが腕を広げたと思った瞬間、ケルシーはその腕の中にいた。なんてこと。ケルシーは彼の鋼のような強さと身を焦がすような熱さを感じた。二人の唇が重なった。

「君のいないベッドは砂漠のようだった」言葉が勝手にルークの口をついて出た。

ケルシーはルークのシャツのボタンをはずし、胸から腹部へ指を這わせた。ルークが再び彼女の唇をむさぼる。ケルシーも夢中で応えた。

ルークはケルシーのコートを脱がせ、セーターの裾を引っぱりあげた。素肌に冷気を感じながら、ケルシーはあえぎ声で言った。「ドアが……」

「僕のオフィスにはだれも勝手に入ってこない。ちゃんと心得ているさ」ルークはケルシーの背を壁に押しつけ、彼女のスラックスのボタンをはずしてファスナーを下ろした。それを待ち望んでいたように、ケルシーは体を弓なりにした。

ルークはケルシーのセーターを頭の上に引っぱりあげた。ブラジャーが、絨毯に脱ぎ捨てられた彼のシャツの上に落ちる。ケルシーの胸は以前より豊かになっていた。彼女の体は隅々まで覚えていたはずなのに。それに、ウエストラインが……。

「ケルシー、君は妊娠しているのか？」

ケルシーはルークの腕の中で凍りついた。「ええ」

「父親は僕か？」もちろん僕だ。彼女のバージンを奪ったのは僕なのだから。

ケルシーは彼を見つめた。「そう。あなたの子よ」

「いつ僕に言うつもりだった？」

「昨日わかったばかりなのよ」

怒りの炎がルークの全身を包んだ。「言い方を変えよう。僕に言うつもりはあったのか？」

ケルシーはかっとなった。「もちろんあったわ！　言わなければならないと思ったのよ」彼女はそこで推測を口にした。「あなたはお父さんを知らずに育ったんじゃない？」

「僕は一度も父親に会ったことがない。だれなのかさえ知らないんだ」

ケルシーは唇を噛んだ。「私はあなたに子育てに参加するチャンスをあげたかったの」

彼女は身ごもっている。僕の子を。間違いないのか？「バハマで君は妊娠しにくい体質だと言った」

「専門医にそう言われたのよ。だから信じていたの。でも、どちらにしても避妊のことは考えなかったでしょうね。あなただってそうでしょう、ルーク」

確かに考えなかった。一度も。「それで、いつそのニュースを伝えるつもりだったんだ？」

「やめて！」ケルシーはかがんでブラジャーとセーターを拾い、こわばった手で身につけた。「あなたがクラリッセとベッドをともにしなかったと言ったとき、私は信じたわ。でもあなたは、私が妊娠を打ち明けるつもりだったことを信じないのね？」

「妊娠は僕のリストにはない」ルークは硬い声で言った。

「私のリストにだってないわ」

「中絶するのか？」

「とんでもない！　考えたこともないわよ」

ルークの中で張りつめていたものがゆるんだ。きくべきではなかった。

「君の弟さんたちは知っているのかい？」

「まさか。あの子たちに知れたときには、あなた、背中に気をつけたほうがいいわよ」

「そんなに大変なのか？」

「ええ。弟たちはあなたとクラリッセが一緒に写っている写真を見たのよ。私に教えてくれたのはドウェインだったの。弟たちは私のことを、だまされやすい女だと思っているわ。本当はばかだと言いたいところなんでしょうけど」

ルークは自分のシャツを拾いあげ、まだおさまらないショックをしずめるような無難な話題をさがした。「美術学校はどうするつもりだい？」

「まだよく考えてないわ。あの学校は二学期制なの。最初の二学期は受けて、出産のときに一学期間、休学しようかしら」

「学費はどうする？」

「なんとかするわ」ケルシーは鋭い口調で言った。「これはお金の問題じゃないのよ、ルーク」

「すべてお金の問題さ」

「あなたの世界ではそうかもしれない。でも、私の世界では違うの」そこでケルシーは目を見開き、あわてて言った。「私、グリフィン家の財産を狙って妊娠したわけじゃないのよ。まさか、そんなふうには思っていないわよね？」

「君は真っ正直な人だ。策を弄したりはしないと信じている」

「そう」自分のことを少しは理解してくれているのだと思うと、不覚にも涙があふれた。「よかった」

ケルシーのまつげにたまった涙を、ルークは指先でぬぐった。「泣かないでくれ。君に泣かれるなんて耐えられないよ」

「ホルモンのせいよ」ケルシーは目を潤ませながらにっこりした。「妊娠についての本が必要ね。それから、授業が始まるまでに考えなくちゃ。この問題を私がどうやって切り抜けていけばいいか」

彼女が〝私たち〟ではなく〝私〟と言ったことにルークは気づいた。再び怒りが燃えあがった。「どこで？」

「なにが？」

「それをどこで考えるつもりだ？」

「私のアパートメントよ」

ルークはシャツを着た。「見に行こう」

「私のアパートメントを見たいの？　今すぐ？」

「早いに越したことはない」ルークはケルシーにコ

ートを着せ、襟にはさまった髪を引っぱり出した。セクシーに乱れた髪。彼は我慢できず、うなじにキスをした。ケルシーが体を震わせるのがわかった。

自分の体も反応しているのがはっきりとわかった。だが、彼女を抱くことなどできるのか？　僕の子供を身ごもっている女性を？　僕はどうかしている。

「行こう」ルークはぶっきらぼうに言った。

二人はルークの運転手付きリムジンで出かけた。夕暮れどきだったが、アパートメントの界隈は気が滅入るほどうらぶれて見えた。ルークはなにも言わずにあたりを見まわしてから、ケルシーに続いて階段をのぼった。エレベーターはまだ故障したままだ。彼女はドアの鍵を開けてルークを部屋に入れた。

ルークは胃が締めつけられた。子供のころに住んでいたのは、まさにこういうところだった。彼は想像しようとした。ケルシーが夜遅く授業を終えて物騒な通りを歩き、狭い階段をのぼって、猫一匹迎えてくれない部屋にたどり着くところを。

ケルシーが勇気と意志の強さをたっぷり持っているのは間違いない。だが、妊婦が暴漢に襲われたら、勇気と意志の強さだけではどうにもならないのだ。

ルークは決意を固めながら壁のポスターを見た。それがどこの風景か、すぐにわかった。「どうしてトスカーナのポスターを貼っているんだい？」

「前から行きたいと思っていた場所なの」ケルシーは言った。「これで私の部屋がどんなかわかったでしょう。考えをまとめたら、知らせるわ」

「それは、僕におとなしく帰れという意味かい？　君一人に全部まかせて階段を下りていけと？」

「私は疲れているの。それに、必要なことはもう話したわ」

「いや、まだだ」ルークは穏やかに言った。「君は重要な問題を一つ忘れている。子供の父親だ。父親にも父親なりの考えがあるかもしれない」

ケルシーは緊張した。「考え？　どんな？」

「まだはっきりしていない。一緒に夕食を食べに行かないか？　そうすれば話し合える」

「わかってないのね。まず、私が決めなければいけないの。話し合うのはそのあとよ」

「子供を作ったのは僕たち二人だ。だから、この状況についても二人で考えよう。バッグを取ってくるといい。すぐに出かけよう」

ケルシーは顎をつんと上げ、コートを脱いでベッドにほうり投げた。しかし、向きを変えるのが早すぎて、めまいがし、ふらついた。ルークがすばやくそばに来て支えた。

「こんなことがしょっちゅう起きるのか？」

「まだ四回目よ。なんでもゆっくりするように気をつければいいだけ」

「君の旅行バッグはクローゼットの中かい？」

ケルシーがさっと顔を上げた。「夕食を食べに行くのに旅行バッグなんか必要ないわ」

「君になにが必要かは僕が決める」ルークはケルシーを抱きあげて小さなベッドに寝かせた。「僕が荷造りする間、そこにじっとしているんだ」

ケルシーはぱっと起きあがった。「私の人生に干渉するのはやめて」

「状況が変わった。今は三人一緒だ」ルークはクローゼットから旅行バッグを引っぱり出し、ハンガーからサンドレスをはずした。それから引き出しを開けて下着を詰め、パスポートを見つけ出した。「これでよし。もうしばらく休むかい？　それとも、出かけようか？」

「私はバハマなんかに行かないわよ！」

「そんなことは言ってない」ルークは携帯電話をかけた。「ここから十ブロック先の〈スクラントンズ〉に予約を入れた」

ケルシーは目をまるくした。「最高級のお店だわ」

「人生は短いんだ」ルークはバッグを閉め、にやりとした。「僕がこれと君を運ぼうか」

「あなたってブルドーザーみたい。自分の行く手にあるものはなんでも押しつぶしていくのね」

「それで成功をつかむのさ」

ケルシーは立ちあがって壁にもたれた。「今夜はあなたのところに泊まれと言っているの？　またあなたとベッドをともにするってわけ？」

「君はそうしたいのかい？」

ケルシーはため息をついた。「質問に答えてよ」

「まずは〈スクラントンズ〉で食事だ」

「もしあなたの狙いがセックスなら、私に夕食を食べさせてもむだよ」

「僕は君以外のものにも飢えている。だから、食事をして、考えをまとめ、セックスをする。その順番どおりにね」

10

食事の間、二人はポストモダニズムからホッケーのことまであれこれ話したが、妊娠や今後の計画については話し合わなかった。

外にはリムジンが待っていた。ケルシーは中に乗りこみ、ルークの肩に頭をもたせかけて目を閉じた。目を開けたとき、リムジンは広々とした飛行場にとまっていた。ルークのジェット機が見える。

「あなたの家に行くんだと思っていたわ」

「そうだよ。トスカーナにある僕の家だ」

「だめよ……」

「授業の第一日目には間に合うように帰すよ。君は前からトスカーナへ行きたかったんだろう？」

「もし私がボルネオへ行きたいと言えば、そこにもあなたの家があるの？」

「一軒見つけただろうね。君の部屋ではなく、オリーブの木陰のテラスで計画を立てよう。それと、このジェット機には君用のベッドを用意しておいた」

「あなたはまた私の人生を支配する気ね」

「君は美しいだけでなく頭もいい」

ケルシーはルークをにらみつけた。運転手やパイロットのいる前で一悶着起こすか、それとも……。

彼女は車を降り、銀色のジェット機に向かった。

大西洋を越え、夜明けのフランス上空を飛ぶ間、ケルシーは眠っていた。つわりを覚えて豪華なバスルームに駆けこんだとき、幸い、ルークはパイロットと操縦席にいた。ジェット機がフィレンツェの北の小さな飛行場へ向かって降下している間に濃いめの化粧をし、顔色の悪さを隠した。

税関を抜けると、ルークは自分の車をとめてある場所へ案内した。真っ赤なマセラッティだった。

「僕はこの車が大好きでね」

ケルシーはつかの間自分の問題を忘れ、クリーム色の革張りのシートを撫でながらにっこりした。

「その気持ち、わかるわ」

「東トスカーナの村まで車で二時間かかる。いちばん近い町はコルトナだ。君も気に入るよ。約束する」また〝約束〟だ。ケルシーが相手だと、なぜこの言葉ばかり使ってしまうのだろう？「フィレンツェをまわってアルノ川を渡り、南東へ向かおう。そのうちアレッツォへドライブして、ピエロ・デラ・フランチェスカのフレスコ画を見てもいいな」

「ぜひ行きたいわ」ケルシーはあいづちを打った。ただ、まずは話し合わなくては。私の部屋は自分一人が暮らすのにやっとの広さだ。ルークがお金を出してくれたら、もっと広い部屋を借りられるけれど、赤ちゃんのためにそれを受け取れるだろうか？

誇り高くあろうとするのは立派なことだ。でも、誇りでおむつやベビーベッドは買えない。ルークの言うとおり、二人で考えるべきかもしれない。

もの思いにふけっていたケルシーは、田園地帯に入ってようやくあたりの風景に気づいた。「新芽が吹いているわ。ここはもう春なのね。あ、見て、あれはオリーブ園かしら？　葉が銀色に光ってる。丘の上の町も見て。きれいな赤い屋根」

平地のかなたにコルトナの町が姿を現した。中世の塔が太陽の光を受けて金色に輝いている。そのあと道が分かれ、車は林を抜けていった。木漏れ日が躍っている。ルークの別荘は、鉄の門を抜け、ルネッサンス様式の庭園の中を進んだ先にあった。別荘もルネッサンス期の建築で、色あせたピンクの煉瓦(れんが)造りだった。シンプルなアーチ型の窓は建物全体と完璧(かんぺき)に調和がとれている。エレガントな柱廊(ロッジア)が中庭を見おろし、その中庭には海豚(いるか)をかたどった噴水が勢いよく水を噴きあげていた。

「薔薇(ばら)には少し早すぎるな」ルークが言った。「五月にまた連れてきてあげよう。そのころには野原にポピーやフランス菊が咲いているだろう。八月もいいな。ひまわりが咲くんだ、ゴッホが喜びそうな」

「五月は授業よ」ケルシーはそっけなく言った。

「授業は金曜日の午前中に終わって、週明けは月曜日の正午からだ。ここに来る余裕は十分ある。さあ、中へ入ろう。カルロッタがテラスに朝食を用意してくれるだろう」

数分後、ケルシーはタイル張りのテラスで日差しを浴びていた。壁一面に葡萄(ぶどう)の蔓(つる)が這(は)い、薔薇が芽吹きはじめている。朝食は蜂蜜(はちみつ)を添えたリコッタチーズ、パンフォルテと呼ばれるフルーツケーキ、シナモンとクローブ風味のパウンドケーキ、熟した苺(いちご)、プディング、それに、しぼりたてのオレンジジュースだった。

「ルーク、あなたは私を甘やかしすぎよ」彼女はにっこりした。「ちゃんとミルクも用意してくれて」

「子供のためさ」ルークは冗談めかして言った。そこで口に運ぼうとしたコーヒーカップがとまった。子供。僕の子供。ケルシーのような栗色の髪の女の子だろうか？　僕と同じ青い瞳の男の子か？

「どうかした？」

ルークは現実に戻った。ケルシーが手首を握っていた。彼はケルシーのてのひらにキスをした。彼女の脈が速くなるのがわかり、ルークの鼓動も速くなった。

彼は唐突に切り出した。「この週末に結婚しよう。ロンドンにいる親しい牧師を呼ぶつもりだ。君の弟さんたちにも来てもらえるか確かめるよ。この別荘で短いハネムーンを過ごして、そのあとマンハッタンの僕のペントハウスに移ろう。君はそこから美術学校へ通えばいい」

ケルシーは顔色を失った。「ちょっと待って。結婚って言ったの？」

「そんな驚いた顔をしないでくれよ。理屈からいえば、結婚するのが当然の流れだろう」

「理屈？　理屈がどう関係するの？　人が結婚するのは愛し合っているからよ」

「みんながもう少し理屈っぽくなれば、離婚率も下がるんじゃないかな」ルークは辛辣に言った。「僕たちが結婚するのは、君が妊娠したからだ」

「妊娠にはあなたもかかわっているのよ」

「わかった、わかった」そう、僕たちの子供だ。ルークはきっぱりと言った。「僕たちの子供は、父親と母親が一緒に暮らす家で育てる。安定した家庭でね。その点は問答無用だ」

「私にはなにもかも問答無用に聞こえるわ！」

「残念だが時間は戻せない。妊娠は君以上に僕に責任がある。だから、この結果は僕が引き受けるよ」

ケルシーの怒りはさらにつのった。「めちゃくちゃだわ。結果ですって？　おかしいわね、私は赤ちゃんの話をしているんだと思っていたわ」

「そうさ。だから、こうして話し合っているんだ」

「あなたは結婚がいやなんでしょ。私と同じように」

「最初から僕は結婚向きじゃないと言ったはずだ」

「それなら、いずれ私のこともいやになって、恨むようになるわ。父親が母親と結婚したくなかった家庭で子供を育てて、どこがいいの？　現実的になってよ、ルーク。片親だから最悪とは限らないわ」

「だめだ」

ケルシーの声が高くなった。「これがあなたの言う話し合いなの？　あなた、忘れているんじゃない？　結婚は私の計画にもなかったのよ。私は自由が欲しいの。長い間、家族に縛られていたから。結婚ですって？　それじゃ自由はないわ」

「シングルマザーにも自由なんてないさ」

「なんとかするわ」ケルシーは強情に言い張った。

僕が結婚を申しこめば、女性はだれでも大喜びで承諾するものと思いこんでいたのに。ルークは怒りを抑えて言った。「もう一度、最初から考えよう。第一に、僕たちはベッドでの相性がとてもいい。第二に、僕は君を尊敬している。敬意は大事だよ、ケルシー。うまくいく結婚の基本には常に敬意があるものだ」

「第三に、あなたは私を愛していないし、私はあなたを愛していない。そのことはどうなの？　愛し合ってもいないのに、どうして一緒に子供を育てられる？　愛こそ結婚の基本よ、ルーク」

「君は、ラジオやテレビに吹きこまれたロマンチックな考えをそっくりそのまま信じているのか？」

ケルシーは背筋を伸ばした。太陽の光を受けて髪が輝く。「ばかにしないで。私は深く愛し合う両親のもとで育ったのよ」

「それなら、君は例外的に幸運だったんだ」

「結婚したあと、どちらかがほかの人を愛してしまったらどうするの？　離婚するの？」

「僕はだれかを愛したりしない」ルークはほほえんだが、目は笑っていなかった。「愛は僕のリストにないんだ。離婚もしない。結婚というのは約束だからね。続けなければだめだ」

　また〝約束〟ね。「私の両親の場合は、確かにそうだったわ。口喧嘩をしても、そのあと抱き合って仲直りしていた。子供にしてみれば照れくさかったけど。でも、私たち四人とも両親が愛し合っているのを知っていたわ。ルーク、理屈と敬意で子供を育てることはできないのよ！」

「いや、できる。理屈と敬意と安定があればね」

「安定」ケルシーはゆっくり言った。「あなたがその言葉を口にするのは二度目ね。あなたがお母さんと一緒に暮らしたのはどのくらいの期間なの？」

「そんなことは君には関係ない」

「どうせあなたとは結婚しないでしょうけど、なぜあなたが結婚恐怖症になったのか教えてくれないのなら、ぜったいにお断りよ。お母さんの話になるとどうしていつも野兎みたいに逃げてしまうのかもね」

　ルークは音をたてて椅子をうしろに引くと、立ちあがってケルシーを見おろした。「いや、結婚するんだ」

　ケルシーもさっと立ちあがり、彼をにらんだ。

「お母さんは今もお元気なの？　会うこともあるの？」

「君の弟たちは盗みをしたことがあるか？」ルークは言い返した。「空腹に耐えきれず、ファーストフード店のごみ箱をあさったことがあるか？」

「ないわ」ケルシーはテーブルの端をつかんだ。

「あなたはそうしなければならなかったの？」

「僕の母は数年前に死んだ。君は僕と結婚するんだ、ケルシー。二人とも結婚なんか死んでもいやだと思っていようが、お互いに自由がなくなろうが、そんなことはどうでもいい。僕たちの子供には、一緒に暮らす両親がいなくてはならない。君と僕が」

ケルシーは黙ってルークを見つめた。頭の中は、ごみ箱をあさるひもじい少年の姿でいっぱいだった。それに比べて、私の生活はなんと恵まれていたことか。

彼女はテーブルをまわってルークの腕に手を置いた。しかし、彼は乱暴にケルシーを押しやった。

「同情するのはやめてくれ」

ケルシーは夢中で言った。「私は少年だったあなたに同情しているのよ。ごみ箱をあさらなければならなかった男の子に。私のハートは石ではないから、その子に同情せずにはいられないの」

ケルシーの言葉はルークの胸に突き刺さった。これまでだれにも話すまいと思っていた秘密を、いったいなぜ打ち明けてしまったのだろう？　それよりも、彼女が相手だと、次々に自分のルールを破ってしまうのはどうしてなのだ？

ルークは思わずケルシーを引き寄せた。そのぬくもりに、彼の全身に震えが走った。片手でケルシーの顎を支え、唇をむさぼる。

裏手の森のどこかで鳥が鳴いた。ルークはケルシーを抱きあげ、一瞬その髪に顔をうずめてから、テラスを横切って家の中へ運んだ。

ケルシーはルークのシャツをしっかりとつかんでいた。胸の中にはさまざまな感情が渦巻いている。その最大のものはなぜか希望だった。ルークと抱き合うことで、親密感や心のつながりが生まれるはずだと彼女は思った。それこそが、お互いに必要なものなのだ。それ以外に過去の傷を癒せるものがあるだろうか?

ルークは階段をのぼり、足で寝室のドアを開けた。四柱式のベッドはベルベットにおおわれていた。床にはアンティークの絨毯(じゅうたん)が敷かれ、薄いカーテンごしの光が差している。

「長かった……ものすごく長かった……」ルークはケルシーを下ろした。

「そうね」するべきことはわかっている。

ケルシーはルークの燃えるようなまなざしに見守られながら、ワンピースのファスナーを下ろした。肩からはずすと、ワンピースは床にすべり落ちた。続いて、腿までのストッキングをレースの縁取りのショーツと一緒に下ろす。そして、ブラジャーをはずして床に投げてから、赤いベルベットの上に仰向けに横たわった。

ルークは彫像のようにじっと立っていた。象牙(ぞうげ)色のなめらかな肌、乱れた栗色の髪、森の湖のような瞳。胸を高鳴らせながら、彼も服を脱いだ。ケルシーを抱けなければ死んでしまう。別れるにはもう遅すぎる。完全に手遅れだ。

そして、その気持ちは妊娠といっさい関係ない。

生まれてからずっとなにかに飢えていたかのように、ルークはケルシーの上におおいかぶさり、唇を求めた。両手はがむしゃらに彼女の体をまさぐる。

飢えが飢えに火をつけ、欲望が欲望を燃えあがらせた。ルークはケルシーをむさぼりつづけた。

二人の手足がからみ合い、汗が体を流れ落ちる。

ケルシーがルークの名を叫び、二人は一緒にクライマックスを迎えた。

ルークはケルシーの横に倒れこむと、荒い息をつきながらぼんやりと思った。彼女を求めずにはいられない。八歳のときに、決して他人を求めたりしないと心に決めたのに。

彼は目を閉じ、体だけでなく心も裸になっているのを感じた。またしてもケルシーのせいで自制心を失ってしまった。

　ケルシーが口を開いた。「ルーク、すばらしかったわ」

　ルークはケルシーの肩に顔をうずめたまま、曖昧(あいまい)に返事をした。彼女に出会わなければよかった。彼女は僕に正気を失わせる。

　ケルシーもじっと横たわっていた。二人の体はまだ結ばれている。なのに、なぜ急に恐ろしいほどの孤独を感じるのだろう？

　しだいに動悸(どうき)がおさまってくると、残飯をあさり、路上で物乞(ご)いをする小さな男の子の姿が脳裏に浮かんだ。ルークは子供の父親になるために私と結婚しようとしている。私たちの子供に、彼自身は味わえなかった安定と保護を与えるために。

　それを、どうして拒むことができるだろう？

11

　翌朝、ケルシーの弟たちが到着したので、ケルシーとルークが二人きりになったのは夕方だった。

　ケルシーは不安そうだった。「弟たちはあなたにうるさく質問した？」

「質問なんていう生やさしいものじゃなかったな。弟たちは君を愛しているからね。僕をじっくり品定めする気でいるよ」〝姉を泣かせたら、ただじゃおかない〟というのがドウェインの締めの言葉だった。

「そうでしょうね。ルーク、もし迷いがあったら……この結婚を考え直したくなったら、今からでもやめていいのよ。弟たちのことはかまわずに」

　ルークの顎がこわばった。「やめたりしないよ」

「自分がしようとしていることをちゃんとわかってほしいの。これはとても重大なことよ」

「だが、しなければならないんだ。子供のために」

ケルシーの胸を痛みが貫いた。「私たち、事を急ぎすぎているわ。少し時間をおくべきよ」

「なんのために？　君のおなかは大きくなるだけだ。小さくはならない」

「私はあなたの人生を変えてしまうのよ！」

ルークは否定しなかった。「最初に結ばれた夜、君の部屋へ入っていったのは僕だ。僕が君を一人にしておいたら、こんなことは起きなかっただろう」

ケルシーは唇を噛んで、震えを抑えた。「しかたなく結婚してもらうなんて耐えられないわ」

「ロマンチストだな。しかし、今となっては遅い」

ケルシーは辛辣に言った。「私は自分のしたことの責任をとるようにしつけられたけど、ここまでしなければならないとは思わなかったわ。愛のない結婚に追いこまれるなんて。ルーク、かわりに養育費を負担するという方法もあるのよ」

「だめだ」

「私の言うことを聞こうともしないのね！　あなたはいつでも私たちの子供に会っていいのよ。私は面会を拒んだりしないわ。でも、お願いだから、私たちのどちらも望んでいない結婚を無理強いするのはやめて」

「僕は週末だけの父親などごめんだ。どうして君が納得しないのかわからないよ」

「結婚したことを後悔しながら生きていくはめになるのよ。お互いに。子供だって喜ばないわ」

ルークはケルシーのつらそうな表情に心を動かされまいとした。「明日、ちゃんと姿を見せるとだけ約束してくれ。土壇場で雲隠れはなしだぞ」

「私がどこへ行くというの？　村の教会の祭壇の陰にでも隠れる？　葡萄園にひそむ？　ちゃんと行く

わよ。ほかに選択の余地はないでしょう？」

ぴったりしたオレンジ色のシャツを着たケルシーが階段の上にいるのを見た瞬間から、お互いに選択の余地はなかったのではないだろうか？

「ウエディングドレスを何着かローマから取り寄せておいた。カルロッタが君の部屋に運んだはずだ。明日は一時に、テラスで」ルークは腕時計に目をやった。「さあ、みんなとのディナーの時間だ」

翌日の午後、テラスの日よけの下で、ルークと牧師はドウェインとケルシーが現れるのを待っていた。グレンとカークとリコはすでにそろっている。

ルークは緊張を覚えていた。母は約束を破ってばかりいた。だが、ケルシーは結婚の約束を破らないだろう。破るだろうか？

こうしている今、ケルシーはスーツケースに服をほうりこみ、タクシーで空港に向かっているところかもしれない。ルークがてのひらをズボンのわきにこすりつけたとき、視界の隅でなにかが動いた。

顔を向けると、ケルシーがドウェインの腕に手をかけ、こちらへ歩いてくるところだった。彼女はノースリーブのシンプルな白いロングドレスを選んでいた。チュールのベールが肩にかかっている。やはりローマから空輸してもらったブーケは白いライラックで、ルークは彼女の家のまわりに茂っていたライラックを思い出した。

ケルシーの優雅さと落ち着きにルークは心を打たれた。彼女は約束を守った。そう、彼女は約束を守る女性だ。

疑ったことが悔やまれた。

ケルシーはまっすぐ前を見つめたまま、ルークの横に並んだ。牧師が口を開いた。ドウェインがケルシーを放し、グレンがブーケを取り、カークが彼女のベールを上げる。よく知っているはずなのに、ケルシーの美しさを目の当たりにして、ルークの誓いの言葉はもつれた。

それでも、頭の中には、ケルシーはなぜ自分と結婚する気になったのかという疑問が渦巻いていた。確かに僕は強引だった。しかし、蔦(つた)を伝って部屋まで登ってきたり、横にいる屈強な若者たちを育てあげたりしたケルシーなら、〝誓います〟のかわりに〝誓いません〟と言えるはずだ。

最初、僕が結婚しようと言ったとき、ケルシーは即座に断った。なにが彼女を変えたのだろう？　僕はなにより大事な質問をするのを忘れていた。

ケルシーは〝誓いません〟とは言わなかった。ルークは、村の小さな宝石店で見つけたアンティークの金の指輪を彼女の指にはめ、唇に軽くキスをしてうしろへ下がった。

カルロッタと彼女の夫マリオが立会人として婚姻届に署名し、そのあと大急ぎで、キッチンに用意してあるシャンパンと料理を取りに行った。

ケルシーは夫となったルークをちらりと見て言った。「たくさん食べてあげて。カルロッタはほとんど徹夜で料理をしていたから」

「カルロッタは君を気に入ったらしい。僕がようやく本物の女性を見つけたと言っていたよ」

ケルシーはシャンパンを小さなグラスに一杯だけ飲み、パンツァネッラと呼ばれるパンとチーズのサラダやカナッペに舌鼓を打った。そのあと、ルークと二人で牧師と弟たちとリコを空港へ送った。

帰り道、ようやく二人きりになったが、ケルシーは言うべき言葉が見つからなかった。頭の中で、大昔の太鼓の音のように一つの言葉だけが鳴り響いていた。私は結婚した、私は結婚した……。

カルロッタとマリオが新婚夫婦に乾杯するためにテラスで待っていた。マリオの言葉にカルロッタが赤くなり、ルークが笑った。ルークはイタリア語で返事をし、カルロッタがいっそう赤くなった。

カルロッタとマリオが立ち去ったあと、ケルシーは尋ねた。「二人となにを話していたの？」

「君の出産能力と僕の精力のことさ」

「まあ」ケルシーはなんとか口元に笑みを浮かべた。「あなたの精力ですって？　証明してみる？」

ルークは今こそ決心するときだと思い、さりげなく言った。「もう遅いよ、ケルシー。君は疲れているはずだ。寝たほうがいい。僕はあとから寝るよ」

「私、そんなに疲れてないわ」

「君には休息も二人分必要だ」二人は寝室のドアのところまで来ていた。ルークはケルシーの鼻の頭にキスをした。「ぐっすりおやすみ。明日の朝会おう」

ルークはくるりと背を向け、その場を離れた。

僕は理屈を超えたなにかに突き動かされてケルシーと結婚した。それはわかっている。それによって、妻を持たない、子供を作らない、二度と他人を必要としないという人生のルールを破った。今まですべてをコントロールしてきたこの僕が。確かに彼女は僕の人生をすっかり変えてしまったのだ。

だから、これからは僕が主導権を握ろう。結婚や子供については今さらどうすることもできない。だが、結婚生活は僕の思いどおりにしよう。舵をとるのは僕だ。ケルシーとのセックスで思いがけない感情をかきたてられ、彼女なしではいられなくなってしまうというのなら、解決策は簡単だ。

僕はセックスなしでも生きていける。

ケルシーなしでも平気だ。だれも必要ない。

ハネムーンは終わった。

といっても、そもそもハネムーンなどなかった。ケルシーは豪勢なペントハウスの寝室のベッドに横たわり、廊下の向こうで夫が服を着ている音に耳をすましていた。結婚式以来、ルークはほとんど彼女に触れていない。昨夜遅くここに到着すると、自分の寝室と離れた部屋にケルシーを案内し、そのあとEメールを調べに行ってしまった。

すばらしいセックスが結婚した理由の一つだったはずだ。彼がそう言っていた。なのに、なぜ私を避けるの？

ケルシーはベッドから出られなかった。体を起こしたとたん、いつものつわりでバスルームに駆けこむことになるからだ。

「ルーク？」彼女は呼んだ。「帰りは何時なの？」

ルークがシルクのネクタイを締めながらケルシーの部屋に入ってきた。「遅くても六時半だ。外で食事をしよう。料理人を雇ったよ。君の授業が始まる日から、週に六日来てくれる」

「料理人を雇った？」

「名前はマーセル。評判のいい料理人だ。学校が始まったら、君には夕食の支度をする時間なんかないだろう」

ケルシーの授業は三日後に始まることになっていた。「夕食を作るのに、朝から来てもらうの？」

ルークは鏡をのぞいてネクタイを直しながら眉を寄せた。「ほかのこともする。君の朝食も作るし。そのうち結婚披露パーティを開こう。知り合いのイベントプランナーが段取りをしてくれる。僕はもう行かなくては。九時半に打ち合わせがあるんだ」彼はケルシーの頬に軽くキスをした。「じゃあ、今夜」

まもなくルークがペントハウスを出ていく音が聞こえた。ケルシーは起き出し、バスルームへ急いだ。口をすすぎ、歯を磨いて、顔に冷水をかけてから、ゆっくりとバスルームを見まわした。磨きあげられた黒大理石の洗面台、彫刻がほどこされたガラスのドア、黒いフレームの鏡、白いタイルの床。タオルも黒と白だ。

毎朝、目覚めるたびに黒と白を目にしたい？　洗練されているかもしれないけれど、霊柩車みたい。

それに、なぜルークは私に相談もしないで料理人を雇ったの？　それでは私の出る幕がない。自分のかわりにだれかが料理をしてくれるのが、十年来の夢だったはずなのに、どうしてそんなふうに思ってしまうのかしら？

結婚披露パーティもすでに決まっているようだった。〝君はどう思う？〟の一言もなかった。

ケルシーは乱暴にローブをはおった。文句を言いながら突っ立っているより、新居を見てまわろう。

ここには、ルークも四カ月前に越してきたばかりだった。どの部屋も美しく調和がとれている。大きな窓、磨きあげられた寄せ木細工の床、優雅な天井、最小限の家具。個人的な思い出の小物も最小限だ。もちろん、ルークの母親の写真は一枚もない。

足音が部屋にこだました。冬枯れのセントラルパークを見ているうちに、ホームシックに襲われた。

今はここが私の家なのよ。ケルシーは自分に言い聞かせた。ここを我が家らしくしなくては。

でも、ルークが私と寝室をともにするのを拒んでいて、どうして我が家にできるの？　私は自由を望んでいた。だから、一人にしてくれることを喜ぶべきなのに、もうすでに彼との親密な交わりが恋しくてたまらない。彼の腕の中で感じる喜びが。

これからどうする気か、彼に単刀直入にきいてみよう。こんなことに黙って従っているわけにはいかない。

とりあえず、その前に買い物に行こう。

六時二十分過ぎにルークが帰宅すると、料理のにおいがした。ビーフカレーだ。外へ食べに行くと言っておいたはずなのに。

そのとき、ケルシーが廊下に出てきて、ワインのグラスを差し出した。彼女はシンプルなダークグリーンのワンピースを着ていた。髪はいつものように波打って肩にかかり、頬は紅潮している。とても美しかった。ルークはありったけの意志の力をかき集めて平静を装い、ワインを一口飲んだ。複雑で芳醇なこの味は、たぶん特別なときのためにとっておいたボトルだ。「いいものを選んだね」

「ラベルを見てもわからないから、目をつぶってラックから引き抜いたの。食事ができているわ」

「〈シスコズ〉に予約を入れてある」

「キャンセルすればいいわ」ケルシーは一歩近づいた。「今夜はぜひ我が家で私たちの最初の食事をとりたいの」

「我が家？」僕には我が家など一度もなかった。欲しいとも思わない。「ここはいわば、僕が帽子をかけるだけのところさ」

「今は帽子が二つよ」ケルシーは陽気に言った。

いったいどうなっているんだ。「君が夕食を作ったのかい？」

「ええ。四ブロック先のデリカテッセンにも手伝ってもらったけど」

「僕を飼い慣らそうというわけか？」

「それのどこがいけないの？」

ルークは近くのテーブルに音をたててグラスを置いた。「結婚して最初の戦いをするつもりかい？」

「違うわ。これは軽い前哨戦よ」

意志とは裏腹にルークはにやりとした。「どうやら僕は課題をどっさりかかえこんだようだな」

ケルシーは大きな瞳で彼を見つめた。「お互いさまよ。それが結婚というものじゃないかしら」

結婚。そう、ケルシーは僕の妻なのだ。

ルークはまだ妻という言葉を、彼女の前でもほかのだれの前でも使っていなかった。思い浮かべることさえ避けている。

彼はぶっきらぼうに言った。「レストランの予約は君が断っておいてくれるかな？　大変な一日だったんだ。僕はシャワーを浴びてくる」

「いいわ」ケルシーはキッチンへ消えた。

ルークはワインをもう一口、舌の上で味わった。仕事が終わったあと、家で待っている女性がいて、温かい夕食ができている。〝私はあなたの生活を変えてみせる〟ケルシーはそう言っているのだ。もっと気をつけるべきだった。

ルークはため息をつくと、自分の部屋に入ってネクタイをゆるめた。そのネクタイとシャツを椅子に投げたときには、ケルシーがもうそばに来ていた。

「私も一緒にシャワーを浴びようかしら？」

最初が肝心だ。ルークはさりげなく言った。「やめたほうがいいな。僕は腹ぺこなんだ。忙しくて昼食をとっている暇もなかった。すぐにシャワーをすませるよ」

ところが、彼がバスルームに入ると、ケルシーがついてきて、鏡に映った彼の顔を見つめた。

「なるほど」ルークは言った。タオル掛けにルビーレッドのタオルがかかり、洗面台に同じ色のシルクフラワーが飾られていた。タイルの上には、やはりルビー色のふかふかしたマットが敷かれている。

ケルシーは急いで言った。「このインテリアにはあなたのお金はいっさい使ってないわ。私がしたこと、気に入ってくれる、ルーク？」

金のことなどなにも言っていないのに。「バスルームじゅうが生き生きしたようだ」ルークは言った。

ケルシーはうれしそうに顔を輝かせた。「かまわないのね？」

「かまわないさ。気に入ったよ」我が家らしくするというのは、こういうことなのか？　それなら、そんなに悪くないかもしれない。

ケルシーの笑顔には安堵（あんど）感が漂っていた。「もっとあるの。ダイニングルームも。でも、順番に見て」彼女は背を向け、豊かな髪を持ちあげた。「ファスナーを下ろしてくれない？」

「今はそんなことをしていられないよ。出ていってくれないか。夕食を焦がしたくないだろう」

ケルシーはさっと振り向いた。「あなたって、仕事を終えたときはいつもそんなに機嫌が悪いの？」

「帰ってきたとたん誘惑されるのがいやなだけだ」

ケルシーは胸をぐさりと刺された気がした。「心配しないで。二度とこんなことはしないから」彼女はバスルームを飛び出し、ばたんとドアを閉めた。

選択肢は二つある。ケルシーは腕組みをして考えた。自分の寝室に飛びこんで泣くか、何事もなかったかのように彼に夕食を出すか。

私が彼の一言で簡単に傷つくことを知られたい？

泣くのはやめよう。ケルシーはキッチンに入り、カレーを乱暴にかきまぜた。

ケルシーがドアを閉めると、ルークは残りの服を脱いだ。舵をとるのは僕だ。しかし、法的に妻となった女性に背を向けるのがどんなにむずかしいか、気づくべきだった。

数分後、ルークはカシミヤのセーターとジーンズを身につけてキッチンへ行った。

ケルシーが落ち着き払った声で言った。「料理の盛りつけを手伝ってもらえる？」

ルークはスプーンを取り出し、ライスを盛りはじめた。彼らしくない家庭的なふるまいだった。こんなことは疫病のように避けてきたのに。

皿を持ってダイニングルームに入ったルークは、いきなり足をとめた。テーブルにはサファイアブルーのテーブルマットが敷かれ、青紫色のアイリスを生けた花瓶が置かれていた。

「その花、見たらどうしても欲しくなってしまったの」ケルシーが言った。

「僕は一度も君に花を買ってあげたことがなかったな」ルークは経験したことのない痛みを胸に感じた。

「すてきなブーケを取り寄せてくれたわ」ルークの視線が壁に向くのを見て、ケルシーは言い添えた。

「あれは、私が気に入っている絵のうちの四点なの。いやじゃないといいけど。壁が寂しすぎるから」

遊び心にあふれた鮮やかな色彩はいかにもケルシーらしい。「この壁を飾るものをなにか買うつもりでいたんだ。でも、ここには君の作品をかけよう」

「今日、とてもすてきな絨毯も見つけたの。アンティークのペルシア絨毯よ。ここに敷いたらすばらしいと思うの。でも、セールで同じくらいすてきなものを見つけるわね」

「そういえば、買ったものの領収書を渡してくれないか。僕が払うから」

「いいえ、それはだめよ！　あなたに相談もしないで、私が勝手に使ったお金ですもの」

「最初にはっきりさせておこう。僕には金がある。君は苦学生だ。だから、支払いは僕がする」

「あなたを利用することになるわ」ケルシーはそっけなく言った。「そんなまねはしたくないの」

「それじゃ、今回だけ君の潔癖な良心に従おう。明日、君のためにクレジットカードを作って、君名義の銀行口座を開くよ。それで絨毯を買えばいい」

「あなたは絨毯の値段も聞いてないのよ！」

「僕たちの前哨戦はさっきで終わった。この戦いは僕が勝つ」

「あなたに養われるわけにはいかないわ」

僕に養ってもらいたがる女は今までおおぜいいた。「君は僕と結婚して〝富めるときも貧しきときも〟ともに暮らすことになった。たまたま僕は富んでいる。何年か前、株取り引きを始めて、僕には才覚があることがわかった」彼はケルシーに向かってグラスを掲げた。「だから君が絨毯を五十枚買っても大丈夫だよ」

「私たち、一緒に暮らしているのよ」ケルシーは強情そうに顎を突き出した。「私もなにか分担したいの。そうでないと、ただの役立たずの居候よ」

「君は居候なんかじゃない。僕の妻だ」ついに言ってしまった。だが、高価な天井は落ちてこない。

「あなたの妻なら」ケルシーは慎重に感情を抑えた声で言った。「どうして寝室が別なの?」

「それは僕の問題だ」これでは理由になっていない。

「私たちの問題だと思うけど」

「結婚は僕の計画になかったんだよ、ケルシー。僕は自分にふさわしいやり方を貫きたいんだ」

「つまり、私に結婚を無理強いしたのと同じやり方ね。話し合いもなし、交渉もなし」

「それが僕の経営方針だ。お人よしではトップになれない」

「私は会社じゃないわ。生身の女よ!」

僕がそれを知らないとでも言うのか? ルークは冷静に言った。「とにかく支払いは僕がする。君はなんでも好きなものを買うといい。明日帰ってきたとき、床に敷かれたペルシア絨毯を見てみたいよ」

「クレジットカードを使いまくるんじゃないかという心配はしないの? 店じゅうのものを買うんじゃないかって」

「どうぞ買ってくれ。シスター・エルフレダを別にすれば、君は僕から金をむしり取ることに夢中にならない最初の女性だ」

「そこが肝心な点ね。だってあなたのお金なのよ」

「僕たちは結婚したんだ。僕の財産は君のものさ。これで言い合いは終わりだ」

「あなたの戦い方はフェアじゃないわ」

「僕はフェアな戦いをするなんて約束していない。君もだ。君は泣きさえすればいいんだ、ケルシー」

「なるほどね」ケルシーは目を見開き、涙を浮かべてみせた。「こんなふうに？　私、ハドリーでアマチュア演劇をやっていたの。泣くのは名人よ」

「君と暮らすと退屈しないな」

「そうよ」ケルシーは立ちあがり、挑むように目を開けたまま、ルークが教えてくれた官能的なキスをした。「料理人は週に五日、午後だけ来てもらうわ。夕食の準備をしたら帰らせるの。そうすれば、私が新しい絨毯の上であなたを誘惑しようと思ったとき、キッチンでセロリを刻んでいる人のことを気にしなくてもすむでしょ」

ケルシーの熱い唇がルークの防壁を燃やした。

「だから絨毯が欲しいのかい？」

「ほかにどんな理由がある？」彼女はにっこりした。

寝室を別にすると言えば、ケルシーがおとなしく従うと本気で思っていたのか？

「今フェアな戦いをしていないのは君のほうだ」

ケルシーは片方の眉を上げた。「私たちのプライバシーを確保するためだけじゃないわ。午前中、私には自由が必要なのよ。自分でスクランブルエッグを作るとか、絵を描(か)くとか」

やられたな。「明日、マーセルに話してみよう」

「よかった。意外と楽勝だったわね。デザートにはフルーツサラダを作ったの。妊婦は摂取カロリーを考えなきゃいけないから」

ケルシーはなかなか巧妙な戦士だ。確かに三人の弟を一人前に育てあげたのだから、戦略の一つや二つは身につけているだろう。

ルークは穏やかに言った。「マーセルを雇ったのは、君にできるだけ自由をあげたかったからだ」

「親切なのね」ケルシーは甘ったるい微笑を浮かべ、ミルクのグラスを掲げた。「私たちのために」

「僕たちのために」ルークはそう繰り返しながら考えた。彼女は次にどんな戦術に出てくるだろうか？

12

ケルシーの授業が始まる日、ルークは朝早く打ち合わせがあった。ケルシーがいつものようにバスルームに駆けこんだとき、突然彼の声が聞こえた。

「ケルシー、大丈夫かい？」

「ええ」彼はもう出かけたものと思っていたのに。

「どうしたんだ？」バスルームのドアが開いた。

「向こうへ行って！」また吐き気が襲ってきた。

ルークはケルシーの横に膝をつき、両手で彼女の肩をつかんだ。「つわりだね。なぜ言わなかったんだ？」ケルシーが初めて聞く気がかりな口調だ。

「もうおさまったわ」ルークの手のぬくもりがローブを通して伝わってくる。すぐそばに彼を感じる。

ケルシーは痛いほど熱い思いにとらわれた。永久に彼に支えていてほしい。

でも、今はロマンチックとほど遠い状況だ。

「顔を洗わなくちゃ」

ルークはケルシーを立たせ、彼女が顔を洗うのを見守った。ケルシーの顔色は洗面台と同じくらい白く、目の下には青い隈ができている。

「毎朝こうなのかい？」

「私はラッキーなのよ。一日一回ですむから。何回も続くと体力を消耗するでしょ。妊娠についての本に書いてあったわ」

「本当に大丈夫かな。僕はもう行かなければならないんだ。日本から来た市場アナリストと会うことになっていてね。ただ、結婚披露パーティは君の気分がよくなるまで延期しようか？」

ケルシーはルークの頬にキスをした。その瞬間、彼の体がこわばるのを感じ、胸が痛くなった。

「その必要はないわ。私、あなたのお友達に会うのを楽しみにしているの。帰りは六時半ごろ？　夕食にコンビーフハッシュを作ってほしいって、マーセルに頼んだの。グレンの好物なのよ」

コンビーフハッシュとペルシア絨毯とはおもしろい組み合わせだ。そう思いながら、ルークはリビングルームの椅子からコートを取った。コーヒーテーブルの上に、ケルシーが言っていた妊娠に関する本があった。それも持って家を出た。

リムジンがルークを待っていた。車の中で、彼は無造作に本を開き、流産についての章を読みはじめた。妊娠初期のセックスは害がないと書かれていたが、著者が自分たち夫婦のような激しい交わりを想定しているかどうかは疑問だった。結婚以来、彼女を避けてきたのは、偶然だが彼女と子供を守っていたことになる。

それが男の役目ではないのか？

かつて、幼い僕を母親の仕打ちや貧しい生活から守ってくれる者はいなかった。それでも僕はやがて父親になる。すべきことを心得ておかなければ。それに、子供は何年間も母親の自由を奪うだろう。ルークは赤インクで書かれたケルシーのリストを思い出し、罪悪感に駆られた。

ルークにとっては初めて経験する感情だった。一夜の情事で、僕はケルシーから償いようのないものを奪ってしまった。彼女は僕に出会わないほうがよかったのだ。彼女自身、内心そう思っているのではないだろうか？

僕が彼女から離れていればいるほど、彼女は自由でいられる。それは間違いない。結婚以来、僕がとってきた行動は正しかったのだ。

二ブロック先にグリフィン・タワーが見えてきた。これから四時間はケルシーのことではなく、市場アナリストの頭の中をさぐることが優先課題になる。

それならお手のものだ。

僕にケルシーは必要ない。彼女を求めるのはやめよう。ただ、それを実行することは、僕の人生で最大の挑戦になるかもしれない。


ルークが出ていくとすぐ、ケルシーはシャワーを浴びた。温かい湯が体の凝りをほぐしてくれる。そのあと、ルビーレッドのバスタオルに身を包み、気がつくとルークの寝室へ向かっていた。

窓から光が差しこみ、枕はまだ彼の頭の形にくぼんで、シーツが乱れている。思わずベッドに横たわり、枕に頬を押しつけた。ルークの香りがする。

ケルシーにしても、体を重ねさえすれば二人の関係がうまくいくと考えるほど単純ではなかった。ただ、自分が満ち足りた気持ちでいるには肉体的な結びつきが必要だと確信していた。ベッドで体を寄せ合っているときほど、彼を身近に感じることはない。彼の腕の中にいると、うっとりして……愛されている気すらする？

ばかばかしい。私たちは愛し合ってなんかいない。

問題は、結婚以来ずっと独りぼっちのような気がしていることだ。私は孤独の淵で一人もがいている。

作戦を立てなければ。

玄関ホールの大時計が鳴った。ケルシーはバスタオルを押さえて立ちあがった。学校へ行く支度をしよう。初日から遅刻するのはごめんだ。

翌日の夕方、学校からの帰り道、ケルシーはひどく不安だった。ばかばかしいとは思う。心配する理由はない。これは買って当然のものだ。それに、もちろん自分のお金を使った。

贈り物を渡すのは、食事のあとにしよう。キャンドルの明かりとマーセルの作ったおいしい料理が助けになってくれるだろう。これがルークとの間の壁を壊し、再び彼を私のもとに引き寄せて、彼の情熱を解き放ってくれるといいけれど。

　私は命がけで戦っているのだと、ケルシーはコートをかけながら思った。この贈り物は唯一思いついた作戦なのだ。

　ルークがキッチンへ入ってきた。「授業はどうだった？」そう言って、ケルシーの頬にキスをする。

「それがあなたのできる最高のキスなの？」

　ルークは表情一つ変えずにワインを一口飲んだ。

「人物画？　それとも、静物画かな？」

「静物画よ」ケルシーは胸の痛みに気づかれまいとまつげを伏せた。「それと、課題の小論文のために、遠近法に関する本を読みはじめたの」

「おいしそうなにおいがするな。スパゲッティ・ボロネーゼとシーザーサラダか」

　鍋(なべ)の蓋(ふた)を取っているケルシーの手首はびっくりするほど細い。頬骨の下には陰ができている。

「疲れているようだね」ルークはゆっくりと言った。

「授業が始まって、目がまわりそうなの。でも、とても勉強になるわ」

「キャンドルをともそうか？」ルークはダイニングルームへ逃げこんだ。彼の作戦はいたってシンプルだった。とにかくケルシーには近寄らないことだ。だが、残念ながら簡単にはいきそうもない。彼は口の中で自分をののしり、料理を運ぼうとキッチンに戻った。

　食後、ルークがコーヒーにクリームを入れているとき、ケルシーが言った。「今日あなたのために買ってきたものがあるの。すてきなものよ」

　ルークの体がこわばった。「また絨毯かな」彼は軽い口調で言った。「きっと気に入ると思うよ。これまで君が買ったものはみんな気に入っている」

「家のためのものではないの。あなたのものよ。ちょっと待ってて。取ってくるわ」

ケルシーは宝石店の小箱を持って戻ってきた。

ルークはその宝石店を知っていた。おもにアンティークを扱っている。好奇心を覚えて開けてみると、黒いベルベットの上に金の指輪がおさめられていた。男女の手が握り合っているデザインだ。

「結婚したとき、私に指輪をくれたでしょう」ケルシーは早口で言った。「トスカーナでは、あなたの指輪を買うチャンスがなくて。昨日、ショーウインドーでこの指輪を見て、一目惚れしちゃったの。それで、きれいに磨いてもらって、今日帰りに受け取ってきたのよ」

ルークは箱から指輪を取り出そうともしないで、じっと見つめている。

「気に入らない？」ケルシーは小声で尋ねた。

「どうして君は僕と結婚したんだい、ケルシー？」

ルークは静かに言った。「僕が強引だったのはわかっている。それでも、君はノーと言えたはずだ」

唐突な質問にケルシーはうろたえた。「最初はノーと言ったはずよ。あなたと結婚するのが不安だったの。本当に不安だった。この街に引っ越してから妊娠がわかり、久しぶりにあなたのオフィスで会って……すっかり混乱してしまって」

「なぜ気が変わったんだ？」

話が思いがけない方向へ向かうのに狼狽したケルシーは、珍しくぎこちない口調になった。「しかたなかったのよ、ルーク。赤ちゃんには父親がいるべきだし、あなたには父親になるチャンスをあげるべきだし……」

誠実だからこそ、ケルシーはほかにどうしようもなかったのだと、ルークは思った。彼女は自分よりも僕と赤ん坊を優先させたのだ。かつて弟たちのことを優先させたように。だが、今、彼女を結婚に縛りつけている責任は僕にある。

「わかった」ルークは言った。

「ルーク、その指輪が気に入らないのなら、返してもいいのよ。指輪をはめない男性は多いから。先にあなたにきくべきだったわね」

「いや、返さないでくれ」この指輪がケルシーにとって重要な意味を持つことに、ルークは気づいていた。彼女の大きな可能性を奪ってしまったことを悔いるのは、僕の問題だ。「はめてくれないか？」

一瞬、ケルシーは無言でルークを見つめた。彼はなにを考えているの？　急に絶望的な気持ちになった。「あなたがなにを考えているのかわからないわ。本当に指輪が欲しいの？」

ルークはなんとかほほえもうとした。「そうだよ、この握り合わされた手のデザインが気に入ったんだ。実によくできている」

ケルシーはおそるおそる指輪を取り出した。宝石店で包装を待っている間、彼女は心に思い描いていた。指輪をルークの指にはめたら、彼は私の目を見つめ、腕の中に抱き締めてキスをし、たぶんベッドへ運んでくれるだろうと。

ところが、ルークはいちばん早い飛行機でここから逃げ出したがっているように見える。

ケルシーはなんとかルークの指に指輪をすべらせた。「さあ」ありったけの勇気を振りしぼって彼の手を自分の唇に当て、その手を下ろして胸のふくらみに置く。

ルークは顎をこわばらせ、手を引っこめた。「君はあきらめが悪いな」

「あなたはもう私に触れようともしないのね！」

それは心からの叫びだった。しかし、かえってルークの決意を固くさせた。ケルシーと赤ん坊を守ることは、彼女と距離をおく理由として十分だ。ただ、ルークは心の底で、本当に守っているのは自分自身だとわかっていた。

「結婚生活は僕のやり方でやっていくつもりだ」

ケルシーは辛辣に言った。「私の気持ちを無視しておいて、どうやってうまくやっていくつもりかしら」

「ケルシー、このことで君といつまでも言い争うのはごめんだ。熱いシャワーを浴び、なにか楽なものに着替えて、足を高くしてやすむといいよ」

「つまり、ここから消えろってことね」ケルシーはプライドをふるい起こして椅子から立ちあがった。

バスルームに入ると、ルビーレッドのタオルを見つめた。ルークはあの指輪が気に入らないのだ。自分の苦境をまざまざと思い出させられるから。好きでもない女と結婚して、その女が自分の子供を身ごもっていることを。

私と結婚するとは考えてもいなかったのだ。

父親になるとも。

皮肉にも、私が贈った結婚指輪は、ルークがこの結婚をどんなにいまいましく思っているかを教えてくれた。

ケルシーは震えながら服を脱ぎ、頭にキャップをかぶってシャワーの下に立った。これほどの孤独と不安と狼狽を味わうのは初めてだった。心臓までが凍りついて、粉々に砕けそうな気がした。

彼女は温かなしぶきに顔を向け、リラックスしようとした。湯が黒と白の大理石に落ち、涙のように流れた。黒と白だけにしておけばよかった。赤はロマンスと幻想の象徴だ。

〝疲れているようだね〟とルークは言った。あれは魅力がなくて退屈だと遠まわしに伝えていたのだろうか？　それとも、妊娠している私にはもう欲望を感じないということ？　ケルシーは濡れた体を見おろした。ウエストラインが消え、おなかがふくらみはじめている。胸には青い血管が浮いていた。

ルークが惹かれるのは、モデルのように細くてエレガントで、妊娠などしないクラリッセのような女性だ。結婚式以来、私に近づこうとしないのも当然だろう。私はもう彼をその気にさせないのだ。

いつのまにかケルシーは泣いていた。頬を流れ落ちる湯に涙が混じる。彼女は顔をたたいた。

愛のない結婚に慣れるのに一週間以上かかった。みんなは私が彼を愛していると思っているだろうが。

そこでケルシーははっとし、黒と白の大理石を見つめた。私は彼を愛している。そうでなければ、彼が帰ってきた気配を聞いてどきどきしたり、頬にキスされただけで全身が熱くなったりするだろうか？　そうでなければ、なぜ泣きながらここに立っているのだろう？

わきあがる感情に、彼女は一瞬目を閉じ、悲しみを追い払った。私はルークを愛している。心から。

歌いだしたかった。花咲く草原を裸足(はだし)で走り、浜辺で波とたわむれたかった。

ルークに抱きついてこのことを伝えたかった。

でも、できない。ルークは私を愛していない。愛していると伝えれば、望まない妻と予定外の子供をかかえた彼の重荷をふやすだけだ。彼には言えない。

再び骨まで凍えそうになった。ケルシーはシャワーをとめ、体をふき、ゆったりしたセーターと黒いストレッチパンツを身につけた。ルークとまた顔を合わせる前に、心の動揺を抑えなければ。

彼に感謝すべきことはたくさんある。私の生活は楽になり、美術学校にも通っている。そして、母子ともに健康だ。

ケルシーは寝室へ行き、枕にもたれて本を読みはじめた。二時間後、ルークが部屋に入ってきた。

「君の寝る時間は過ぎたよ。僕はこれから映画のビデオでも借りてくる」

いつもと同じルークだ。しかし、愛していると悟った今は別人に見えた。ケルシーは目を伏せた。

「最後まで読むのは明日にするわ」そう言うと、枕の下からナイティを引っぱり出した。

ルークの胸の鼓動が速くなった。彼はケルシーのセーターの裾に手を伸ばした。

ケルシーの心臓が大きくどきんと打った。息をつめて待つ……。

ルークは手を下ろした。「外へ出たついでにオフィスに寄るかもしれない。起きて待っていないでいいよ。明日の朝、会おう」

彼は出ていった。ケルシーは服を脱ぎ、丁寧にたたんでベッドに入った。雨が窓ガラスをたたき、風がうなっている。とても眠れそうにない。

横たわったまま暗闇を見つめていたのか、うとうとしたのかわからないが、ケルシーは突然目を開け、起きあがった。心臓がどきどきしている。リビングルームの床がきしむ音がしたのだ。時計を見ると、ルークが出ていってから三十分しかたっていない。

彼女はローブをはおり、忍び足で部屋を横切った。いちばん近い電話は廊下の向こう側のルークの部屋にある。そっとドアを開け、足音を忍ばせて廊下へ踏み出した。

リビングルームで本が落ちる小さな音がした。ケルシーは凍りついた。こちらへ近づいてくる足音がする。彼女は恐怖で目を閉じた。

「ケルシー……どうしたんだ？」

ケルシーはぱっと目を開けた。ぐらりと床が傾いた。

倒れる前にルークが彼女を抱きとめた。「気分が悪いのか？」

息がつまって胸が苦しい。ケルシーは彼にしがみついた。「ど、泥棒かと思ったの」

「泥棒？」ルークはおかしくもなさそうに笑った。

「僕が泥棒をしていたのは、ずっと昔の話だ」

「あなたはオフィスに寄るって言ったから……」

「気が変わったんだ」ルークは指で彼女の顎を持ち

あげた。「泥棒だと思ったのなら、なぜ寝巻き姿でうろうろしているんだ？」

その非難めいた口調に、ケルシーは気力を取り戻した。「どうすればよかったの？　ベッドで殺されるのを待つの？　私の部屋に電話はないのよ。いちばん近い電話はあなたの寝室にあるんだから」

「なんてことだ、そこまで思いつかなかった。ケルシー、すまなかった。雨がひどかったから、オフィスへ行くのはやめたんだ」

ルークはケルシーの肩のくぼみに顔をつけた。素肌に彼の温かな息がかかる。欲望と愛情がないまぜになって、ケルシーは体をほてらせた。

ルークが顔を上げた。その目は閉じている。「君はもう眠れるだろう？　ビデオを借りてきたんだ。うるさくないように書斎のドアは閉めておくよ」

ケルシーは自分に言い聞かせた。私は今までずっと戦ってきた。今こそ自分のために戦うときじゃない？　彼女はおずおずと言った。「一緒にベッドへ来て、私を抱いていて、ルーク。私が眠るまで」

ルークは内心たじろいだ。しかし、ケルシーをあんなに怯(おび)えさせておいて、どうして断れるだろう？

ルークはケルシーの手を取って寝室へ連れていった。彼女がベッドに入ると、ルークもそのかたわらに横たわった。服を着たままで。

ケルシーは彼に寄り添い、胸に顔をうずめた。

「あなたとこうしていると安心するの」

ルークはじっと横たわり、窓を打つ雨の音を聞きながら、ケルシーのぬくもり以外のことを考えようと努めた。

ようやくケルシーの呼吸が深くなり、彼の腰に巻きついていた腕から力が抜けた。

ルークはそっと体をずらし、大きなベッドにケルシー一人を残して部屋を出た。

13

結婚披露パーティの二日前、ケルシーは新しいドレスを買うことに決め、思いきってルークとバハマへ行く前に買い物をした店に出かけた。運よく、金のラメ入りの華やかなドレスが見つかった。代金は自分で支払った。

そして今、化粧の最後の仕上げをしていると、ルークが部屋に入ってきた。

「マスカラをまだ片方のまつげにしかつけていないのを忘れさせないで」ケルシーはそう言いながら、タキシード姿のルークが呆然（ぼうぜん）とするほど魅力的なのを無視しようとした。

ルークは鏡の中のケルシーを見て目が釘（くぎ）付けになった。身をかがめているせいで、白い胸のふくらみがあらわになっている。

「君がこれほど美しくなれるとは思わなかった」

ケルシーの胸に希望の光がともった。彼はまだ私をきれいだと思ってくれるのだ。彼女は振り向いてルークの唇にキスをした。体にまわされた彼の腕に力がこもり、一瞬、ケルシーは勝ったと思った。だが、次の瞬間、ルークは彼女を引き離した。

「君に贈りたいものがあるんだ」彼はポケットから箱を取り出して蓋（ふた）を開けた。黒いベルベットの上に、しずく形のダイヤモンドのペンダントとそろいのイヤリングがのっていた。ルークは彼女の首にそのペンダントをつけた。

ケルシーは鏡に映った自分を眺め、静かに言った。

「ハドリーの生活がずいぶん遠くに思えるわ」

今のルークには彼女の心が読めなかった。「君は同じ女性だよ。服装が豪華になっただけさ」

「私のために宝石を買う必要なんかなかったのに」

「僕が買いたかったんだ」

そうすれば、立派な仲間の中で恥をかかないですむから？　ケルシーはパーティを前にしておじけづいているのに気づいた。ルークの友人や仕事仲間、それに、きっと来るはずの元恋人たちと顔を合わせるこのパーティは、リコと弟たちを招いて挙げた式とはまるで違う。ルークに愛されていたらよかったのにと心から思った。それなら、初対面の人に何千人会っても平気なのに。彼女はイヤリングを耳につけた。

「どうもありがとう、ルーク」

一時間後、ケルシーはパーティのにぎわいの中にいた。ある意味では、思っていたほど悪くなかった。ルークがずっとそばについていてみんなに紹介し、会話に加われるようにしてくれたからだ。しかし、別の意味では苦痛だった。音楽が始まると、彼はケルシーに腕をまわしてダンスフロアへ出ていった。ケルシーはルークのリードに従いながら、視線を彼の襟の金の飾りボタンに向けていた。こんなにそばにいるのに、はるか遠くに感じられる。そう思うと、絶望の波に押し流されそうな気がした。

でも、感情を表に出すわけにはいかない。彼女は明るく言った。「私、シンデレラの気分よ」

「でも、真夜中に消えないでくれよ」ルークの顔にちらりと厳しい表情がよぎった。

ケルシーはにっこりしてみせた。「どこへ行くというの？　渡ってきた橋を燃やしてしまったのに」

「橋の一つや二つ燃えたくらいで君をとめられるかどうか、自信がないな」

ルークは見かけほど自信があるわけではないらしい。でも彼は、私が彼を愛してしまったことを知らないのだ。

曲が終わった。パーティ会場は金と白で統一され、香り高い百合が贅沢に飾られている。高い天井にクリスタルのシャンデリアが輝き、ビュッフェには氷の彫刻と凝った料理が並んでいた。

ケルシーはルークの秘書やベルギーの外交官やギリシアの海運王と踊り、それぞれと無難な会話を交わして、顔が痛くなるほど笑みを浮かべつづけた。

客たちがビュッフェのまわりに集まった。ケルシーはルークの腕をそっとつかんで言った。「ちょっとお化粧を直してくるわね」

「すぐ見つかるように、このあたりにいるよ」

化粧室に入ると、大理石のカウンターに黄色とクリーム色のフリージアが飾ってあった。ケルシーは個室に入って鍵をかけ、ドアに頭をもたせかけた。一人になってようやくほっとできた。愛し合っている新婚夫婦のふりをするのはもううんざりだ。事実とは大違いなのだから。

女性たちが大声で話しながら入ってきた。中の一人が言った。「そのドレス、すてきね、クラリッセ」

ケルシーは凍りついた。

「ヴァレンティノよ。先週、パリで見つけたの。ねえ、あなたたち、花嫁さんのこと、どう思う？」

「なかなかかわいいじゃないの」

「ルークったら、そばにつききりよ」

クラリッセは意地悪そうな笑い声をあげた。「今のうちはね。ルークは一人の女のそばに六カ月以上いたことがないのよ。みんな知っているわ」

「ルークはだれとも結婚しない。それもみんな知っていたわ」別の女性が言った。

「彼女は罠にかけたのよ。わざと妊娠して。よくある古い手だわ。子供が生まれたら、彼、さっさと姿を消すわよ」

「彼女は利口よ。あなたも認めるべきね。離婚手当の額を想像してごらんなさいよ」

「田舎出の退屈な女よ」クラリッセは嘲笑った。

「美術学校に行っているなんて……あきれたわ」

「そんなにかっかしないで、クラリッセ。彼は今年のうちにまた自由の身になるわよ。ねえ、ディオールの新しい香水、どう思う？」

ケルシーは本当に気分が悪くなり、ドアにもたれた。まもなく女性たちは出ていき、また一人になった。礼儀正しい態度をとっていた人たちが陰でこんなひどいことを言っているのに気づかなかったなんて、私は大ばかだわ。それに、あの噂は当たっているんじゃない？

私はわざと妊娠して彼を罠にかけた。

でも、ルークに離婚するつもりはない。少なくとも子供が巣立つまでは。どのくらいの間かしら？　十八年？　二十年？

まるで終身刑みたい。

ケルシーは口紅を直し、笑みを浮かべる練習をした。心の痛みが顔に出ていないのを確かめてからドアを開けると、ルークはまだビュッフェのそばに立っていた。その横にいる女性は新聞の社交欄の写真で見たことがある。クラリッセだ。ヴァレンティノのドレスを着ている。

あわてて化粧室に戻って隠れる？

そうはいかない。これは私のパーティよ。私とルークの。私の居場所はルークの横だわ。

ケルシーは人の群れをぬいながら、新しい知り合いにほほえみかけ、ときには言葉を交わし、毅然と頭を上げてルークのそばまで行った。そして、彼の腕にそっと左手をかけた。ルークがにっこりした。

「ケルシー、こちらはクラリッセ・アンドーヴァーだ。クラリッセ、僕の妻ケルシーを紹介しよう」

クラリッセは冷ややかにうなずいた。「こういうパーティはあなたには重荷でしょうね」

「とんでもない」ケルシーはルークに向かってあでやかにほほえんだ。「私を見せびらかしたがる夫の期待に応えなくては」

「だって、あなたはパーティにあまり慣れていないでしょう。これまでの暮らしを考えると」

「私、三人の弟を育ててきたんです、クラリッセ。ですから、何事にもすぐ適応できますわ」

「それならいいけど。私たちの中には、あなた以上にルークをよく知っている者もいるのよ」

ルークの腕がこわばるのを感じたケルシーは、彼が口を開く前にさらりと言ってのけた。「同じ家で暮らして同じベッドでやすむのは、なまじのデートとは比べものになりません」ケルシーはまたルークを見てにっこりした。「だれかをよく知るためのすてきな方法よ」

真っ赤な嘘だ。でも、知っているのはルークだけ。そして、彼はぜったいに暴露しないだろう。

クラリッセが言った。「まさかあなた、結婚が永遠に続くものだと信じるほど世間知らずじゃないわよね」

「私は結婚の誓いを信じています。つまり、夫を信じていますの」

「ずいぶん甘いのね」クラリッセは意地の悪い笑みを浮かべた。

「いえ、現実的なんです」ケルシーはきっぱりと言い返した。「あなたもいい方を見つけてお幸せになられるといいですね、クラリッセ。私がルークと知り合ってからの期間はあなたほど長くないかもしれませんけど、彼のことはあなたよりよく知っています。私のダイヤモンドの指輪を賭けてもかまいません。ところで、あなたのドレス、すてきね。ヴァレンティノでしょう？」

クラリッセは怒りをすばやく抑え、ルークの唇にキスをしようとした。だが、とっさにルークが顔をそむけたので、クラリッセの唇は彼の頬をかすめただけだった。

「あなたのお幸せを願っているわ、ダーリン」クラリッセは白々しく言った。「またあとでお話ししましょう」

クラリッセが立ち去ると、ケルシーは考えこむようにつぶやいた。「あの人がクラリッセなのね。あなたの趣味はあまりいいとは言えないわ、ルーク」

「彼女は負けたことに腹を立てているのさ。君がバハマを発った夜、彼女は僕に誘いをかけてきた。僕は相手にしなかった。それで、今夜は仕返しをしようと待ち構えていたんだろう」ルークはおもしろくもなさそうに笑った。「僕はクラリッセを招待しなかった。彼女はほかのだれかの同伴者として来たんだ。このパーティについてはもっとよく考えるべきだったな。君をこんな連中の中にほうりこんでしまって……ほとんど知らない者ばかりなのに」

「私は大丈夫よ」

「ああ、君は大丈夫だろう」ルークはまっすぐにケルシーを見つめた。「君は僕を信じているとクラリッセに言った。本当かい？」

「ええ、本当よ」

ルークはケルシーの手を自分の唇に持っていき、その指にキスをした。「ありがとう」

幸福感がケルシーを満たした。ルークは私を愛しているとは言っていない。でも私は、彼が閉ざしつづけている心にかすかに触れた。今のところはそれで十分だ。

数日が過ぎた。パーティの夜、ケルシーはルークの心に一瞬触れたような気がしたが、毎日の暮らしに変化はなかった。まるで他人同士のようだった。だが、決して他人ではない。ケルシーの心の奥には二人が喜びと笑いを分かち合った記憶があった。

ほかの男性なら、浮気をしているのではないかと疑ったかもしれない。でも、ルークはそんなことはぜったいにしないはずだ。彼はもう私とベッドをともにしたくはないのかもしれないけれど、結婚の誓いは守るだろう。たとえどんな犠牲を払おうとも。私がクラリッセに言ったことは真実だ。私は心から彼を信じている。

　ルークはたいてい仕事で出かけていて、ケルシーの好きなようにさせていた。パーティの二週間後には、会議でストックホルムとオスロへ出かけた。

　ルークが帰国する予定の前日、ようやく試験が終わり、学生数人が近くのバーへ行くというので、ケルシーも仲間に加わることにした。そうでなければ、ペントハウスで独りぼっちで過ごすことになる。

　飲み会は楽しく、ケルシーは思ったより遅くまでバーにいた。タクシーで帰宅し、最上階までエレベーターで上がって鍵を取り出したとき、いきなりドアが開いた。

「いったいどこへ行っていたんだ？」

「ルーク！　帰るのは明日じゃなかったの？」

「仕事が早く終わったんだ」彼の指がケルシーの腕にくいこむ。「警察に電話するところだったんだぞ」

「警察？　なんのために？」

「君がどこに行ったのか見当もつかなかったから」

　悲しみは怒りに変わった。「私は二十八歳よ。自分の面倒ぐらい自分でみられるわ。それに、いちいちあなたに報告する義務はないでしょう」

「帰ってきて、だれもいなくて、書き置きもなかったから……」

「あなただって早く帰ると知らせてくれなかったじゃないの」

「君を驚かせたかったからさ。だれと一緒だったんだ、ケルシー？」

　ケルシーはルークの青い瞳に燃えている感情をどう呼べばいいのかわからなかった。でも、これまでのよそよそしさよりましかもしれない。「私がほかの男の人と一緒にいたといって責めているの？」

「質問に答えるんだ」

「授業が終わったあと、みんなと〈トニーズ〉というバーへ行ったの。芸術家気取りの連中がたまり場にしている店よ。私はほうれん草のサラダを食べ、ジンジャーエールを飲んで、ダンスは断ったわ。でも、楽しかったわよ、ルーク。あなたと一緒にいるよりましだったわ」

今夜、彼女は自由を満喫していたのだ。洗練された男なら、彼女の肩でもたたいて受け流すだろう。

「もう僕に飽きたのか？」

「家具みたいに扱われるのにはうんざりなのよ」

「ばかなことを言うな。君は僕の妻だ」

「あなたの所有物の一つだってことね。私は陶器のように扱われるのにもいやけが差しているのよ」

「君が妊娠しているからじゃないか」

「妊娠は病気じゃないのよ」

「君がどう考えようとかまわない。とにかくリムジンを呼ぶべきだったんだ」

「タクシーを使ったわ。地下鉄に乗ったり歩いたりしなかったことを喜んで」

ケルシーなら、そのどちらもやりかねないとルークは思った。だからこそ、帰宅して留守だと気づいたとき、あれほどの恐怖を感じたのではないのか？

「君が車にはねられたか、流産したんじゃないかということしか思い浮かばなかったんだ」

ケルシーはたじろいだ。「流産なら、真っ先にあなたに知らせるわ」

「そうしたら、僕と結婚している意味がなくなるからな」考える前に言葉が口から飛び出していた。

「それはあなたでしょう」

二人とも押し黙ったところに電話が鳴った。

「アレックスよ。無事に着いたら知らせてほしいと言っていたの」ケルシーはすばやく受話器を取った。

「もしもし、アレックス……ええ、大丈夫よ。ちゃんと家に着いたわ。ありがとう。また明日」

ルークは拳(こぶし)を握り締めて言った。「だれだ、アレックスというのは？」

「年上の学生よ。奥さんと子供が二人いるの。ただ私のことを心配してくれていただけじゃないの。いいかげんにしてよ」

ほかの男にケルシーの心配をしてもらわなければならなかったということが、よけいにルークの怒りをかきたてた。「これから授業のあとで出かけるときは、家に電話を入れて伝言を残しておいてくれ。そうすれば、少なくとも君の居場所がわかるから」

それは理不尽な要求ではなかったが、ケルシーは納得できなかった。「私はあなたの居場所を知らないことがしょっちゅうあるわ。あなたはほとんど家にいないんですもの」

「いつでも僕の携帯電話にかければいい。明日、君にも一台用意しよう。もっと前にそうするべきだった」

ケルシーがしたいのは携帯電話の話ではなかった。彼女はかっかとしながらコートを床にほうり出し、ブーツを脱ぎ捨てた。「私はあなたに抱かれたいの。今すぐに。この床でも、ダイニングルームの絨毯(じゅうたん)の上でも、ベッドでもいいから」思わず涙声になった。「そうでもしなければ、どうやってあなたと親密になれるの？」

「だめだ」ルークは両手を拳に握った。

いくら頼んでもむだらしい。自分が泣きだしそうなのに気づいたケルシーは、くるりと向きを変えて逃げ出そうとした。しかし、床にほうり出したコートをよけようとしたとき、足がすべった。

とっさにルークが彼女を抱きとめた。「ころぶところだったぞ」

ケルシーは彼のシャツに顔をうずめた。懐かしい香りがした。〝私はあなたを愛しているの……〟そんな言葉が舌先まで出かかった。口に出す勇気があるだろうかと思いながら顔を上げたとたん、ルークの唇が彼女の唇をふさいだ。その激しく熱いキスに、ケルシーはほかのことをすべて忘れた。

目を閉じて口を開くと、ルークの舌がすべりこんできて、ケルシーを歓喜で満たした。それからルークは彼女を抱きあげ、乱れた髪に顔をうずめた。幸せで死ぬことはあるのだろうか？　ケルシーはぼんやりと考え、彼の首に腕をまわした。

彼女が欲しいとルークは思った。もう待てない。とめられない。たった一度のキスで、彼女は僕を自制がきかなくなるところまで駆りたててしまったのか？

頬に触れるケルシーの髪は柔らかく、胸板には彼女の胸が押しつけられている。ルークはコートをまといで寝室へ彼女を運んだ。床に下ろすと、ケルシーは彼の目を見つめたまま服を脱ぎはじめた。

ルークも服を脱ぎ捨て、ケルシーを抱き寄せた。そして、明日がないかのように唇をむさぼった。

「あなたが欲しいの」ケルシーがあえいだ。

二人は一緒にシーツの上に倒れこんだ。ケルシーはすっかり熱くなってルークを待ち受けていた。彼女が先にのぼりつめ、その一瞬あと、ルークも自分を解き放った。

ルークはケルシーの胸に頭をつけ、荒い息をつきながら、ぜったいに行くまいと誓っていた場所から戻ろうともがいた。ケルシーは彼をしっかり抱き締めている。彼女の胸の鼓動がルークの耳に響いた。

「これが必要だったの」ケルシーがささやいた。

ルークも同じだった。しかし、自分への誓いを破ってしまったのだ。自制心を失って。

彼はできる限りさりげなく言った。「君がバーへ行くたびにこんなことをするわけじゃないからな」

「それは残念ね。毎晩〈トニーズ〉へ行かなくちゃって思っていたのに」

「ジンジャーエールは君の体に悪いよ」ルークはケルシーから身を離した。「もう眠るといい。今日は疲れているはずだ」

ケルシーのまつげはもう頬についていた。「あなたに言い返したりしてごめんなさい。でも、すばらしい仲直りだったわ」彼女の呼吸はすぐ寝息に変わった。

ルークはベッドから出た。自分の部屋で寝よう。そうしないと、また彼女を抱いてしまうだろう。

自制心なんてそんなものだ。

14

自由と絶望――妙な組み合わせだが、ケルシーはその両方を感じていた。

彼女はリビングルームの窓辺に立っていた。五月の午後で、セントラルパークの木々は新緑に輝き、空はどこまでも青い。春は大好きな季節だった。

でも、今年は春を満喫する気になれない。ルークと激しく愛し合ったのがまるで夢だったように思える。

さんざん考え抜いたあげく、ケルシーは自分なりの結論を出した。悲しいけれど、ルークはたまっていた欲望のはけ口として私を抱いただけなのだと。

ルークが帰宅した気配を聞き、ケルシーは体をこわばらせた。彼は花をかかえてリビングルームに入ってくると、その花をケルシーに差し出した。「チューリップだよ。この時期、ハドリーの家の庭が懐かしいだろうと思って」

従順な妻なら、にっこりして礼を言うところだろう。しかし、ケルシーはこみあげる怒りを抑えられなかった。「キッチンに置いておいて」彼女はつっけんどんに言った。「あとで花瓶をさがすわ」

ルークは黙ってケルシーを見つめた。彼女の頬は紅潮し、窓から差しこむ光を受けて髪が赤銅色に輝いている。いつかは彼女と正面から対決することになるだろうと思っていた。彼はチューリップをカウンターに置いた。「どうしたんだい？」

「本当に知りたいの？」

「なにもかもぶちまけてしまうといい」

「赤いタオルやペルシア絨毯なんか買っても、時間とお金を浪費しただけだわ。ここに色を加えれば家庭らしくできると思ったけど、あなたはいつもいないんですもの。どうやって家庭にできるの？」

「僕は今、ちゃんとここにいるよ」

「この三週間で十三日留守だったわ。夜も四日は九時までオフィスにいて、あとの時間はテレビに釘付け……それで家庭だっていうの？　私たち、ずっとコンサートにも芝居にも行っていないわ。あなたは私のことが恥ずかしいんでしょう？　一緒にいるところを人に見られたくないのよ。私に罠にかけられたとみんなに思われているから」

ルークはぽかんとした。「いったいなんの話だ？」

「パーティでクラリッセが友達に話しているのを聞いたのよ。私がわざと妊娠してあなたを罠にかけたって。その友達は言ってたわ。妻と子供にいやけが差したら、あなたは莫大な離婚手当を払うはめになるだろうってね」

ルークは舌打ちした。「クラリッセたちの言いそうなことじゃないか」

「私はあなたを財界の笑い物にしたのよ。やり手のビジネスマンが田舎出の女にだまされたって」

ルークはケルシーの肩をつかんだ。「くだらないたわごとさ。君にはわかっているはずだ。そういうことは気にしないようにするしかないんだよ」

「私のことが恥ずかしいわけじゃないのなら、どうして一緒に出かけないの？」

「時間がなかったんだ」

「それは本当の理由じゃないわ」

「僕は君にできるだけ自由を与えてきたつもりだ。君が学生仲間と一緒にいる時間を、勉強の時間を、新しいアトリエで絵を描く時間を」

ケルシーは急にうしろめたくなった。ルークは大金をかけてここのサンルームをアトリエに改造してくれた。それで文句を言えた義理かしら？

だが、すぐに罪悪感を追い払った。「この二週間、あなたはほとんど外国へ行っていたわ。自分の妻と話すより携帯電話で他人と話すほうが多いくらい。それで〝できるだけ自由を与えてきた〟ですって？　私なら、妻を〝避けている〟と言うでしょうね」

ルークもかっとなった。「君のリストを覚えているか？　赤インクで〝自由のリスト〟と書かれていた。僕は君を妊娠させ、無理やり結婚させ、その自由を奪ったんだ。だから償おうとしているのさ」

「どれだけの自由が必要か、私に決めさせてくれてもいいんじゃないかしら。私だってあなたに同じことをしたのよ」

「それじゃ、自由を奪われたことは否定しないんだね？」ルークは思った以上に鋭い胸の痛みを抑えながら続けた。「クラリッセたちが言っていることなど、僕は気にしていないよ。君は人を罠にかけるようなまねはぜったいにしない」

「昔はよく手作りのクッキーで男の子たちを買収し

て、庭の草むしりや芝刈りをさせたものよ」

「それとこれとは話が別だ」

ケルシーはルークの胸に手を当て、まっすぐに彼の目を見つめた。「私はもうあなたをその気にさせることができないのね。以前のようには。それがいちばんの問題なのよ」

「冗談だろう」

「冗談ならいいけど。もうすぐマタニティウエアを着て、かばみたいになるのよ」

「なにを言ってるんだ。自分の爪先が見えないくらいおなかが大きくなっても、君は地球上でいちばんセクシーだよ」

「まあ」ケルシーの目に急に涙があふれてきた。

「本当に？」

「泣かないでくれ。耐えられないよ」

「セクシーなら、どうして抱いてくれないの？　結婚してからベッドをともにしたのは一度だけよ」

ルークはケルシーから離れ、木立に目を向けた。

「それが簡単なことだと思うかい？　死にそうにつらいよ」

「それなら、どうして？」

「一つには赤ん坊の安全のためだ。あのとき、僕は完全に自制心を失った。二度とそんな危険は冒せない。君のためにも赤ん坊のためにも」

「本によると、セックスはかまわないのよ」

「そうは思えない」

「あなたは結婚生活に関することを私に相談もなく勝手に決めて、それを教えてもくれない。そんな権利、あなたにはないわ」

「僕たち三人に関係するんだ。だれかが決めなくては」

「あのチューリップの茎をその首に巻きつけてやりたいわ！」

ルークは唐突に言った。「この話はもうおしまいだ。食事に出かけよう。新しいマタニティウエアを着るといい。〈スクラントンズ〉に連れていくよ」

ケルシーはルークの首に腕を巻きつけた。そして、彼の唇に口づけし、固い胸板に胸を押しつけた。

ルークは荒っぽく彼女の両手をつかんで下ろさせた。「やめるんだ、ケルシー」

「これは自由とか赤ちゃんの安全だけの問題じゃないわ。あなたは深入りしたくないのよ、ルーク。あなたはいつでも自分をコントロールしていたいから。でも、私とベッドにいると、コントロールがきかなくなる。だから私を避けているんだわ」

「ああ、僕は深入りしたくない。それのどこが悪い？」

ケルシーは直感に従って単刀直入に言った。「子供のころ、なぜあなたは盗みをしなければならなかったの？　そのとき、あなたのお母さんはどこにいたの？　お母さんはあなたになにをしたの？」

「君には関係ないだろう！」

「私にここから出ていってほしくなければ、そんなことは言わないほうがいいわ」

ケルシーのいない人生なんて考えられない。

注射針が母のベッドわきの床にころがっていた記憶がよみがえった。男が勝手に入ってきて、母のバッグからありったけの金を抜き取り、テーブルの上に白い粉の入った小さな袋を投げていった記憶も。

ルークが六歳のときだった。

彼は堰を切ったように話しだした。「最後に母が姿を消したとき、僕は八歳だった。僕たちはボストンの裏通りで暮らしていた。それまでにも母が何日かいなくなったことはあって、僕は自分のことは自分でできるようになっていた。母はドラッグ中毒だったんだ。ドラッグをやるたびに世界は薔薇色になり、こんな生活は変えると約束した。もう男に僕を殴るようなまねはさせない、夜もちゃんと家にいると」

「あなたを殴る？」

「僕がその男の仲間に入ろうとしなかったからさ」

「それで、お母さんは守ってくれなかったの？」

「母の約束はドラッグをやっている間しか守られなかった。最後に母がいなくなったとき、しばらくは心配しなかった。だが、一週間が過ぎ、僕は腹が減って、果物屋からバナナを一房盗んだ。角に立っていた警官が僕を見ていて……お定まりのコースさ。二日後、路地裏で母が見つかった。ドラッグの過剰摂取で死んでいたんだ」

「まあ、ルーク……」

「孤児院での生活、脱走、こそ泥、少年裁判所、みんな経験した。そのあと、お定まりのコースからちょっとはずれた。十カ月間、修道院に入れられたんだ。そこでシスター・エルフレダに出会った」ルークの額のしわが消えた。昔を思い出す彼の笑顔に、ケルシーの胸は張り裂けそうになった。「たくましいおばさんでね、僕を僕自身から救ってくれた」

「彼女も亡くなったの？」

「七年前にね」

「あなたの人生に彼女が現れて本当によかった」

「彼女と出会わなかったら、君と僕がここに立って、こんな話をすることもなかっただろう」

「私は決して子供をほったらかしたりしないわ。そうでなければ産んだりしない」

ルークはケルシーを見つめた。「わかっている」

「あなたがそんなふうにして育たなければならなかったこと、本当に気の毒だと思う。いえ、気の毒なんて言葉では言い表せないわ。あなたのような目にあう子供が一人でもいてはいけないのよ」

ルークはシャツの襟を撫(な)でた。「僕は一度も自分の過去について話したことはない。なのに、どうして君に話しているんだろう？」

「それは、私が知っておくべきことだからよ」

「グリフィン邸を相続したあと、祖母のことを知って、母が反抗した理由もわかる気がした。ずっと求めていたものをドラッグが与えてくれたのかもしれない。祖母は愛というものを知らなかったんだろう。たった一度の過ちのために、一人娘を路頭に迷わすなんて」

「そして、今度は私が妊娠した」

「歴史は繰り返すと言いたいのかい？」ルークの顎がこわばった。「君はここから出ていくつもりなのか？」

「いいえ、そんなことはしたくないわ」

「事実を知った今でも？　君の夫はドラッグ中毒の母親を持った泥棒なんだよ」

「今の財産は盗みや違法行為で築いたものなの？」

「シスター・エルフレダに出会ったあとで、そんなことができるわけがない」

「私はあなたをとても誇りに思うわ、ルーク。あなたは逆境を耐え抜き、自力ですばらしい人生を築いた。そして、あなたが歩まなければならなかった道をほかの子供たちが歩まなくてもいいように精いっぱい努力している。結婚する前、あなたは私を尊敬すると言ってくれたけど、私だってあなたを尊敬するわ」

ルークはケルシーを見つめた。今までずっと、自分の過去を話せばどんな女もすぐ逃げ出すだろうと思っていた。しかし、ケルシーはほほえんでいる。その姿は、胸が痛くなるほど美しい。

「君はこの世のだれよりも僕のことを知っている」

ケルシーの目に涙がこみあげた。「それ、ほめ言葉だと思うことにするわね」

もう話はすんだ。「食事に行こう」

「ルーク、それよりベッドへ行くほうがいいわ」

「先を急がないでくれ、ケルシー。今はだめだ」

「ただ私を抱いてくれているだけでもいいの……」

「だめだ」

きっぱりとしたその口調は弔いの鐘のようだった。

「わかったわ」ケルシーはそっけなく言った。「〈スクラントンズ〉へ行きましょう」

家で目を泣きはらしているくらいなら、ごちそうを食べるほうがましだ。ルークは私の泣き顔なんか見たくないだろうし、涙を見せても彼の心が変わらないのはわかっている。いつか彼の心を変えさせることができるのだろうか？

レストランから戻ると、ケルシーはベッドへ直行した。疲れていたので、すぐに眠りに落ちた。そして夢を見た。夜の闇の中で霧に包まれている夢を。

ケルシーは海辺を歩いていた。真っ黒な海から波が押し寄せ、長い白い舌を砂浜まで伸ばしてくる。彼女は独りぼっちだった。いや、だれかが森の奥から見つめているのでは？

ケルシーは立ちどまった。鬱蒼とした森に目を凝らす。なにかが動いた。敵だ。彼女は浜辺を必死に走った。柔らかい砂に足が沈み、しまいにはほとんど動けなくなった。波が膝に当たってよろけた。振り向くと、森から大きな黒い人影が現れ、こちらへ向かってくる。

だれかがケルシーの肩をつかんだ。「ケルシー、起きるんだ！　夢を見ているんだよ」

ケルシーは悲鳴をあげて、ぱっと目を開けた。肩をつかんでいたのはルークだった。どっと涙があふれた。

ルークは彼女を抱き締めた。「怖い夢を見ていたんだね。君の悲鳴が聞こえたから来てみたんだ」

ケルシーは彼にしがみついた。「ものすごく怖かったの」彼女は泣きじゃくりながら、知らない男に追いかけられ、砂に足をとられたことを話した。

「逃げられなくて、動くこともできなくて」

ルークは慄然とした。その夢は、彼女が罠にかかったことを暗示しているのだ。彼女が逃れられない黒い人影の正体は僕だ。彼女を身動きできないようにしていたのは僕なのだ。

ルークはケルシーの背中を撫でながら、すすり泣きがしだいにおさまっていくのを聞いていた。

ケルシーがしゃくりあげた。「ルーク、あなたにしてほしいことがあるの」

「僕にできることならなんでもするよ」

「私をトスカーナへ連れていって。あの別荘へ」

「どうして?」

答えるかわりに、ケルシーは濡れた顔をルークの胸にうずめた。彼の体を強烈な欲望が貫いた。

ルークはケルシーから身を離して言った。「君の授業が終わったら出かけて、週末を過ごそう」

「あなたがバンコクから戻ったばかりで疲れているのはわかっているけれど、どうしても行きたいの。来週は学校が三日間休みだから、あなたさえ時間があれば、週末を過ぎてもいられるわ」

ケルシーが頼み事をするなんてめったにない。

「わかった。大丈夫だよ」

「私、あの別荘が大好きなの。あそこへ行けば幸せでいられる気がして……」

ケルシーがここで幸せでないことは、ルークもわかっていた。人にまかせてもかまわない仕事で世界じゅうを飛びまわっているのは、その意識から逃れるためではないのか? 僕は逃げているのだ。

ルークは今まで自分を卑怯者だと思ったことはなかった。卑怯者にはなりたくない。

「授業が終わるころ、リムジンを迎えにやるよ。空港で落ち合おう。荷物を詰めておいてくれ」

「ありがとう、ルーク」

ルークはふと、ケルシーから礼など言われたくないのに気づいた。それなら、礼のかわりになにを望んでいるのだろう？

飛行機が予想以上に揺れたので、ケルシーはあまり眠れなかった。ようやく別荘に着いたときには夜も更けていた。カルロッタが作っておいてくれた軽い夕食を食べる間、目を開けているのがやっとだった。そのあとは話をする気力もなく、ベッドにもぐりこんだ。さんざん待ったのだ。あと一晩くらい待ってもいいだろう。

目を覚ましたとき、トスカーナ時間で正午近いのに気づき、あわてた。シャワーを浴びたあと、ゆったりしたワンピースを着てダイヤモンドのペンダントをつけ、ルークをさがしに行った。外は暖かく、ピンクとクリーム色と白の薔薇が漆喰（しっくい）の壁に沿って咲き乱れている。

ルークはテーブルでコーヒーを飲んでいた。漆黒の髪、空のように青い瞳、私と触れ合うのを拒んでいる体、私にはほとんど開いてくれない心。でも、それは変えてみせる。

そのとき、ルークが視線を上げ、立ちあがった。心からうれしそうにほほえんでいる。ケルシーは目の奥が熱くなった。

「カルロッタは年に一度のパレードがあるから村へ出かけたよ。ここに君の朝食を置いてね。朝食というより昼食かな？」

ルークが椅子を引いてくれたとき、太陽の光で彼の結婚指輪が光った。テーブルには薔薇を生けた花瓶がある。その甘い香りをかぎながら、ケルシーは緊張をほぐそうと努めた。今言わなければ永久にチャンスはない。

15

「鳩(はと)が鳴いているわ。私たちの結婚式の日も鳩の鳴き声が聞こえたわね」自分の胸の鼓動も聞こえる。ケルシーは今、自分が持っている最後の武器を使うつもりだった。「ルーク、ここへ来たのは、あなたに伝えたいことがあるからなの」

　ケルシーにブリオッシュを渡そうとしていたルークは、ぴたりと動きをとめた。冷たい手に心臓をつかまれたような気がした。彼女は僕の過去について考え、別れたくなったのだ。「僕と別れるなんてだめだ。行かせないよ」

「言ったはずよ……」

「結婚したこの場所へ連れてきたのは、もう終わりだと僕に伝えるためなのか？　それはないだろう」

　とんでもない誤解に、ケルシーは愕然(がくぜん)とした。「私は別れたくないわ。でも、あなたのほうが別れたくなるかもしれない」

「いや、それはない」

「ほんとに？」

「もちろん。だったら、伝えたいことってなんだい？」

　ケルシーの頬が薔薇(ばら)色に染まった。「私はあなたを愛してしまったの」

　ルークは彼女を見つめた。頭を鈍器で殴られたような気分だった。「君は僕を驚かす天才だな。もう一度言ってくれ」

「私はあなたを愛してしまったの。そんなつもりはなかったのに、いつのまにかそうなっていたのよ」

「あまりうれしそうじゃないね」

「ええ」ケルシーは顔をしかめた。「私はあなたを罠にかけ、あなたが忌み嫌う結婚をさせて、自由を奪ったのよ。それに、あなたは私を愛していないもの。私の話はこれで終わり」

ルークは必死に考えを整理しようとした。「一つはっきりさせよう。僕が君から自由を奪ったんだ」

「私はあなたと心で結ばれることを望んでいるのよ。自由でいたいんじゃないわ。あなたを愛し、あなたの子供を身ごもっているのに、自由を奪われたなんて思うわけないでしょう？」

「だが、君は幸せではなかった」

「あなたがいつも私を避けていたからよ」ケルシーは無意識におなかのふくらみに両手を置いていた。

「おとといの夜、大喧嘩をするまで、あなたは私を見るのもいやなんだと思っていたわ。おなかが目立ちはじめて魅力がなくなったから。今はそうじゃないとわかったけれど、問題は変わっていないのよ」

「君は弟たちから解放されて自由の身になっていた。そんな君を僕が妊娠させたんだ。それを知って、僕がどんな気持ちになったと思う？　罪を犯したような気がしたよ」

ケルシーはにっこりした。「私は妊娠したことを喜んでいるのよ。あなたを愛しているんですもの」

「愛していると言うのはやめてくれ！」

「私はあなたに本当の夫らしくしてほしいの」

「君のせいで僕は恐ろしくてたまらないんだ。君は僕が自分でも知らなかった感情をかきたてた。だから僕は逃げるしかなかったのさ。子供のとき、僕は母親を求めた。でも、母は僕を捨てた。僕は君を求めることができないんだ」

「私はあなたを捨てたりしない。約束するわ」

「君を傷つけてしまってすまないと思っている。この二日間、母のことをあれこれ考えた。妊娠させられた男に捨てられ、家から追い出され、金もなかった。君がその立場だったらと思うと耐えられないよ」

「そんな仕打ち、あなたはぜったいにしないわ」

ルークはケルシーの髪を指ですいた。「祖母が娘を愛していたとは思えない。母がその寂しさから逃れるためにドラッグに走ったのは責められないよ。子供に母親らしくふるまうすべを知らなかったのもね」

「あなたはお母さんを許しているのね」ケルシーのまつげに涙がたまった。

「許している？　そういうことなのかな？」

「あなたの子供時代は過酷だった。でも、それには理由があったのよ。私もグリフィン邸を見たわ。あれは、愛することを知っている人の家じゃなかった。私たちの子供は、あなたやお母さんのような育ち方はしないわ」

ルークは凝った首をさすった。「だが、僕には後遺症がある。人を愛することができないんだ。愛し方を学んでいないから」

「あなたはシスター・エルフレダを愛していたじゃないの」

「それは別さ。僕は君のことを言っているんだ。僕の妻のことを。僕には君にふさわしい愛し方ができない。君はもっと愛されていい人なのに」

ケルシーは唇を噛んだ。ルークの断固とした口調を聞き、迷いが生じた。彼の言うとおりだったらどうしよう？「私はあなたに愛していると言いたくてたまらなかったの。でも、愛も一種の自由だということに気づくまでに時間がかかったのよ。愛は女としての私を強くしたわ。芸術家としての私も」

ルークは黙ってケルシーを見つめた。太陽の光が苦悩をたたえた彼女の瞳を照らしている。その美しさは、いつものように彼の心の奥を揺さぶった。ケルシーのせいで心の砦は陥落寸前だった。

「ベッドへ行こう」ルークは言った。「君を抱きたい。それが僕にできる最善のことかもしれない」

　ケルシーはかすかな吐息をもらした。「あなたが欲しくてたまらなかったの」

「約束するよ、僕に与えられるものならなんでも君にあげる」ルークは自分が大きく一歩踏み出したのを感じた。ケルシーを本当に愛せるかもしれない。彼は思わず花瓶から薔薇を一本抜き取り、ケルシーの髪に差した。

「刺に気をつけて」ケルシーがにっこりした。

「君を傷つけるようなまねはぜったいにしないよ。でも、僕にできるのはそれが精いっぱいかもしれない」彼は一瞬ためらい、苦しげに言い添えた。「君が望むものを与えられなければ、僕はずっと君を傷つけつづけることになる」

　ケルシーはそうは思いたくなかった。それは耐えられない。彼女はルークの頬に手を添えた。「私には二人分の愛情があるわ」

　ルークにはそんな簡単にいくとは思えなかった。喉に石がつまっているような一抹の不安が消えない。彼はそれから逃れるようにケルシーを腕に抱きあげ、寝室へ向かった。日よけが真昼の日差しをさえぎっている。できるだけやさしく彼女をベッドに下ろすと、そのかたわらに横たわってキスを始めた。

　少なくともこのやり方なら知っている。だが、愛は春風に舞う木の葉のようにつかみどころがなく、僕の手には届かない。これからもずっと過去にとらわれて生きていくのだろうか？　それがケルシーにしてやれる最善のことなのか？

　そのとき、ケルシーがルークの体に触れた。彼は思わず身震いした。過去が消え去り、ルークはケルシーに視線を向けたまま、シャツを脱ぎ捨てた。

　二人はたちまち一糸まとわぬ姿になった。ルークの唇がケルシーの首筋から胸へとすべっていく。ケルシーが彼の名を呼び、波のように体をうねらせる。

ルークは彼女のふくらんだおなかにそっとてのひらを当てた。「僕たちの子だ」

ケルシーの顔が輝いた。「ええ、あなたと私の子よ。あなたはいいパパになるわ。私にはわかるの」

そうなりたい。「精いっぱいがんばるよ」ルークはそう誓ってから、ようやく手を下へすべらせた。ケルシーに喜びを与えることだけを願いながら。

やがて、二人は激しい嵐の真っただ中に巻きこまれていった。

満ち足りてぐったりと横たわりながら、ケルシーは心の中でつぶやいた。あなたを愛している、と。でも、自分の愛にルークが決して応えてくれないとしたら、それに耐えられるだろうか？　ケルシーは予想のつかない未来を見まいとして目を閉じた。

まもなくケルシーはルークの腕の中で眠りに落ちた。呼吸がゆっくり規則正しくなる。

ルークはケルシーから離れた。眠れそうになかった。服を着てメモを残し、外へ出て葡萄園へ向かう坂を登った。道端で花々が風に揺れている。

ケルシーは結婚や妊娠を恨むどころか、賢明にも愛が自分を成長させたことを悟った。僕が彼女の自由を奪ったわけではないことを。そして僕はケルシーを信じた。信じることで気持ちが軽くなった。母を許したことで、自分でも気づかずに背負っていた重荷が軽くなったのと同じように。

僕はケルシーに、愛したのはシスター・エルフレダだけだと言ったが、それは必ずしも事実ではない。幼いころは母のことも愛していた。ただ、何度も裏切られ、八歳のときに、もう二度とだれも愛さないと自分に誓ったのだ。

そのせいで心を閉ざしかけていた僕を救ってくれたのがシスター・エルフレダだ。だが、大人になると再び不信感がつのり、今までどんな女性にも心を開いたことはない。

ケルシーが現れるまでは。

母はいつも約束を破った。でも、ケルシーは僕を裏切るようなことは決してしないだろう。それはよくわかっている。

ケルシーを腕に抱いたときにわき起こるやさしい気持ち、彼女への情熱、ますます深まっていく信頼――それらは愛とは違うのか？

おそらく愛とは、僕が彼女に贈ったダイヤモンドのようにたくさんの輝く面を持っているのだろう。

いつのまにか葡萄園に着いていた。まだ青い房が葉の間におさまっている。そして、太陽がそれを実らせる。大昔からそうしてきたように。

彼女は僕の運命の女性だ。神が僕のもとに遣わしたのだ。

ルークはいきなり足をとめた。それを理解するために、このトスカーナの丘を歩く必要があったに違いない。しかし、それだけでは足りない。

彼は葡萄園を抜けてオリーブの林に入った。木陰に腰を下ろし、小さな谷間の向こうへ目をやる。彼の別荘が日差しの中でまどろんでいた。あそこにケルシーがいるのだ。僕の妻が。まもなく僕の子供の母になる、僕を心から愛してくれている女性が。

ルークは一時間以上そこにじっと座っていた。

自分を愛してくれない、いや、愛せない男と暮らすことは、ケルシーの心をぼろぼろにするだろう。

彼はうなだれ、立てた膝に額をつけた。

ルークがようやく立ちあがったのは、喉が渇いたからだった。丘を下りて別荘へ向かう足は心と同じように重かった。のどかに咲いている花々が自分を嘲笑っているように思えた。

世間からは輝かしい成功をおさめた男と思われてきたが、ケルシーとの出会いで自分自身と向き合うことになった。

僕は人の愛し方を知らない。本当は敗残者なのだ。

寝室はからっぽだった。ケルシーのサンドレスも消え、彼が残したメモの裏に走り置きが残されていた。〈パレードを見に行きます。ベーカリーのそばで会えるかしら？　パンフォルテとあなたが恋しいの。愛しているわ。ケルシー〉名前の下には小さなハートが描かれ、そのまわりを薔薇が取り囲んでいた。

ルークは一瞬目を閉じ、それからメモをまるめてポケットに突っこんだ。村まで歩いていこう。パレードについていくには、車より楽だ。

部屋を出て廊下を横切り、テーブルの上にあった家の鍵をつかんだとき、マリオがキッチンから飛び出してきて、イタリア語でまくしたてた。「事故です、シニョール、恐ろしい事故です！」

ルークは棒立ちになった。「どこで？」

「村です。荷車を引いていた雄牛が綱をはずし、パレードに来ていた人たちを追いかけて、角で突き……」

ルークの血が凍りついた。「ケルシーは戻っているか？　カルロッタは？」

「カルロッタは戻りました。でも、奥様は……」

「すぐ出かける。行き違いになって彼女が戻ってきたときのために、ここにいてくれ。なにかわかったら、僕の携帯電話にかけてほしい」

ルークは外に飛び出すと車に乗りこみ、曲がりくねった道を飛ばした。彼女にも赤ん坊にもなにも起きてなどいない。彼女は無事だ。無事でなければ。彼女になにかあったら耐えられない。彼女がいなければ、僕の人生なんて無意味だ。

これまで正面から向き合おうとしなかった愛という感情が今、大きな波となって押し寄せ、溺れそうだった。

僕はケルシーを愛している。

それを伝えるのに手遅れだったらどうしよう?

何週間も前から彼女を愛していたのだ。スリムなジーンズをはいて階段の上に立っている姿を見たときからずっと。僕はそれを欲望と呼び、彼女から逃げた。

真実から目をそむけ、自分も彼女も欺いた。なんという大ばか者だ!

ルークは村はずれに車をとめると、玉石敷きの細い道を小さなクリニックへ向かって走った。救急車のサイレンが聞こえる。恐怖が全身を包んだ。

クリニックは大混乱だった。入口にはストレッチャーが三台並び、血のついた白衣姿の医師が二人そばにいた。ストレッチャーにのっていたのは年配の農夫と小さな少女だった。ルークは怪我(けが)人に同情しながらも、ケルシーでなかったことにほっとした。

人込みを押し分けながら廊下を進み、次々とドアを開けて中をのぞいた。心臓が早鐘を打ち、手は氷のように冷たい。ここで見つからなければ、通りを一本ずつさがすつもりだった。

廊下のはずれの最後のドアが開いていた。ルークは中をのぞいた。ケルシーがいた。サンドレスに血がついている。彼女はベッドのそばに立ち、小さな男の子に腕をまわしていた。ベッドには若い女性が横たわり、男の子の手を握っている。

「大丈夫(ヴァ・ベネ)よ」ケルシーはおろおろと言いながら男の子の肩を撫(な)でた。

ルークが部屋に入ると、ケルシーが振り向いた。

「ルーク!」彼女はほっとしたように叫んだ。「この子に、お母さんは心配ないと言ってあげて。腕が折れて鎖骨がはずれているらしいんだけど……」

「君のサンドレスに血がついている」

ルークはなんの話をしているの? ケルシーはとまどった。彼は幽霊のように真っ青な顔をしている。

そこで彼女はサンドレスを見た。「ああ……きっと、さっきだれかに手を貸したときについたのよ。弟たちが小さいとき、救急処置の講習を受けたことがあるの」

ルークはケルシーの腕をつかんだ。「それなら、君は怪我をしていないんだね？」

「ええ、私は無事よ。お願い、心配はいらないってこの子に言ってあげて」

ルークはしゃがんで子供と目線を合わせ、イタリア語で話しかけた。男の子の緊張が解けた。

「ありがとう（グラッツィエ）、シニョール」母親がささやいた。

そこへ医師が入ってきた。診察する間、ケルシーは男の子を膝にのせていた。そのあと母親はレントゲン室へ運ばれていき、男の子もついていった。

「治療がすんだら二人を車で家まで送ってくれるかしら？」ケルシーが言った。「お父さんは留守らしいの。カルロッタとマリオは無事だった？」

「二人とも家に戻っているよ」ルークはケルシーに腕をまわした。サンドレスを通してぬくもりが伝わってくる。彼女は生きている。彼女も赤ん坊も無事で、僕の腕の中にいる。悪夢は終わったのだ。感謝の念でいっぱいになり、ルークはケルシーの髪に頬をすり寄せた。

ケルシーは恐ろしかった事故のようすを話した。「あのお母さんに車で送っていくと伝えたほうがいいわね。あとで食べるものも持っていってあげましょうよ。カルロッタはいつも十人分ぐらい作るから」

「たくましい五人の息子を育てたから、その習慣が抜けないのさ」ルークは室内を見まわした。医療器具の数々と消毒薬のにおい。ロマンチックとはほど遠いが、薔薇に囲まれたテラスに戻るまで待てない。ケルシーにまわしている腕に力がこもった。「君に伝えたいことがある」

ケルシーは眉をひそめた。「あとではだめ？」

「だめだ」ルークはにっこりした。「僕はようやく悟ったんだ。この騒ぎのおかげだよ。村で事故が起きたとマリオから聞いて……ケルシー、君になにか起きていないか、ものすごく心配したんだ」彼の声には不安がにじみ、口元にはしわが刻まれていた。

「牛が暴走したとき、私はずっと離れた場所にいたの。よけいな心配をかけてごめんなさい、ルーク。でも、そろそろレントゲン室へ行ったほうが……」

「君はちっとも気にしてないんだね。この三十分で僕は十年分、いや、二十年分、年をとったよ」ルークはかすれた笑い声をあげた。「愛していると言おうとしているのに、君は聞こうともしない」

ケルシーはあっけにとられて彼を見つめた。「冗談でしょう。こんなときに……」

「僕の言ってることがわからないのかい？　君を愛しているんだ。美しい妻に首ったけなんだよ」

「私、牛に突かれて昏睡状態なんだわ。そうでなければ、ぐっすり眠りこんで夢を見ているか……」

ルークはケルシーの唇にキスをした。彼の体は欲望とはまるで違うなにかに満たされた。「これで現実に思えるかい？」

「え、ええ」ケルシーの心臓は大きくどきんと打った。「もう一度言って、ルーク。そうすれば、夢じゃないってわかるでしょうから」

「愛しているよ、ケルシー。初めて君の家に行ったときからずっと愛していたんだ。ただ、僕は愚かで、頑固で、どんなに君を求めているか認めようとしなかった。すべてをコントロールしようとした……自分の自由にならない感情までも。だが、今日、君を失うかもしれない、もう手遅れかと思ったとき……。この三十分のような思いは二度としたくないよ」

ケルシーは自分が彼の立場だったらと考え、身震いした。「愛は人を傷つきやすくするわ」

「そして、大きな喜びをもたらす。君をどんなに愛しているか、口では言い表せないくらいだ」

「あなたがそう言ってくれるのをどんなに待っていたことか！　私たち、本当に幸運ね」

「精いっぱい尽くすと誓うよ……君と僕たちの子供のために。いや、子供たちかな？」

「二人がいいわ。男の子と女の子を一人ずつ」

　ルークはケルシーの頬骨を指でなぞった。「ほかにも悟ったことがある。我が家とは、どこであろうと僕たちが一緒にいるところなんだ」

「それじゃ、あのペントハウスが本当に我が家になるの？」

「赤いタオルもすべてね。ケルシー、君は僕の生活に虹（にじ）の色を全部持ちこんでくれたんだよ」

「タオル、テーブルマット、絨毯（じゅうたん）……」

　ケルシーのやさしい笑顔に、ルークは胸がつまった。「こんなに長く待たせてすまなかった。僕のせいで、さぞつらい思いをしただろうね」

　ケルシーは彼の唇にキスをした。「許してあげる」

「結婚式のとき、僕は君を愛すると誓っただろう？　その誓いをずっと守っていくと約束するよ」

　もう約束が破られることはない。ケルシーは一生僕のそばにいてくれる。今の僕より幸せな男がかつていただろうか？　この腕の中に僕のすべてがあるのだ。

　ルークはようやく我が家を得た思いを噛み締めた。

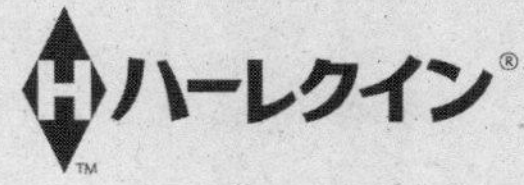

ハーレクイン・ロマンス　1998年10月刊（R-1430）
ハーレクイン・ロマンス　2008年6月刊（R-2294）

スター作家傑作選
〜シンデレラの小さな恋〜
2024年5月20日発行

著　　者	ベティ・ニールズ　他
訳　　者	大島ともこ（おおしま　ともこ）　他
発 行 人	鈴木幸辰
発 行 所	株式会社ハーパーコリンズ・ジャパン 東京都千代田区大手町 1-5-1 電話 04-2951-2000（注文） 0570-008091（読者ｻｰﾋﾞｽ係）
印刷・製本	大日本印刷株式会社 東京都新宿区市谷加賀町 1-1-1
装 丁 者	sannomiya design
表紙写真	© Kobrin Nikita, Wirestock, Konstantin Kirillov, Moonbloom, Sue A Mckenzie, Dvmsimages ｜ Dreamstime.com

ISBN978-4-596-77574-0 C0297

5月31日発売　ハーレクイン・シリーズ 6月5日刊

ハーレクイン・ロマンス　愛の激しさを知る

タイトル	著者／訳者	番号
秘書が薬指についた嘘	マヤ・ブレイク／雪美月志音 訳	R-3877
名もなきシンデレラの秘密《純潔のシンデレラ》	ケイトリン・クルーズ／児玉みずうみ 訳	R-3878
伯爵家の秘密《伝説の名作選》	ミシェル・リード／有沢瞳子 訳	R-3879
身代わり花嫁のため息《伝説の名作選》	メイシー・イエーツ／小河紅美 訳	R-3880

ハーレクイン・イマージュ　ピュアな思いに満たされる

タイトル	著者／訳者	番号
捨てられた妻は記憶を失い	クリスティン・リマー／川合りりこ 訳	I-2805
秘密の愛し子と永遠の約束《至福の名作選》	スーザン・メイアー／飛川あゆみ 訳	I-2806

ハーレクイン・マスターピース　世界に愛された作家たち 〜永久不滅の銘作コレクション〜

タイトル	著者／訳者	番号
純愛の城《特選ペニー・ジョーダン》	ペニー・ジョーダン／霜月　桂 訳	MP-95

ハーレクイン・ヒストリカル・スペシャル　華やかなりし時代へ誘う

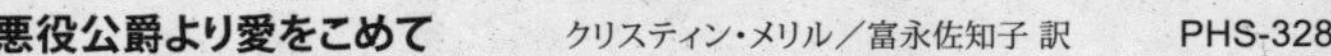

タイトル	著者／訳者	番号
悪役公爵より愛をこめて	クリスティン・メリル／富永佐知子 訳	PHS-328
愛を守る者	スザーン・バークレー／平江まゆみ 訳	PHS-329

ハーレクイン・プレゼンツ作家シリーズ別冊　魅惑のテーマが光る極上セレクション

タイトル	著者／訳者	番号
あなたが気づくまで	アマンダ・ブラウニング／霜月　桂 訳	PB-386

※予告なく発売日・刊行タイトルが変更になる場合がございます。ご了承ください。

今月のハーレクイン文庫

5月刊 好評発売中！

Harlequin 45th Anniversary

帯は1年間"決め台詞"！

珠玉の名作本棚

「三つのお願い」
レベッカ・ウインターズ

苦学生のサマンサは清掃のアルバイト先で、実業家で大富豪のパーシアスと出逢う。彼は失態を演じた彼女に、昼間だけ彼の新妻を演じれば、夢を3つ叶えてやると言い…。

（初版：I-1238）

「無垢な公爵夫人」
シャンテル・ショー

父が職場の銀行で横領を？　赦しを乞いにグレースが頭取の公爵ハビエルを訪ねると、1年間彼の妻になるならという条件を出された。彼女は純潔を捧げる覚悟を決めて…。

（初版：R-2307）

「この恋、絶体絶命！」
ダイアナ・パーマー

12歳年上の上司デインに憧れる秘書のテス。怪我をして彼の家に泊まった夜、純潔を捧げたが、愛ゆえではないと冷たく突き放される。やがて妊娠に気づき…。

（初版：D-513）

「恋に落ちたシチリア」
シャロン・ケンドリック

エマは富豪ヴィンチェンツォと別居後、妊娠に気づき、密かに息子を産み育ててきたが、生活は困窮していた。養育費のため離婚を申し出ると、息子の存在に驚愕した夫は…。

（初版：R-2406）